긴 이별을 위한 짧은 편지

DER KURZE BRIEF ZUM LANGEN ABSCHIED
by Peter Handke

이 도서의 국립중앙도서관 출판시도서목록(CIP)은 서지정보유통지원시스템 홈페이지(http://seoji.nl.go.kr)와
국가자료공동목록시스템(http://www.nl.go.kr/kolisnet)에서 이용하실 수 있습니다.
(CIP제어번호: CIP2011000192)

세계문학전집
068

Peter Handke : Der kurze Brief zum langen Abschied

긴 이별을 위한 짧은 편지

페터 한트케 장편소설

안장혁 옮김

문학동네

일러두기

1. 주석은 모두 옮긴이주이다.
2. 본문 중 고딕체는 원서에서 이탤릭체로 강조한 부분이다.

차례 ▌

따사롭긴 하지만 흐렸던 어느 아침 그들이 문밖으로 나서려고 할 때 '길을 떠나기에 더없이 좋은 날이군요' 하고 이플란트가 말을 꺼냈다. 날씨도 여행하기에 적당한 듯했고, 하늘도 대지 위에 낮게 깔려 있었으며, 주위의 사물들도 짙은 어둠 속에 묻혀 있었으니, 가고자 하는 길에만 주의를 기울이면 될 것처럼 보였다.

—칼 필립 모리츠 『안톤 라이저』

1

짧은 편지

제퍼슨 가(街)는 프로비던스에 있는 한적한 거리다. 이 거리는 상업 지역을 끼고 이어지다가 노리치 가로 불리는 도시 남쪽에 이르러서는 뉴욕 방향으로 빠지는 출구 도로로 이어진다. 제퍼슨 가를 따라 여기저기 가다보면 너도밤나무와 단풍나무가 서 있는 작은 광장들을 만나게 된다. 그런 광장 가운데 하나인 웨일런드 스퀘어에는 영국 농가풍의 거대한 건물인 웨일런드 매너 호텔이 있다. 4월 말경 내가 그곳에 도착했을 때 호텔의 문지기가 열쇠 하나와 함께 보관함에 들어 있던 편지를 건네주었다. 열린 엘리베이터 안에서 안내인이 기다리고 있었지만 나는 그 앞에서 편지 봉투를 열었다. 그렇게 단단히 붙어 있지는 않았다. 편지는 짧고 간명했다. "나는 지금 뉴욕에 있어요. 더이상 나를 찾지 마요. 만나봐야 그다지 좋은 일이 있을 성싶지 않으니까."

회상해보건대 나는 마치 세상의 빛을 처음 봤을 때처럼 놀랐고 당혹스러웠다. 미국 폭격기를 피해 집으로 돌아왔을 때 사방에 나무토막들이 흩어져 있었고 한낮의 태양만이 바깥의 정원을 말없이 비추고 있었다. 현관문 옆 계단에는 핏자국이 선명하게 나 있었다. 주말에 토끼를 도살한 흔적이 고스란히 남아 있었던 것이다. 땅거미가 질 무렵, 그러니까 완전히 어두워진 밤이 아닌 만큼 더욱더 공포감을 자아내던 저녁 무렵 나는 두 팔을 우스꽝스럽게 휘저어대면서 기진맥진해 있는 숲길을 비트적거리며 걷고 있었다. 앞쪽으로 길게 늘어진 나뭇가지의 우듬지만이 보일 듯 말 듯한 미광에 물들고 있었다. 나는 가끔 발걸음을 멈추고 서서 내 수치스러운 처지를 한탄하면서 나지막이 흐느끼기도 했다. 그러다가 결국 크나큰 충격으로 인해 그 수치심마저 무뎌졌을 때는 목 놓아 울어대기까지 했다. 그렇게 나는, 아침에 이 숲길을 따라 떠나갔지만 아직은 완전히 빠져나가지 못했을, 한때 내가 사랑했던 누군가를 따라 숲길을 걷고 있었다. 달아난 닭의 솜털 깃들이 정원 안 여기저기는 물론 건물 외벽에도 흩뿌려져 있었고 그 위로 따사로운 햇볕이 쏟아지고 있었다.

나는 엘리베이터 안으로 들어갔다. 나이 든 흑인이 발밑을 조심하라고 했을 때, 지면보다 약간 높이 멈춰 서 있던 엘리베이터의 문턱에 걸려 하마터면 넘어질 뻔했다. 흑인 안내인은 수동으로 엘리베이터 문을 닫고는 격자를 앞쪽으로 밀었다. 그러고는 레버를 움직여 엘리베이터를 가동시켰다.

승객용 엘리베이터 옆으로 화물용 엘리베이터가 움직이고 있는 것이 분명했다. 우리가 탄 엘리베이터가 천천히 위로 올라가는 동안 옆에서는 마치 겹겹이 쌓인 찻잔에서 나는 소리처럼 철거덩거리는 소리가 들려왔기 때문이다. 나는 편지에서 눈을 떼어, 침침한 구석에서 구부정하게 머리를 앞으로 수그린 채 레버를 잡고 서 있는 엘리베이터 안내인을 찬찬히 뜯어보았다. 그의 시선은 나 아닌 다른 쪽을 향하고 있었다. 흰색 와이셔츠만이 진청색의 유니폼 사이로 고개를 내민 채 희미한 빛을 발하고 있었다……

누군가 다른 사람과 같은 공간에 있으면서도 한동안 아무 대화도 나누지 않는 상황이 되면 종종 드는 생각이지만, 흑인 안내인이 한순간 돌변해서 나에게 해코지를 해올 것만 같았다. 나는 외투에서 아침에 보스턴을 떠나오기 전에 샀던 신문을 꺼내 들었다. 그러고는 머리기사를 가리키면서, 미국 달러에 대한 몇몇 유럽 국가의 통화 가치가 오른 탓에 여행 경비로 환전해 온 몇 푼을 제외하고는 남는 것이 없게 되었다는 푸념을 늘어놓았다. 유럽에 돌아가 다시 환전을 하면 훨씬 적은 액수밖에 못 받으리라는 의미로 한 말이었다. 안내인은 그에 대한 대답으로 엘리베이터 의자 아래에 놓여 있는 신문더미를 가리켰다. 그 위에는 그가 신문 값으로 받은 동전들이 있었다. 그러고는 내게 고갯짓을 했다. 의자 밑에 쌓여 있는 〈프로비던스 트리뷴〉에도 역시 내가 펴들고 있는 〈보스턴 글로브〉의 것과 동일한 머리기사가 실려 있었다.

엘리베이터 안내인이 내 말에 반응을 보이자 마음이 한결 가벼워진 나는 주머니 속에서 지폐를 찾아 준비해두었다가 그가 가방을 방에 들여놓기가 무섭게 그의 손에 슬쩍 쥐여줄 생각이었다. 하지만 방에 들어섰을 때 손에 잡힌 것은 의도하지 않은 10달러짜리였다. 그래서 나는 그것을 다른 손에 넘겨 쥔 뒤 돈뭉치를 주머니에서 꺼내지 않은 채 1달러짜리를 다시 찾아보았다. 지폐 한 장이 만져지기에 재빨리 꺼내어 그에게 주었다. 5달러짜리였다. 그러자 흑인 안내인은 바로 주먹을 꽉 쥐었다. "여기 다시 온 지 얼마 안 돼서 그래" 하고 나는 그가 가고 난 뒤 혼잣말로 소리쳤다. 외투를 걸친 채 욕실로 들어가 나 자신보다는 거울을 더 들여다보았다. 외투 뒤쪽에 머리카락이 몇 가닥 붙어 있는 것이 보이자 나는 혼잣말을 했다. "아까 그 버스에서 머리카락이 빠진 게 틀림없어." 나는 망연자실하여 욕조 가장자리에 걸터앉았다. 아주 어릴 적 이후로 혼잣말을 한 것이 이번이 처음이었기 때문이다. 그나마 아이들은 사람들을 의식해서 으레 큰 소리로 떠들어댄다고 하지만 나는 지금 이곳에 어떤 행사에 참여하러 온 것도 아니고 단지 한번 둘러보러 온 마당에 나의 독백을 누구와 공유할 길이 없었다. 나는 킬킬거리며 웃다가 너무 흥분한 나머지 주먹으로 나의 머리를 후려갈겼다. 그 때문에 하마터면 욕조 안으로 빠질 뻔했다.

욕조 바닥에는 반창고같이 생긴 넓고 연한 줄무늬의 바닥재가 사방팔방으로 깔려 있어서 미끄럼을 방지했다. 그 순간 문득 반창고를 보는 것과 혼잣말을 생각하는 것, 이 두 행위가 동일하게 느껴졌다. 너무나 수수께끼 같은 일이었기 때문에 나는 웃음을 멈추고 다시 방으로 들어갔다.

창문 앞에는 키 큰 자작나무들이 서 있었다. 그 너머로 멀리 자그마한 집들과 어우러져 공원 같은 분위기를 자아내는 풍경이 눈에 들어왔다. 잎사귀들은 아직 작았고 그 사이로 햇빛이 스며들고 있었다. 나는 창문을 밀어 올리고 팔걸이의자를 창가로 바싹 끌어당겨 앉았다. 두 발은 중앙난방 장치의 방열기 위에 걸쳐 올렸다. 아침부터 미지근한 열기만 유지되고 있는 상태였다. 의자에는 바퀴가 달려 있었고, 나는 그 의자를 이리저리 굴려대면서 편지의 겉봉투로 눈길을 돌렸다. 담청색의 호텔 봉투였다. 뒷면에는 '델모니코 호텔, 뉴욕 50번 가, 파크 애비뉴'라는 문구가 인쇄되어 있었지만 앞면의 직인은 '필라델피아, Pa.'라고 찍혀 있었다. 편지는 벌써 닷새 전에 부쳐진 것이었다. "오후에." 직인에 찍힌 p. m.이라는 글자를 보고 나는 큰 소리로 내뱉었다.

"그녀가 무슨 돈이 있어서 여행을 떠났지?" 나는 의문이 들었다. "돈이 제법 넉넉한가본데. 30달러나 되는 방값을 척척 낸 걸 보면." 나는 델모니코 호텔에 대해서는 다른 것보다 뮤지컬을 통해 알게 되었다. 뮤지컬에서 시골 사람들이 춤을 추며 거리에서 몰려들어와 칸막이 된 좌석에 앉아서 품위 없이 음식을 먹어댔다. "달리 생각해보면 그녀는 돈관념이 없었어, 여하간 정상적인 경제관념은 없는 편이었어. 어릴 때나 했을 법한 그 물물교환의 즐거움에서 결코 벗어나질 못했어. 그러니 그녀에게 돈이란 그저 교환 수단일 뿐이었지. 그녀는 쉽게 소비할 수 있거나 아니면 적어도 빨리 교환할 수 있는 것이라면 뭐든지 좋아하는 편이야. 그녀한테 돈이란 소비와 교환 둘 다를 의미하지." 눈길이 닿는 가장 먼 곳을 바라보고 있자니 교회 하나가 눈에 들어왔다. 면직 공장에서 뿜어져나오는 탁한 연무도 그곳까지는 미치지 못했다. 지도상으로 볼 때 그 교회는 침례교회가 틀림없었다. "편지가 나한테 오기까지 너무 오래 걸렸는데." 나는 말했다. "그새 그녀가 죽지는 않았을까?" 일전에 저녁 무렵 높고 가파른 암벽 위로 어머니를 찾아 나선 적이 있었다. 어머니가 가끔 우울증에 시달린다는 사실을 알고 있던 나로서는 행여 어머니가 바위 아래로 몸을 던지거나 낙상하지는 않았을까 걱정이 되었다. 나는 바위 위에 올라서서 땅거미가 내려앉기 시작하는 아래쪽을 내려다보았다. 여자들 몇 명이 모여있는 것을 제외하면 특별히 눈에 띄는 것은 없었다. 그들은 무엇에 놀라기라도 한 듯 쇼핑백을 땅바닥에 떨어뜨렸고 누군가가 그들 쪽으로 다가갔다. 그 광경을 보고 있자니 암석의 돌출부 쪽에 가서 찢어진 옷조각이라도 찾아봐야 하는 게 아닌가 하는 생각이 들었다. 나는 더이상 입을 열 수가 없었다. 공기마저 내게 고통을 주는 듯했다. 나와 결부된 모든 것이 공포감으로 인해 내 안의 깊은 곳까지 가라앉아 있었다. 그러다 이내 저 아래쪽의 가로등에 불이 켜졌고, 몇몇 자동차들은 어느덧 전조등을 켠 채 내달렸다. 암벽 위쪽에는 적막감 속에서 찌르륵찌르륵하는 귀뚜라미 울음소리만 들려올 뿐이었다. 몸이 점점 무거워졌다. 마을 어귀의 주유소에도 불이 켜졌다. 그러자 사방이 밝아졌다! 거리를 걷는 사람들의 발걸음이 더욱더 빨라졌다. 종종걸음으로 바위 꼭대기 위를 이리저리 왔다갔다하다 보니 저 아래 사람들 중에서 유독 매우 천천히 움직이는 누군가가 눈에 들어왔다. 어머니였다. 어머니는 최근 들어 움직임이 눈에 띄게 더뎌진 터였다. 그녀는 평소와 달리 거리를 따라 곧장 걷지 않고 긴 대각선을 그리며 거리를 가로질러 갔다.

나는 침대 옆 협탁으로 의자를 바싹 끌고 가서는 뉴욕에 있는 델모니코 호텔로 전화했다. 유디트의 결혼 전 성을 대자 비로소 그곳 직원이 투숙객 리스트에서 그녀의 기록을 확인해주었다. 그녀는 우편물을 추송(追送)받을 수 있는 아무런 주소도 남기지 않은 채 이미 닷새 전에 체크아웃한 상태였다. 그런데 호텔 측이 그녀가 묵었던 방에서 사진기 한 대를 발견하고는 보관하고 있다며 그것을 유럽의 주소로 보내야 하는지 물어왔다. 나는 내일 뉴욕으로 가서 직접 가져가겠다고 대답했다. "그래요." 전화를 끊고 나서 나는 반복해서 말했다. "내가 그녀의 남편 되는 사람입니다." 또다시 혼자서 킥킥거리게 될까봐 재빨리 창가 쪽으로 의자를 끌고 갔다.

앉은 채 외투를 벗고는 여행자수표를 세어보았다. 도난 사건이 비일비재하다는 소문을 익히 들어온 터라 오스트리아에서 현금 대신에 바꾸어 왔다. 은행 직원이 나중에 같은 환율로 환전해주겠다고 약속했지만 지금의 환율로 보아서는 그가 약속을 깬다 해도 너그럽게 봐줘야 할 판이었다. "3천 달러나 되는 돈을 여기서 어떻게 다 써버리지?" 나는 자문해보았다. 그러자니 문득 환전해 온 이 많은 돈을 최대한 무위도식하면서 써버리고 싶다는 충동이 들었다. 나는 다시 한 번 델모니코 호텔에 전화를 걸어 다음 날 묵을 방 하나를 예약하려고 했다. 빈방이 없다는 대답에 나는 호텔 직원에게 그렇다면 혹시 월도프 애스토리아 호텔에 방 하나를 알아봐줄 수 있는지 부탁할까 했다. 하지만 이내 그만두고 F. 스콧 피츠제럴드를 떠올리며 44번 가에 있는 앨곤퀸 호텔에 방 하나를 부탁했다. 그곳은 그가 자주 찾았던 호텔이었고, 나는 얼마 전에 그의 작품을 읽은 적이 있었다. 마침 방 하나가 비어 있었다.

욕조에 물이 채워지는 동안 문득, 유디트가 내 계좌에 남아 있던 돈을 몽땅 빼 갔을 수도 있다는 생각이 들었다. "그녀에게 전권을 주는 게 아니었어." 물론 이렇게 말하면서도 그다지 걱정하지는 않았다. 오히려 내심 즐거웠다. 앞으로 일이 어떻게 진행될지 호기심마저 일었다. 하지만 그것도 한순간이었다. 내가 그녀를 마지막으로 보았을 때, 그러니까 어느 날 오후 그녀가 침대에 몸을 길게 뻗고 누운 채 더이상 남의 말을 들을 형편이 아닌 상태에서 나를 물끄러미 바라보던 그때, 나는 그녀에게 다가가던 발걸음을 멈출 수밖에 없었다. 나로서도 딱히 그녀를 도와줄 방법이 더이상 없었기 때문이다.

나는 욕조에 몸을 담그고는 피츠제럴드의 『위대한 개츠비』를 완독했다. 책의 내용은 한 남자가 만(灣) 한쪽에 위치한 집 한 채를 사서, 사랑하는 여자가 다른 남자와 살고 있는 만 다른 쪽의 집에 매일 밤 불이 켜지는 것을 바라본다는 연애담이었다. 위대한 개츠비는 자기 감정에 충실했지만 그만큼 수치심도 느꼈다. 말하자면 여자의 사랑 행위가 노골적이고 대담해질수록 개츠비도 더욱더 비겁하게 행동했다.

"그래." 나는 말했다. "한편으로는 수치심이 들고 다른 한편으로는, 적어도 유디트에 대한 나의 감정과 관련해서는, 난 겁쟁이야. 나는 그녀 앞에서 속마음을 털어놓는 것을 늘 주저해왔지. 체질적이긴 하지만 그간 내가 보여왔던 부끄러움은, 비록 그것이 그녀가 내 일거수일투족을 참지 못하리라는 나만의 생각에서 비롯되었다 해도, 여하튼 일종의 소심함의 표현임이 분명해. 적어도 그것이 내 사랑의 감정을 드러내는 하나의 척도로서 작용하는 한 말이야. 위대한 개츠비는 단지 그를 사로잡는 사랑을 행하는 방식에서만 소극적이었어. 이를테면 그는 예의를 아는 인간이었지. 지금이라도 늦지 않았다면 나도 그처럼 정중하면서 동시에 막무가내로 행동하는 법을 좀 터득하고 싶다."

나는 물이 흘러넘치는데도 아랑곳하지 않고 그대로 욕조 안에 앉아 있었다. 물은 아주 천천히 빠졌다. 눈을 감고 몸을 뒤로 젖히자 찰방거리며 빠져나가는 물의 움직임으로 인해 나 자신이 점점 작아지면서 마침내 물속에 녹아 들어가는 느낌이 들었다. 욕조 안의 물이 다 빠져나가 한기가 느껴질 때에야 비로소 나는 정신을 가다듬고 자리에서 일어났다. 몸을 닦으면서 몸 아래쪽으로 시선을 가져갔다. 페니스를 움켜쥐고는 처음에는 수건을 이용해서, 나중에는 맨손으로 자위행위를 하기 시작했다. 시간이 한참 흘렀다. 가끔 눈을 뜨고 욕탕의 우윳빛 창문 밖을 내다보았다. 자작나무 잎의 그림자들이 아래위로 흔들렸다. 마침내 정액이 쏟아져나오자 무릎이 저절로 꺾였다. 나는 재빨리 몸을 씻고는 욕조를 깨끗이 닦았다. 그러고는 옷을 입었다.

한동안 침대에 누워 있었다. 도통 아무런 생각도 할 수 없는 상태였다. 처음에는 잠시 고통스러웠지만 나중에는 차츰 마음이 편안해졌다. 잠은 오지 않았고 다만 넋 나간 사람처럼 멍한 상태였다. 창밖의 조금 떨어진 곳에서 탁탁거리는 작은 소리가 간헐적으로 들려왔다. 그러고는 이내 학생들의 환호성과 외침이 뒤따랐다. 브라운 대학의 교정에서 학생들이 야구 경기를 하고 있었다.

나는 자리에서 일어나 호텔에 비치된 비누로 양말 몇 켤레를 빨고 로비로 걸어 내려갔다. 엘리베이터 안내인은 두 손으로 얼굴을 괴고 승강기 옆 보조 의자에 앉아 있었다. 호텔 밖으로 나갔다. 바깥에는 어느덧 땅거미가 내려앉았다. 그곳에 차를 세워두고 서로 이야기를 주고받던 택시기사들이 내가 그 곁을 지나가자 행여 택시 탈 의향이 있는지 말을 걸어왔다. 한참을 걸어온 후 생각해보니 나는 그들의 물음에 대꾸는 물론이고 아무런 제스처도 보이지 않은 채 지나쳐 왔고, 그것을 은근히 즐겼음을 비로소 알게 되었다.

"오늘 난 미국에서의 두번째 날을 맞는 거야." 나는 말하면서 인도에서 도로로 내려가 걷다가 곧 다시 인도로 올라갔다. "내가 좀 변하긴 한 걸까?"

그게 사실이든 아니든 개의치 않고 걸어가면서 처음에는 어깨 아래로 손목시계를 슬쩍슬쩍 내려다보다가 감질이 나서 나중에는 정면으로 똑바로 쳐다보았다. 내게는 책에서 읽었던 것을 그대로 따라 해보고 싶은 욕망이 일 때가 있는데 이번에는 위대한 개츠비가 그 대상이었다. 그는 지금 이 순간 내게 변화를 독려했다. 지금까지의 나와는 다른 내가 되고 싶은 충동적 욕구가 불현듯 솟구쳐올랐다. 위대한 개츠비가 나의 입장이라면 느꼈을 감정들을 지금 나는 어떤 식으로 표출할 것이며, 내 상황에서 또 어떻게 이용할 것인가를 심사숙고해보았다. 그것은 다정함과 관심 어린 배려, 명랑함과 행복감 등과 같은 감정들이었다. 그러한 감정들이 두려움과 공포감에 젖은 나의 기질을 영원히 사라지게 할 수 있으리라는 생각이 들었다. 그러한 감정들을 이용하지 못할 것도 없으며 그럴 경우 다시는 공포감에 움츠러드는 일도 없을 것이다! 하지만 정작 내가 다른 사람으로 변할 수 있음을 보여줄 수 있는 상황은 어디에 있는가? 적어도 당분간은 옛날의 상황으로 돌아갈 수 없다. 낯선 이곳에서 나는 아주 다른 누군가의 모습을 보여줘야 할 것이다. 공공시설을 이용하고, 도로를 활보하고, 버스를 타고, 호텔에서 생활하고, 높은 의자에 즐겨 걸터앉는 그런 인물. 하루아침에 그런 인물이 될 능력이 내게는 아직 없다. 게다가 나 스스로 그렇게 되기를 원하지 않았다. 그럴 경우 불가피하게 일종의 가장 행위를 해야 하기 때문이었다. 타인한테 인정받기 위해 어딜 가나 본모습을 숨기려는 강박관념을 나는 마침내 벗어버렸다고 생각했다. 그럼에도 주어진 상황과 환경에 주의를 기울이고 민감하게 반응하는 것은 여전히 어쩔 수 없는 노릇이었다. 이를테면 인도를 걷다가 마주 오는 사람이 있으면 재빨리 옆으로 피하면서 억지로 표정을 바꾼 채 본래의 내 모습에서는 찾아볼 수 없는 불쾌한 인상을 지어 보였다. 제퍼슨 가를 따라 계속 걸어 내려가는 동안 무의식중에 문득 유디트가 떠올랐지만 숨을 내쉬면서 몇 발짝 더 걷다보니 언제 그랬냐는 듯 다시 그녀에 대한 생각이 가셨다. 그렇지만 이내 의식 속에 황량함이 몰려들더니 오금이 저려올 정도로 강한 분노의 불길이 치밀어올랐다. 흡사 살의에 버금가는 것이었다. 그도 그럴 것이 나는 그녀가 나는 물론이고 나 아닌 그 누군가에게도 불행의 씨앗이 되도록 그냥 내버려둘 수는 없었기 때문이다.

나는 몇 개의 골목길을 따라 걸었다. 어느덧 가로등이 불빛을 밝혔고 하늘은 푸르디푸르게 빛났다. 나무 아래 목초들은 석양의 미광을 반사했다. 뜰 앞의 덤불숲에서는 꽃잎들이 바닥으로 똑똑 떨어졌다. 다른 편 거리에서는 덩치 큰 미국 자동차의 문이 닫히는 것이 보였다. 나는 제퍼슨 가로 되돌아와 스낵바에서 진저에일을 한 잔 마셨다. 알코올 음료를 취급하지 않는 스낵바였다. 나는 잔에 들어 있는 얼음 두

덩어리가 다 녹을 때까지 기다렸다가 그 물을 마셨다. 쓴맛이 났지만 진저에일 고유의 달콤한 향기만은 좋았다. 테이블마다 벽 쪽으로 작은 상자 같은 것이 붙어 있어서 굳이 일어나지 않고도 뮤직박스의 음반을 선곡할 수 있었다. 25센트짜리 동전을 집어넣고 오티스 레딩의 〈부둣가에 앉아서〉를 선곡했다. 그 순간 나는 위대한 개츠비를 생각하면서 전에 없이 자신감에 찼다. 이 순간만큼은 평소와 다르게 행동할 수 있을 것 같았다. 그러니 나를 더이상 예전의 나로 알아보는 사람은 없을 것이다! 나는 햄버거 샌드위치 하나와 콜라 한 잔을 주문했다. 피곤이 몰려오면서 하품이 났다. 하품을 하는 순간 내 안에 공동(空洞) 지대가 형성되면서 이내 칠흑 같은 총림(叢林)에 대한 영상이 채워졌다. 동시에 유디트가 죽었을지도 모른다는 생각이 고질병이 재발하듯 불현듯 들었다. 스낵바의 문밖으로 어스름이 점점 짙어가는 것을 바라보고 있자니 그 총림에 대한 상 또한 더욱 암울해져갔다. 불안감과 두려움이 극단적으로 커지다보니 갑자기 내가 겁 많고 소심한 남자로 되돌아온 것 같았다. 더이상 뭘 먹을 수 없었고 음료수나 한 모금씩 찔끔찔끔 마실 수 있을 정도였다. 나는 콜라 한 잔을 더 주문한 후 두근거리는 가슴을 안고 자리에 앉았다.

이 두려움, 그리고 가능한 한 빨리 다른 존재로 변신해 두려움을 떨쳐버리고 싶은 욕망이 합쳐져서 나를 안절부절못하는 상황으로 몰아갔다. 시간은 무척이나 천천히 흘러갔고 나는 재차 손목시계를 내려다보았다. 이미 익숙해진, 시간에 대한 히스테리성 강박이 나타나고 있는 것이었다. 몇 년 전 한 뚱뚱한 여자가 해변에서 멱을 감는 모습을 본 적이 있다. 그때 나는 10분 간격으로 그녀를 주시했다. 그사이에 그녀가 틀림없이 날씬해져 있을 거라고 매우 진지하게 믿었기 때문이다. 그리고 지금 나는 스낵바에 앉아, 이마에 딱지가 앉은 한 사내를 바라본다. 상처가 완전히 아물었는지 확인해보고 싶어서이다.

내 생각에 유디트는 시간관념이 없다. 약속을 잊어버리지는 않았지만 흔히들 여성에 대해 풍자조로 이야기하듯 약속 장소에 번번이 늦게 나타나니 말이다. 쉽게 말해 그녀는 시간관념과는 담을 쌓고 산다. 요일을 정확히 아는 경우도 드물다. 누군가가 지금이 몇 시인지를 알려주면 그녀는 늘 깜짝깜짝 놀란다. 그에 반해 나는 시보(時報)를 듣기 위해 거의 매 시간 전화기를 든다. 그녀는 늘 "어머, 이미 늦었네!"라는 말을 달고 산다. 그러니 "아, 아직 시간이 있어!"라는 말은 도통 그녀에게서 들어볼 수가 없다. 언젠가 무언가를 해야 할 시간이 온다는 사실 자체를 인식할 능력이 없는 것이다. 그래서 나는 그녀에게 말하곤 했다. "그건 당신이 어릴 적부터 너무 자주 이사를 다녀서 많은 곳에서 살아본 경험이 있기 때문일 거야. 그래서 전에 어디서 살았는지에 대해서는 대체로 잘 알면서도 언제 어디서 살았는지에 대해서는 도무지 아는 바가 없는 거지. 적어도 당신의 방향감각은 나보다 훨씬 나은 편이야. 나는 길을 자주 헤매거든. 아니면 당신이 너무 일찍부터 정해진 근무시간에 따라 일을 했기 때문일 수도 있어. 그렇다고 해도 나는 기본적으로, 당신이 그토록 시간관념이 없는 것은 다른 사람에 대한 배려심이 없기 때문이라고 확신해." 그러면 그녀가 대답했다. "아니, 당신이 잘못 봤어, 나는 단지 나 자신에 대한 배려심이 없을 뿐이야." "게다가 당신은 돈관념도 없잖아" 하고 내가 말하면 "아니, 숫자 개념이 없을 뿐이야"라는 대답이 돌아왔다.

"당신은 방향감각도 엉망이야." 나는 계속해서 말을 이었다. "저 위에 있는 집으로 간다고 해야 하는데 번번이 저 아래라고 하지. 그것뿐이야? 한참 전부터 집 밖에 나와 있으면서도 자동차가 저 밖에 서 있다고 하기도 했어. 그리고 도시 아래쪽으로 차를 몰고 가면서도 도로가 북쪽을 향해 있다는 이유로 도시 위쪽으로 가고 있다고 우기곤했지."

그러면서도 지금은 다른 한편으로 나의 지나친 시간관념이 외려 나의 발목을 잡는다는 생각이 들었다. 말하자면 자신에 대해 과도하리만치 세심하게 신경을 쓰다보면 지금 내가 추구하는 느긋함이나 남에 대한 관용 같은 것들로부터 더욱더 멀어질 것 같았다.

나는 자리에서 일어났다. 기억이라는 것이 이렇게 우스꽝스러운 것이었다. 종이쪽지를 집어들고 뚱한 모습으로 계산대로 걸어가서는 묵묵히 지폐를 꺼내 내밀었다. 그 순간만큼은 아무 말도 하고 싶지 않았다. 이 경우 굳이 나의 태도에 변화를 주지 않아도 된다고 생각하니 더더욱 만족스러웠다. 밖으로 막 나가려는 순간 방금 내가 온갖 개념들과 정의들 그리고 추상들을 떠올렸다는 생각이 들었다. 그러자 웃기지도 않는 강한 불쾌감이 일더니 발걸음을 멈추게 만들었다. 나는 애써 트림을 하려 했다. 콜라를 마신 게 도움이 되었다. 밖으로 나와 걷다보니 짧은 머리에 뺨이 포동포동하고 허벅지가 두꺼운 한 학생이 무릎까지 오는 반바지를 입고 운동화를 신은 채 맞은편에서 다가오고 있었다. 긴장된 상태로 그를 주시하고 있었는데 너무 당황한 탓인지 문득 이런 생각이 들었다. 말하자면 누군가가 언젠가 이 한 인간에 대해 무언가를 일반화해서 말할 수도 있고, 또 누군가는 그를 유형화해서 뭔가 다른 방식으로 살아가는 존재들을 대표하는 자로 만들어버릴 수도 있다는 생각 말이다. 나는 본의 아니게 "안녕!"이라고 말하고는 아무런 경계심 없이 그를 보았다. 그러자 그도 역시 대답을 해왔다. 그의 모습은 갑작스레 살아 움직이게 된 하나의 영상 그 자체였다. 지금은 알 수 있을 것 같다. 얼마 전부터 개별적인 인간들에 대한 이야기를 부쩍 읽고 싶어진 이유를 말이다. 그리고 스낵바의 계산대에 서 있던 여자는 또 어떤가! 머리 색깔은 바래 있었고 검은색 모근이 비죽이 나와 있었다. 게다가 그녀는 곁에 작은 미국 국기를 세워두었다. 그리고 또 뭐가 있었지? 이쯤 해두자. 내 기억 속의 그녀의 얼굴은 지금도 여전히 빛을 발하고 있으며 마치 성자상(聖者像)처럼 완고한 표정을 지어 보이고 있다. 나는 그 뚱뚱한 학생을 한 번 더 유심히 살펴보았다. 셔츠 뒤쪽에는 그룹 캔드 히트의 리드싱어였던 앨 윌슨의 얼굴이 새겨져 있었다. 윌슨은 작고 땅땅한 체구의 젊은이였다. 텔레비전을 봐도 확연히 보이듯이 여드름투성이에다 안경을 쓰고 있었다. 몇 달 전 그는 로스앤젤레스의 로럴 캐니언에 있는 자택 앞에서 침낭에 싸여 사체로 발견되었다. 감미롭고도 높은 목소리로 그는 〈다시 길 위에서〉와 〈시골길을 걸으며〉를 불렀다. 여느 록 음악처럼 지미 헨드릭스나 재니스 조플린에게서도 별 감흥을 느끼지 못하던 내게 그의 죽음은 적잖은 충격을 주었다. 그리고 그의 짧은 생은(이제는 나도 그 의미를 알 수 있을 것 같은) 지금도 가끔 문득문득 떠오르면서 내게 아련한 고통을 남긴다. 호텔로 돌아가는 길에 나는 기억을 추슬러 그의 노래 중 두 소절을 떠올려보았다.

콜로라도여 안녕히
캘리포니아는 산책하기 좋은 곳.

호텔 지하 미용실 옆에 바가 하나 있었다. 어둠침침한 테이블에 앉아 나는 감자칩을 먹으며 데킬라를 마셨다. 바 여종업원이 가끔 신선한 새 감자 칩을 봉지째로 들고 와서는 접시에다 부어주었다. 옆 테이블에는 사내 두 명이 앉아 있었다. 대화의 내용을 들어보니 인근 도시 폴 리버에서 온 사업가들이었다. 여종업원이 그들과 동석했다. 나는 그들 세 사람을 주의 깊게 바라보았다. 호기심이 생겨서 그런 것은 아니었다. 세 사람이 앉기에는 테이블이 너무 비좁아 보였지만 그들은 위스키 잔 사이의 공간을 이용해서 일종의 주사위 놀이를 했다. 위스키 잔은 종업원이 의도적으로 치우지 않은 듯했다. 던져진 주사위들은 마치 포커 카드처럼 나란히 놓였다. 그 외에 바 안은 이렇다 할 일 없이 조용했다. 다만 카운터 위쪽의 작은 환풍기만이 나지막한 소리를 내며 돌아가고 있었다. 주사위가 술잔에 부딪힐 때마다 챙챙 하는 소리가 났다. 카운터 뒤편에서는 방금 되감아놓은 녹음 테이프가 덜거덩거리는 소리가 간헐적으로 들려왔다. 나 스스로 주변 환경에 별 어려움 없이 서서히 적응해가기 시작했다는 생각이 들었다.

종업원이 손짓으로 내게 자리를 옮겨 오라는 신호를 해왔다. 게다가 사업가들 중 한 사내가 빈 의자까지 끌어다 놓고는 자리를 권하는 바람에 나는 어쩔 수 없이 그들 곁으로 가서 앉았다. 처음에는 구경만 하다가 나중에는 놀이에 함께 끼었다. 하지만 번번이 주사위 하나가 테이블 아래로 떨어지는 통에 이내 그만두고 싶어졌다. 나는 멕시코식 소주를 한 잔 더 주문했다. 종업원이 카운터에서 술 한 병을 들고 오면서 그 참에 녹음기를 다시 켰다. 테이블로 돌아온 그녀는 손등에 소금을 흩뿌리고는 그것을 핥아댔다. 소금 알갱이들이 테이블 위로 떨어져 내렸다. 그러고 나서 그녀는 내 잔으로 소주를 한 잔 따라 마셨다. 병에는 금빛 모래가 빛을 발하는 사막 한가운데에 핀 용설란 사진이 붙어 있었다. 녹음기에서는 서부 음악이 흘러나왔다. 남성 합창단이 미국 기병대의 노래를 불렀으며 이어서 가사 없는 반주가 이어졌다. 처음에는 트럼펫 연주만 지속되다가 나중에는 나지막한 하모니카 연주로 바뀌었다. 종업원이 자기 아들이 군대에 있다는 말을 했지만 나는 뜬금없이 주사위 놀이를 한 번 더 해보고 싶다고 말했다.

주사위를 던졌더니 아주 드문 경우의 수가 나왔다. 내게 특정한 한 숫자가 나와야만 하는 상황이었다. 주사위 컵을 치워보니 주사위가 한 개만 빼고 모두 멈춰 서 있었다. 술잔 사이로 아직 주사위 한 개가 굴러가고 있었는데 내가 필요로 하는 숫자가 언뜻 보이더니 곧 사라져버렸다. 원치 않은 숫자가 위쪽을 향하고 있었다. 비록 잠깐 동안이긴 했지만 내가 필요로 하는 숫자가 눈에 들어왔다는 사실이 내게 너무도 강력한 인상을 주어서, 당장은 아니더라도 다른 때 그 숫자가 진짜 나올 것 같았다.

여기서 말하는 다른 때란 단순히 미래나 과거를 의미하지는 않았다. 그야말로 그것은 내가 살아오면서 미리 생각해보았거나 돌이켜보았던 시간들과는 속성상 전혀 다른 차원의 시간을 의미했다. 내게는 다른 시간에 대한 매우 절실한 감정이 일었다. 또한 그 다른 시간에는 지금 내가 서 있는 공간과는 다른 공간이 펼쳐져 있으며 모든 것이 지금 나의 의식 상태와는 다를 테니 내가 느끼는 감정 상태 또한 지금과는 확연히 다를 것이었다. 그리고 그 시간대에서 사람들은 비록 순간적이나마 아직 생명이 살지 않던 지구의 상태를 비로소 경험하게 될 수도 있다. 말하자면 수천 년 동안 비를 머금고 있던 것이 드디어 처음으로 한 방울의 물이 되어 떨어지고는 다시는 수증기 상태로 돌아가지 않는 그런 태고의 상태 말이다. 감정이라는 것이 매 순간 무척이나 빨리 변하기는 하지만 적어도 지금 나의 감정은 그렇다는 말이다. 하지만 동시에 나의 감정은 종업원이 아무 생각 없이 내 쪽을 힐끗 본 그 짧디짧은 순간에 긴 여파를 남길 만큼 쓰라리고 고통스러운 것이기도 했다. 내가 그녀의 시선에서 느낀 것은 단순한 깜빡거림의 차원도 아니었지만 그렇다고 대상을 의식하는 고정된 눈길도 아니었다. 의식의 깨어 있음과 의식의 소멸을 부단히 반복하면서 무한히 확장되어가는 시선, 그러다가 결국 망막의 손상으로 이어지는, 그리고 마침내 저 다른 시간을 위해 존재하는 다른 여자의 갈망하는 듯한 눈길에서 뿜어져나오는 작은 절규로까지 이어지는 시선이 느껴졌다. 지금까지의 나의 삶이란 많은 것을 허용받지 못한 삶이 아니던가! 나는 시계를 보고는 돈을 지불하고 호텔 방으로 올라갔다.

꿈도 꾸지 않고 숙면을 취했다. 밤새 행복감에 젖어 있었음을 나 스스로 온몸으로 느꼈다. 아침이 되자 기분이 바뀌었다. 꿈을 꾸기 시작했고 불쾌한 기분으로 눈을 떴다. 양말은 히터 위에 널려 있었고 커튼은 아무렇게나 열어젖혀져 있었다. 커튼에는 미국 이주사(移住史)의 장면들이 그려져 있었다. 월터 롤리 경이 식민지 버지니아에서 담배를 문 채 흔들의자에 앉아 있었다. '메이플라워' 호에 발 디딜 틈 없이 올라탄 순례의 시조들이 매사추세츠 주에 도착했다. 조지 워싱턴은 벤저민 프랭클린으로 하여금 미합중국의 헌법을 낭독하게 했다. 함장 루이스와 클라크는 미주리 주 서쪽에서 태평양과 접해 있는 콜롬비아 강의 하구까지 항해하던 중에 검은 발의 인디언들을 쏘아 죽였다(그림에서는 한 인디언이 멀리 떨어진 언덕 위에서 총신 쪽으로 팔을 어중간하게 치켜들고 있었다). 그리고 애포매톡스 전장(戰場) 옆에는 에이브러햄 링컨이 몸을 뒤로 젖힌 채 한 흑인에게 손을 뻗치고 있었다.

나는 커튼을 열어젖혔다. 하지만 창밖을 내다보지는 않았다. 햇살이 방바닥으로 쏟아져 들어와서는 나의 벗은 두 발을 따뜻하게 해주었다. 나는 침대 옆 협탁 위에 놓여 있던 퀘이커교 성경을 읽었다. 유디트와 홀로페르네스가 등장하는 대목을 찾기도 전에 그들의 이야기가 문득 떠올랐다. 홀로페르네스가 잠든 틈을 타 유디트가 그의 목을 베어버리는 장면 말이다. "그녀는 종종 내 발을 밟거나 내 발에 걸려 넘어지길 잘했지." 나는 말했다. "아무튼 그녀는 노상 무언가에 걸려 넘어지곤 했어. 사뿐사뿐 걷는 발걸음은 제법 우아하긴 했지만 늘 무언가에 걸려 넘어질 듯하는 것이 문제였어. 껑충 걸음으로 춤추듯 가볍게 나아가지만 이내 넘어지고 말았지. 그러고 나서는 다시 껑충껑충 몇 걸음 더 걸어가보지만 마주 오던 누군가와 부딪치곤 했지. 그런가 하면 나중엔 미끄러져 넘어지는 바람에 뜨개질 용구에 찔린 적도 여러 차례였어. 뜨개질 작업을 완성한 적이 한 번도 없어서 번번이 실을 다시 죄다 풀어내야 했지만 뜨개질 용구는 늘 가지고 다녔던 그녀였지." "그래도 집안일은 잘하는 편이었어." 나는 계속 혼잣말을 했다. 욕탕에서 면도를 하면서도, 방에 들어와 옷을 차려입고 짐을 꾸리면서도 쉴 새 없이. "그녀는 못을 하나 박더라도 결코 구부러뜨리는 법이 없었고, 양탄자를 깔고 벽지를 바르는 일에도 능숙했지. 옷 수선은 물론이고 의자를 조립하는 일이라든지 자동차의 찌그러진 부분을 두드려 펴내는 일에도 일가견이 있었어. 하지만 문제는 미끄러져 넘어진다든가 비트적거리길 잘해서 애꿎은 다른 물건들을 짓밟아 망쳐놓는다는 것이었지. 차마 눈 뜨고 못 봐줄 정도였어. 그 제스처는 또 어떻고! 한번은 그녀가 방으로 들어와서는 전축을 끄려고 한 적이 있었어. 그런데 문간에 우두커니 멈춰 서서는 전축이 있는 방향으로 머리만 까딱하는 것이 아니겠어. 또 한번은 초인종이 울렸을 때였어. 그녀가 나보다 먼저 문 쪽으로 다가갔는데 매트 위에 놓인 편지 한 통을 본 거야. 그녀는 문을 살짝 열어두었다가 내가 들어가려고 하니까 나보고 편지를 집어들라는 뜻으로 문을 활짝 열어젖혔지. 물론 그녀가 의도적으로 그런 것은 아니었겠지만 그 바람에 손을 헛디뎠어. 나는 그녀의 뺨을 갈겼지. 하지만 다행히도 어설프게 휘두른 탓에 빗맞았고 우리는 곧 다시 화해했어."

나는 로비로 내려가 여행자수표로 호텔비를 지불하고는 그레이하운드 버스를 타러 가려고 택시를 잡아탔다. 이곳의 택시 색깔은 노란색이 아니고 영국 택시처럼 검은색이었다.

버스가 뉴잉글랜드를 지나는 동안 나는 무엇을 하며 시간을 때웠지? 창밖을 내다볼 마음이 싹 가셨다. 그레이하운드 버스의 창문 색깔로 인해 바깥 경치가 음울해 보였기 때문이다. 가끔 통행세를 내야 하는 톨게이트를 만날 때마다 차가 멈춰 서야 했다. 운전기사는 버스 창문을 통해 동전 몇 개를 깔때기 안으로 던져 넣었다. 바깥 구경을 하기 위해 내가 창문을 열려고 하자 누군가가 그러면 버스 안의 자동 냉방 장치에 무리가 갈 수 있다고 하는 통에 다시 닫았다. 뉴욕에 가까워지자 광고 문구들보다는 광고 사진이 눈에 띄게 늘어났다. 거품이 흘러넘치는 거대한 맥주잔을 비롯해 등대 크기만 한 케첩, 그리고 구름 위를 날고 있는 실물 크기의 제트기 사진이 눈에 들어왔다. 내 옆자리 승객은 땅콩을 까 먹으며 캔맥주를 비워냈다. 게다가 엄연히 흡연이 금지되어 있는데도 몰래몰래 담배까지 피워댔다. 그렇다고 고개를 들어 그를 보지는 않았다. 그러니 그의 얼굴은 보지 못하고 행동거지만 파악할 수 있었다. 바닥에는 호두 껍데기와 땅콩 껍질이 어지러이 널려 있었다. 어떤 것은 껌 종이에 싸인 채 버려져 있었다. 나는 고트프리트 켈러의 『녹색의 하인리히』를 꺼내 읽기 시작했다.

하인리히의 아빠는 하인리히가 다섯 살 되던 해에 죽었다. 아이는 아빠의 모습이라고는 생전에 땅속에서 감자 잎을 당겨 올려서는 그 덩이줄기를 보여주던 모습만 기억했다. 늘 녹색 옷을 입고 다녀서 아이는 녹색의 하인리히라 불리게 되었다.

버스는 브루크너 고속도로를 지나 브롱크스의 시구(市區)로 진입해 가더니 이내 오른쪽으로 꺾어 할렘 강을 가로질러 맨해튼 시구로 들어갔다. 계속 천천히 달리던 버스는 할렘 강을 따라 나 있는 파크 애비뉴를 지날 때는 엄청나게 빠른 속도로 달렸다. 사람들은 사진과 비디오를 찍기 시작했다. 토요일이었다. 폐차와 폐허 더미 옆에 몰려서 있는 할렘 가의 흑인 거주민들이 보였다. 그들은 건물의 일층에서

만 세 들어 살 수 있었다. 신문을 읽거나 거리에서 야구를 하는 모습, 그리고 배드민턴을 치는 여자아이들의 모습이 보였다. 도처에 붙어 있는 햄버거와 피자라는 글씨는 왠지 이곳과는 어울리지 않는 낯선 느낌으로 다가왔다. 버스는 센트럴 파크를 지나 마침내 50번 가 근처에 있는 침침한 버스 터미널에 도착했다. 그곳에서 나는 다시 택시를 잡아타고는 앨곤퀸 호텔로 갔다. 이곳의 택시는 노란색이었다.

호텔 앨곤퀸은 그다지 높지 않고 폭이 좁은데다 방들도 자그마했다. 방문을 완전히 닫아도 여전히 틈새가 벌어져 있는 것이 하루 이틀 전에 그 지경이 된 것은 아닌 듯했다. 게다가 지나가면서 보니 몇몇 자물쇠에는 여기저기 긁힌 자국이 나 있었다. 가방을 들어준 일본인 종업원에게 이번에는 지체 없이 1달러짜리 지폐를 찔러주었다.

방은 건물 뒤쪽의 좁은 마당으로 연결되어 있었는데 환풍기를 통해 김이 올라오는 것을 보니 아마도 그곳에 주방이 있는 것 같았다. 식기와 접시 들이 달가닥거리는 소리까지 들려왔다. 방 안은 매우 싸늘했다. 에어컨은 윙윙 소리를 내며 돌아갔다. 몸을 움직여볼 틈도 없이 온종일 차를 타고 왔기 때문에 잠시라도 쉬려고 침대에 걸터앉으니 곧 오한이 나기 시작했다. 에어컨을 끄려고 애를 썼지만 도무지 스위치를 찾을 수가 없었다. 하는 수 없이 프런트에 전화를 했더니 그곳에서 직접 조정해서 에어컨을 꺼주었다. 그러자 윙윙 소리가 멈추었다. 주위가 조용해지자 방은 아까보다 좀더 커 보였다. 나는 침대에 몸을 눕혔다. 그러고는 협탁 위의 넓은 쟁반에 다른 과일들과 함께 담겨 있던 포도를 몇 알 따서 먹었다.

처음에는 내 몸이 부풀어오르는 것이 방금 먹은 포도 때문이라 생각했다. 온몸이 팽창하는 듯하더니 이내 머리와 사지가 동물 모양의 작은 장신구로 쪼그라들어 마치 새의 두개골과 물고기 지느러미로 변신하는 느낌이 들었다. 한참 고열에 시달리다가 나중에는 다시 한기가 느껴졌다. 온몸의 돌기들을 뒤집어엎고 싶을 정도였다! 계속해서 움찔거리는 손의 혈관은 금방이라도 터져나올 듯 세차게 고동쳤다. 동시에 코는 어떤 강한 힘에 쪼이기라도 한 듯 화끈거리기 시작했다. 그러자 비로소 이 모든 것이 또다시 죽음에 대한 공포에서 비롯되었음을 알게 되었다. 하지만 그것은 나 자신의 죽음보다는 타자의 갑작스러운 죽음에 대한 거의 미칠 듯한 공포였다. 오랜 시간 차를 타고 온 후라 녹초가 된, 나 아닌 타자의 죽음 말이다. 그러다 갑자기 코가 다시 차가워지고 움찔대던 손의 혈관도 정상적으로 펴졌다. 나는 내 앞에서 하나의 영상을 보았다. 아무런 생명체도 살고 있지 않은, 숨 막히듯 적막하면서도 음울한 심연을 보았다.

프로비던스에 있는 호텔로 전화해서 그간 혹시 내게 온 연락이나 편지가 없었는지 물어보았다. 전혀 없었다고 했다. 나는 내가 머무르는 뉴욕의 호텔 주소를 불러주었다. 그러고는 혹시 몰라 여행안내서를 뒤적거려 다음 행선지가 될 호텔의 주소까지 알려주었다. 필라델피아의 리튼하우스 스퀘어에 있는 바클레이 호텔이었다. 나는 그 즉시 바클레이 호텔에 전화해서 다음 날 묵을 방 하나를 예약했다. 그런 다음 호텔 로비로 다시 전화를 걸어 필라델피아로 가는 열차표를 알아봐달라고 부탁했다. 이번에는 델모니코 호텔에 연락을 취해 그간 나의 아내가 사진기를 찾아갔는지 문의했다. 호텔 측에서 유감을 표시했다. 나는 한 시간 안에 그곳에 직접 들르겠다고 말했다. 몇 분을 기다린 후 0번을 누르고 유럽으로의 국제전화를 신청했다. 호텔 교환원이 나를 국제전화 교환원과 연결해주었다. 나는 오스트리아에 사는 어머니의 이웃집 전화번호를 불러주었다. 누군가와 사적인 대화를 하고 싶었던 걸까? 아니면 상대방이 누구든 상관없었을까? 후자의 경우에는 전화 비용이 좀더 저렴할 것이었다. "누가 전화를 받든 괜찮아." 나는 말했다. 차라리 모르는 사람과 대화하는 역할이 편하리라 생각했다. 필요한 용건만 집중해서 말할 수 있으니까. 이곳의 전화번호를 불러주었다. 교환원은 내가 불러준 전화번호를 재차 확인한 후 내게 수화기를 내려놓고 기다려달라고 일렀다.

나는 묵묵히 앉아서 조금 전에 열어놓은 옷장 안에 걸려 있는 빈 옷걸이를 바라보았다. 주방 쪽에서 시끌벅적한 소리가 들려왔다. 때는 어느덧 이른 오후였다. 옆방에서 가끔 전화벨 소리가 들려왔다. 이번에는 내 방에서 전화벨이 울어댔다. 교환원이 전화 연결이 됐음을 알려주었다. 전화기에서 심한 잡음이 났다. 나는 전화기에 대고 소리쳤다. 하지만 아무런 대답도 없었다. 한참 동안 소음과 함께 나지막이 붕붕거리는 소리만 울렸다. 그러고는 다시 잡음이 이어지더니 또다른 소음이 이어졌다. 하지만 이번에는 조금 전과는 다른 소음이었다. 긴 신호음이 여러 번 반복되더니 이내 연결음으로 바뀌었다. 나는 전화기에서 귀를 떼지 않았다. 빈(Wien)의 전화 교환실에서 전화를 받기에 귀를 기울였다. 국제전화 교환원이 빈에 있는 아가씨에게 나의 전화번호를 알려주는 소리가 들렸다. 빈의 교환원이 전화번호를 확인하는 소리가 들리는가 싶더니 곧 전화선 저쪽에서 여자 웃음소리가 들렸다. 그녀가 오스트리아 방언으로 "나도 알아!"라고 하자 또다른 여자가 "네가 알긴 뭘 알아!" 하며 윽박지르는 소리가 들렸다. 그러다가 벨소리가 다시 멎는 듯하더니 이웃집 꼬마 아이가 짐짓 꾸며낸 듯한 목소리로 전화기에 대고 자신의 이름을 외쳐댔다. 나는 그 아이에게 내가 누구이며 지금 어디서 전화를 걸고 있는지를 말해주려고 했다. 하지만 아이는 잠자다 갑자기 전화를 받은 모양인지 횡설수설하며 "엄마는 막차를 타고 올 거예요! 마지막 버스를 타고 온다고 했어요!"만 반복했다. 나는 황급히, 하지만 무심결에 조용히 수화기를 내려놓았다. 그러고는 다시 방 안의 그림을 올려다보았다. 길가에 서 있는 나무 망루 곁에 십자가에 못 박힌 예수상이 세워져 있고 그 예수상 앞으로 아늑한 느낌의 늪지가 펼쳐져 있는 그림이었다.

"제대로 전화하는 법을 배우는 날이 오기는 올까." 나는 혼잣말을 했다. "대학에 들어와서 처음으로 공중전화에서 전화를 해봤지. 뿐만 아니라 그 외에 많은 것을 일정한 나이가 되어서야 경험하기 시작했어. 더이상 뭔가를 제대로 익히기 쉽지 않은 나이에 말이야. 적응력이 떨어지는 것도 바로 그 때문이야. 설사 누군가와 쉽사리 친해진다손 치더라도 다음 날이면 관계를 새로 시작해야만 했어. 여자와 함께 있는 것은 지금도 종종 어딘가 모르게 부자연스럽게 느껴져. 마치 영화로 각색된 소설의 한 장면처럼 우스꽝스럽다니까. 레스토랑에서 그녀를 위해 무언가를 주문해야 한다면 그야말로 연출된 느낌이 들 거야. 그녀 곁으로 다가가서 그녀 곁에 앉는다고 할 때 흡사 팬터마임을 하는 것처럼 느껴질 때가 많아. 아니면 나 혼자 잔뜩 허풍만 떨어대는 느낌이든지."

전화벨이 다시 울렸다. 조금 전까지 전화 연결을 기다리느라 너무 오랫동안 붙들고 있었던 탓에 전화기는 축축해져 있었다. 호텔 교환원이 내게 통화료를 알려주고는 통화료 7달러를 방값에 포함시켜도 되겠느냐고 물어왔다. 나로서는 기뻤다. 7달러면 생각보다 적었기 때문이다. 나는 근처에 세계의 일간지를 살 수 있는 곳이 있는지 물어보았다. 그 순간 유럽은 지금 이미 저녁 무렵일 것이라는 생각이 문득 들었다. 교환원이 타임스 스퀘어 근처의 주소를 불러주는 것을 듣고 곧장 그곳으로 향했다.

나는 44번 가를 따라 내려갔다. "거리 위쪽으로!" 나는 방향을 틀어 반대편 방향으로 걸어갔다. 브로드웨이 쪽으로 가야 했다. 하지만 아메리카 애비뉴와 5번 애비뉴에 들어섰을 때에야 비로소 내가 실제로는 방향을 틀지 않았음을 알았다. 그저 상상 속에서만 방향을 바꾸었음이 틀림없었다. 그래도 방향 전환을 했다고 생각했기 때문에 나는 그 자리에 멈춰 서서 곰곰이 생각해보았다. 현기증이 났다. 다시 매디슨 애비뉴를 따라 42번 가까지 걸었다. 그랬다가 또다시 그곳에서 방향을 바꿔 천천히 걸었다. 이번에는 정말로 타임스 스퀘어가 있는 브로드웨이에 다다랐다.

나는 필라델피아 판 〈새터데이 이브닝 포스트〉를 한 부 사서는 곧장 신문 구독실로 가서 기사 내용들을 샅샅이 훑었다. 유디트에 대한 기사는 없었다. 더 찾아 읽고 싶은 기사가 없어서 신문을 내려놓고는 독일 신문 몇 부를 더 사서 드러그스토어의 바(Bar)로 갔다. 그리고 미국 맥주 한 잔을 마시며 신문을 읽었다. 그 순간 내가 이미 그 신문을 보스턴으로 가는 비행기 안에서 읽었음을 깨달았다. 지금도 기사 내용의 세세한 항목들이 기억나는 걸 봐서는 꼼꼼하게 정독하지는 않았더라도 대충 아무렇게나 읽지도 않았던 모양이다.

나는 조금 전에 걸어왔던 애비뉴들을 다시 지나서 파크 애비뉴로 꺾어 들어갔다. 예전에 누군가에게 그간 있었던 일들을 편지로 써 보낼 때면 어떤 강박감 때문이었는지는 모르겠지만 세세한 것까지 하나하나 빠뜨리지 않았다. 그래서 받는 이가 전체적인 흐름을 가늠할 수 있게끔 했는데 지금도 바로 그때와 같은 느낌이 들었다. 이를테면 집으로 갈 때도 단순히 "나는 집으로 갔다"라고 말하는 대신에 "먼저 신발 밑바닥을 잘 문질러 닦았다. 문손잡이를 아래로 눌러 문을 열고 안으로 들어갔다. 그런 다음 문을 다시 닫았다"라고 하는 식이다. 그리고 또다른 사람에게 편지를 보낼 때는 항상 ("나는 편지를 한 통 썼다"라는 표현 대신에) "순백의 편지지를 책받침 위에 올려놓고 만년필의 뚜껑을 열었다. 여백을 글로 채운 다음 접어서 편지 봉투 안으로 밀어넣었다. 겉봉투에 주소와 이름을 쓰고 그 위에 우표를 붙이고는 편지를 보냈다"라고 썼다. 더욱이 그 당시에 나는 이곳처럼 낯선 환경 속에 있었고 경험이나 지식도 부족했기 때문에 그곳에서 겪었던 온갖 자질구레한 일들까지도 마치 위대한 경험담이라도 되는 듯 구구절절 열거해야 마땅하다고 믿었다. 그렇게 나는 지금도 아메리카 애비뉴와 5번 애비뉴 그리고 매디슨 애비뉴를 가로질러 파크 애비뉴를 따라 걷고 있다. 그러다가 59번 가에 다다르자 차양 아래로 들어가 회전문 앞에 섰다. 문이 열리자 나는 델모니코 호텔 안으로 들어갔다.

호텔 종업원이 사진기를 준비해두었다. 그는 나의 여권도 확인하지 않은 채 사진기를 건네주었다. 일전에 내가 공항에서 산 덩치 큰 폴라로이드 카메라였다. 다른 곳에서보다 훨씬 비싼 가격에 샀다. 하얀 종이 띠의 가장자리에 쓰여 있는 숫자를 보니 유디트가 그새 사진을 여러 장 찍었음을 알 수 있었다. 그녀는 마음에 드는 무언가를 보았을 것이고 그것을 사진으로 간직하길 원했을 것이다. 그것이 내게는 좋은 징조로 다가왔기에 호텔을 빠져나올 때는 어느새 마음이 편안해졌다.

밝은 날이었다. 바람이 불어 한결 더 화창하게 느껴지는 날이었다. 하늘에는 뭉게구름이 얼른댔다. 나는 한참을 거리에 서서 주위를 둘러보았다. 지하철역 입구 쪽에 있는 공중전화 부스 안에서는 젊은 여자 둘이 벽에 몸을 기대고 서 있었다. 한 명은 전화기에 대고 뭔가를 이야기했고 다른 한 명은 가끔 몸을 굽히며 귀 뒤로 머리를 쓸어넘겼다. 그 두 여자를 보는 순간 나는 잠시 발걸음을 멈추었는데, 이내 그들의 모습이 내게 활기와 신선한 자극을 주었다. 그 때문에 나는 그들의 일거수일투족을 매우 흥미롭게 주시했다. 좁은 전화 부스 안에서 문은 발로 밀어 열어둔 상태로 깔깔거리며 웃어대는가 하면 수화기를 움켜쥐고는 수다를 떨어대는 모습이라니. 틈틈이 동전을 하나씩 더 집어넣어가며 재차 전화기 쪽으로 몸을 구부리는 그들 옆으로 지하철역에서 나오는 수증기가 맨홀을 통해 자욱하게 뿜어져나와 아스팔트를 넘어 주변의 골목길로까지 짙게 깔렸다. 그 광경을 보고 있자니 마음이 가라앉고 편안해졌다. 한결 마음이 가벼워져서 마치 파라다이스 같은 상태가 되어 나는 주위를 바라보았다. 그저 바라보는 것만으로도 만족스럽고 또 보는 것 자체가 하나의 인식으로 연결되는 그런 상태 말이다. 나는 4번 애비뉴라고도 불리는 파크 애비뉴로 되돌아와서는 계속해서 18번 가까지 걸어갔다.

엘진 영화관에서 조니 와이스뮬러 주연의 타잔 영화를 보았다. 영화가 시작되자마자 나는 야릇한 감정에 사로잡혔다. 말하자면 머릿속으로 미리 상상은 해보았지만 실생활에서는 금기시되는 무언가를 몰래 훔쳐볼 때의 기분 같은 것이었다. 영화의 영상들은 잊힌 꿈을 되불러왔다. 작은 여객기가 정글 위를 낮게 날았다. 비행기 내부 장면이 이어졌다. 한 남자와 한 여자가 젖먹이를 데리고 비행기 안에 앉아 있었다. 비행기가 흔들리더니 덜거덕거리는 소리를 내며 이리저리 요동치기 시작했다. 실제 비행기라면 그렇게 심하게 요동칠 리가 없을 테지만 말이다. 요동치는 상황을 보니 어릴 적 영화를 볼 때 걸터앉았던 극장용 긴 의자가 생각났다. "그들은 나이로비로 여행을 가는 중이었어" 하고 나는 크게 소리쳤다. 하지만 도시는 언급되지 않았다. "이제 곧 그들이 추락하는 장면이 나올 거야!" 부모들은 서로를 부둥켜안았다. 화면은 다시 비행기의 외부 모습을 보여주었다. 비행기가 회전하며 떨어지다가 원시림으로 추락하는 장면이었다. 폭발음과 함께 불길이 치솟아올랐다. 아니다. 연기는 나지 않았고 대신 어두컴컴한 곳에서 기포 같은 것이 뿜어져나왔다. 나중에 그 장소가 나오는 화면을 유심히 보고서야 비로소 그곳이 연못이었음을 알게 되었다. 수면 아래로 칼을 입에 문 타잔의 모습이 보이는가 싶더니 어느새 건장한 청년으로 자라난 젖먹이 미아의 모습이 클로즈업되었다. 이 둘은 시간적으로 긴 간격을 두고 코로 숨을 내보내면서 꿈꾸는 듯 유유한 동작으로 이리저리 헤엄을 치고 다녔다. 그 장면을 바라보고 있자니 한 올

한 올 가닥을 잡아가는 기억의 흐름 같은 것이 느껴졌다. 어떤 신비스러운 선(先)경험을 통해 예견되었듯이, 그 흐름은 기억의 확고한 심상으로 자리 잡아가는 과정에서 비행기가 산산조각이 나자마자 곧바로 동일한 리듬으로 동요하기 시작했다. 나중에 수영하는 두 사람이 숨을 쉬며 내뱉는 공기 방울도 바로 그 리듬에 맞춰 물속 깊은 곳에서 뿜어져 올라올 것이었다.

그 외의 장면들에 대해서는 별다른 재미를 느끼지 못했지만 자리를 뜨지는 않았다. 만화책을 봐도 딱히 재미있을 것 같지 않았다. 새삼스러운 것이 아니라 여기 오고 나서부터 계속 느끼고 있던 바였다. 한때 만화책을 많이 읽었지만 여러 권짜리는 읽을 만한 것이 못 되었다. 늘 같은 패턴의 모험적 사건으로 시작해서 잠시 중단했다가 다시 다음 상황으로 이어지는 형식이 반복되었기 때문이다. 예컨대 스누피 만화를 엮어놓은 몇 권의 모음집을 읽고 난 후 밤에 잠을 설친 적이 한두 번이 아니었다. 꿈들이 죄다 네 개 단위의 영상으로 끊어지고는 다시 네 개 단위의 영상으로 된 새로운 꿈이 이어지는 것이었다. 매 네번째 영상에서는 나의 두 다리가 잘려나간 채 배로 땅 위를 버둥거리며 기어가는 듯한 느낌을 받았다. 그러고 나서도 이야기는 또다시 시작되었다! 코미디 무성영화도 마찬가지로 더이상 보고 싶지 않다고 나는 생각했다. 서투르고 우스꽝스러운 행동을 찬양하는 것으로는 나를 더이상 만족시킬 수 없었다. 모자가 바람에 도로 공사용 압착롤러 앞까지 날아가버리는 상황이 아니면 거리로 내려가지 않으며, 커피를 치마에 쏟지 않는 한 결코 여자에게 머리를 숙이지 않는 주인공들을 보면 유치하게 떼를 써대면서 인간의 품위라고는 전혀 갖추지 못한 군상들을 대하는 듯했다. 바짝 긴장한 채 안절부절못하며, 보기 민망한 꼴로 자신의 주변 환경까지도 흉하게 만들어버리는가 하면, 사물이든 사람이든 단지 처다보기만을 즐겨 하는 작자들 말이다. 이를테면 남의 불행은 고소해하고 조롱하면서도 자신의 일이라면 마치 어머니가 자식을 돌보듯 챙기는 채플린이 그렇고, 몸을 둘둘 말거나 늘 어딘가에 매달리는 버릇이 있던 해리 랭던이 그랬다. 그나마 버스터 키턴만은 특유의 진지하면서도 긴장된 표정으로 향방을 알 수 없는 사건이나 상황 속에서도 나름대로 해결책을 모색하려는 열정적인 모습을 보여주었다. 나는 그의 그런 표정을 보기를 좋아했다. 그리고 메릴린 먼로가 이마를 찌푸린 채 어색한 웃음을 짓고 있고, 그 옆의 스탠 로럴이 독특한 표정을 짓고 있는 영화도 괜찮았다.

영화관 밖에는 어느덧 어둠이 짙게 깔렸다. 나는 천천히 발걸음을 옮기면서 어디로 갈 것인가를 고민했다. 내 앞에는 키 큰 여자가 걸어가고 있었다. 시계추처럼 흔들리는 가방에 의지해 움직이듯 느린 걸음으로 보도 위를 이리저리 왔다갔다했다. 그녀는 검은 머리에 청바지를 입었다. 하지만 그다지 요란스레 움직이지 않는 탓에 청바지를 입은 것처럼 보이지 않았다. 걸을 때 바지 뒤쪽으로 주름이 잡히지도 않았고 다리오금 쪽으로 구김이 가지도 않았다. 그녀는 주위를 빙 둘러보았다. 하얀 얼굴에 주근깨가 나 있었다. 그러더니 아까처럼 천천히 발걸음을 옮겼다. 그녀에게 말을 한번 걸어봐야겠다는 생각을 하니 제법 흥분되었다. 우리는 처음에는 나란히 걷다가 나중에는 서로 앞서거니 뒤서거니 하면서 브로드웨이까지 걸어 내려왔다. 너무도 흥분된 나머지 그녀를 거리에 내동댕이치고 싶다는 생각이 들었다. 나는 말을 붙이면서 차 한잔 같이 하지 않겠느냐고만 물었다.

그녀가 대답했다. "예, 좋아요." 일이 순조롭게 진행되었다. 우리 두 사람 모두 서로에게 마음이 동한 탓인지 금세 얼굴을 붉히며 나란히 걸어갔다. 만일 그 순간 정해놓은 목적지라도 있어서 좀더 속도를 내서 걸었더라면 아마도 더욱더 흥분했을 것이고 그러면 곧장 집으로 들어갔을 것이다. 하지만 우리는 그러지 않았다. 우리는 아까와 같은 느린 걸음으로 계속 발걸음을 옮겼다. 그렇게 우리는 처음부터 다시 시작해야 했다. 그럼에도 나는 그녀의 손을 잡으려 했다. 그녀는 나의 행동을 본의 아닌 단순한 실수쯤으로 받아들였다.

우리는 셀프서비스로 운영되는 카페테리아로 들어갔다. 나는 곧 다시 나가고 싶었지만 그녀는 이미 줄을 선 상태였다. 나도 하는 수 없이 쟁반을 들고는 샌드위치를 하나 얹었다. 우리는 같은 테이블에 앉았다. 나는 샌드위치를 먹고 그녀는 밀크커피를 마셨다. 그녀가 내게 이름을 물었다. 나는 내가 왜 거짓말을 하는지도 모른 채 빌헬름이라고 말해주었다. 그러자 왠지 갑자기 기분이 좋아졌다. 그래서 그녀에게 샌드위치를 좀 먹어보라고 권했다. 그녀는 손으로 샌드위치를 약간 떼어 가져갔다. 얼마 후 그녀는 자리에서 일어나더니 두통이 있다면서 내게 손을 한 번 흔들어주고는 밖으로 나가버렸다.

나는 맥주를 한 잔 가져와서 다시 자리에 앉았다. 커튼이 드리워진 좁은 문틈으로 거리를 바라보았다. 시야가 좁은 만큼 바깥 광경은 외려 더욱더 명료하게 눈에 들어왔다. 사람들의 움직임이 느려 보이는 것이 마치 연기라도 하는 듯 보였다. 그들은 문 앞을 스쳐 지나가는 것이 아니라 그 앞에서 이리저리 산책을 하는 것처럼 보였다. 여자의 가슴이 지금처럼 그렇게 예뻐 보이고 또 그렇게 유혹적으로 보인 적은 일찍이 없었다. 그들의 모습은 어딘가 모르게 고통스러워 보였지만 나는 즐거웠다. 자족적인 표정을 지으며 널찍한 광고 게시판 앞을 이리저리 배회하는 그들의 모습을 그저 바라볼 수 있다는 것, 그것 외에는 아무것도 바라지 않는 지금 이 상황이 좋았다. 한 여자가 가게 입구에 서서 무언가를 찾고 있었다. 그 순간 내 안에서 그녀에게로 다가가고 싶은 강한 욕망이 꿈틀거림을 느끼고는 나 스스로 깜짝 놀랐다. 그러나 곧 "지금 내가 그녀와 대체 무슨 일을 시작할 수 있단 말인가? 한낱 무책임한 짓밖에 더 하겠는가!" 하는 생각이 들었다. 그 덕에 다시 마음이 가라앉았다. 어쨌든 여자에게 상냥함을 보인다는 것 자체가 내게는 불가능했기 때문에 단지 손만 뻗어본다는 생각으로도 그 순간 모든 의욕이 사라지면서 극심한 피로감만 몰려왔다.

옆 테이블에 신문이 놓여 있었다. 나는 신문을 집어들고 읽기 시작했다. 무슨 일이 일어났고 또 앞으로 어떤 일이 일어날지에 대해 읽었다. 신문을 한 장 한 장 넘기며 읽다보니 마음이 점점 편안해졌다. 롱아일랜드로 가는 도시고속전철 안에서 아이가 태어났다는 기사를 비롯해서, 주유소 직원이 앨라배마 주의 몽고메리에서 대서양 연안에 있는 조지아 주의 서배너까지 무전여행을 했다는 내용도 있었다. 그리고 네바다 사막에서는 어느덧 선인장이 피었다. 이 모든 것이 무척 생생하게 묘사되어 있다는 사실만으로도 일말의 연민 같은 것을 느끼기에 충분했다. 어느 지역 하나 나를 매혹하지 않는 곳이 없었으며 일어난 사건마다 모두 수긍이 갔다. 게다가 잔뜩 흥분해 있는 피고인을 의자에 붙들어 매게 했다는 판사에 대한 기사를 읽었을 때는 이해심까지는 아니더라도 묘한 쾌감 같은 것에 사로잡히기도 했다. 아울러 기사에 나온 모든 이의 입장에 즉각 공감대가 형성되었다. 병역 기피자에 대한 의견을 밝힌 한 여성의 칼럼도 읽어보았다. 만일 자기 자식이 그렇다면 쥐구멍에라도 숨어버리고 말리라는 입장이었다. 나는 그 즉시 진한 동질감을 느끼면서 그녀의 사진을 들여다보았다. 그런가 하면 한 공군 대위가 헬리콥터에서 논에 여자들과 아이들이 무리를 지어 있는 광경을 보았는데, 그것이 어쩌면 "남자 한 명과 물소 두 마리"였을지도 모른다고 말했다는 기사를 읽었을 때는 나 자신이 직접 그 대위의 입장이 되어보지 못하고 활자를 통해서만 접할 수밖에 없음이 실로 유감스러웠다. 기사를 읽는 내내 전혀 알지 못하는 그 모든 사람들과 장소들에 대해 친근감이 들면서 급기야 먼 곳에 대한 동경 같은 것이 생겨났다. 나는 몬태나 주에 있는 전신사업소에 대한 기사를 읽었고 버지니아 주의 군 캠프 안에 있는 거리에 대한 기사도 읽었다. 그러자 당장이라도 그곳으로 달려가 잠시나마 그곳에서 살고 싶다는 생각이 들었다. 지금 그렇게 하지 못하면 더이상 기회가 없어 시기를 놓쳐버릴 것만 같았다.

이러한 감정이 결코 처음은 아니었다. 이미 어릴 적부터 말다툼을 하거나 싸움질을 하는 와중에 갑자기 모든 상황이 내게 유리한 쪽으로 정리되는 경우를 종종 경험했다. 내 쪽에서 대화를 중단하거나 그냥 땅바닥에 주저앉아버리면 끝나는 경우도 있었고, 소리를 질러대며 달아나야 하는 상황인데도 그 자리에 선 채로 아니면 바닥에 주저앉아 상대방을 당당하게 노려보면 대부분 상대가 그냥 가버리는 경우도 있었다. 마치 지금까지 나 아닌 다른 사냥감을 쫓아왔기라도 한 듯 말이다. 하지만 내가 먼저 욕을 퍼부어댄 경우에는 내 쪽에서 먼저 꼬리를 내린 적이 많았다. 목소리가 이내 나긋나긋해지면서 욕설을 멈추고 화해의 제스처를 취하곤 했다. 유디트와 내가 서로 고함을 질러가며 다투는 경우에도 한참 뒤에는, 적어도 나는 그 언쟁을 사소하게 말꼬리를 잡아서 의견이 충돌한 정도로 돌려 생각한다. 언쟁 자체가 우스워서가 아니라 말다툼을 하다보면 나 스스로 진지함을 잃는 경우가 많기 때문이다. 강한 적대감을 품다가도 결국 한바탕 웃음을 터뜨리게 되는 상황, 아니 웃지 않고는 견딜 수 없는 상황이 될 것을 뻔히 알면서도 우리는 늘 서로의 신경을 건드렸다. 그런 까닭에 소강상태나 화해의 미소까지도 단지 상대방에게 더 큰 상처를 주기 위한 계기로 이해되었다. 이곳 뉴욕에 다시 온 지도 이미 꽤 되었고, 신문을 읽으면서 이상야릇하게 모든 것에 매료되고 있다는 생각을 하니 나 스스로도 놀라웠다. 말하자면 지금 나는 그런 것들에 얽매이고 싶지 않았다. 감정이라는 것도 일시적인 것이 아닌가. 무언가를 골똘히 생각하는 와중에도 언제 그랬느냐는 듯 금방 사라져버리는 것이 사람의 감정이 아니던가. 밖으로 나가 거리에 서니 나는 다시 혼자가 되었다.

나는 정처 없이 걸으면서도 호기심 어린 눈으로 주위를 둘러보았다. 타임스 스퀘어에 가니 나체 사진이 인쇄된 소책자가 눈에 들어왔다. 네온 광고판을 통해 브로드웨이에 대한 최신 기사를 읽었다. 신문사 건물의 시계를 보고 손목시계의 시간을 정확히 맞추었다. 거리는 밝은 빛을 쏟아냈다. 어두운 골목길에서도 몇 걸음 정도는 눈을 감고 걸어갈 수 있을 정도로 환했다. 신문에서 읽은 바로는 일전에 불이 났던 레스토랑이 센트럴 파크에 다시 문을 열었는데 화재의 흔적들을 모아서 장식물로 재활용했다고 했다. 보도를 따라 걷다가 막 택시를 잡아타려던 찰나 누군가가 다가와 뮤지컬 티켓을 사지 않겠느냐고 물어왔다. 나는 아랑곳 않고 그냥 지나치고 싶었지만 순간 로런 배콜이 그 뮤지컬에 출연한다는 사실이 떠올랐다. 그녀는 몇십 년 전 혈기왕성한 젊은 시절에 하워드 호크스 감독의 〈소유와 무소유〉라는 영화에 출연해서 어느 선창가의 허름한 술집에서 피아노 연주자의 어깨 너머로 몸을 숙이는가 하면 피아노에 기대면서 깊고도 쉰 듯한 목소리로 노래를 불러대던 명배우가 아니던가. 나는 그 사내에게 20달러를 주고 받은 티켓을 손에 들고 극장으로 향했다.

나는 맨 앞쪽에 앉았다. 오케스트라 석에서 울려퍼지는 연주 소리가 특히 크게 들리는 곳이었다. 나도 남들처럼 외투를 벗어 무릎에 올려놓았다. 로런 배콜은 무대 위 출연자들 중에서 가장 연장자였으며 남자 배우들은 한참 어려 보였다. 그녀는 의자에 쪼그리고 앉아 있었으며 더이상 그 옛날처럼 술집 안 여기저기를 기어 돌아다니지는 않았다. 그럼에도 활동량은 많았다. 그녀는 젊고 머리가 약간 길며 목에 목걸이를 한 젊은 남자들과 어울려 테이블 위에서 춤을 추었다. 비록 지쳐 넘어지기도 했지만 그때마다 다시 벌떡 일어나 재빨리 다음 동작을 취했다. 동작을 취할 때마다 그 즉시 다른 동작으로 번복했기 때문에 재미있는 인물상이 만들어졌다. 쉴 틈 없이 뛰어다니는 역할 탓에 그녀는 전화를 하면서 동시에 신발을 신어야 했다. 게다가 대사가 끝날 때마다 자세를 바꾸었다. 최소한 발의 위치 정도는 말이다. 그녀는 눈이 컸는데, 동작을 할 때마다 그 큰 눈동자도 함께 움직였다. 옷을 갈아입을 시간이 거의 없었을 텐데도 그녀는 장면이 바뀔 때마다 새로운 복장을 하고 등장했다. 관객들이 그나마 안쓰러워하지 않고 지켜볼 수 있는 장면이라고는 긴 팔을 뻗어 위스키 잔을 들어올리는 장면뿐이었다. 그도 그럴 것이 관객들은 영화로 잔뼈가 굵은 그녀가 분명 몸에 익지 않은 동작들을 하는 데 별 흥미를 느끼지 못하리라고 생각했기 때문이다. 사람들이 그녀를 보는 태도는 지금 막 힘들고 어려운 일을 끝낸 누군가를 대할 때의 태도와 흡사했다. 곁에서 구경하는 것만으로 그의 품위에 손상을 주는 그런 상황이었다. 유디트가 생각났다. 그녀가 취하는 일상적인 동작 하나하나도 지금 이곳에서 로런 배콜의 육체가 기계처럼 연기해내는 수많은 포즈들로 이루어져 있었다. 옷가게 같은 곳에 가면 그녀는 지체 높은 고객이라도 되는 듯 행동했다는 게 지금의 내 생각이다. 그녀는 가게 입구에 들어서면 일단 주위를 먼저 둘러보았다. 그러면서도 가게 안의 누군가에게 눈길 한 번 준 적이 없었다. 종업원이 먼저 다가와 인사를 건넬 때 비로소 처음 사람을 본 듯 화들짝 놀라 돌아다보았다. 무대 위에서 그녀는 또다시 변신을 했다. 그녀의 연기에서 묻어나는 소박함은 단순한 게으름과는 거리가 멀었다. 자연인이 연기자랍시고 이리저리 하릴없이 쏘다니면서 보이는 그런 태만함이 아니라 무대 위에 섰을 때 비로소 진가를 발휘하는 진지함, 그 진지함을 경험한 뒤에 오는 일종의 느긋함이라 할 수 있었다. 무대 밖에서는 뻐기며 잘난 척을 할지언정 무대 위에서는 늘 조신하면서 자신보다 남을 배려하는 태도를 보여주었다. 나중에 사람들이 그녀의 존재감을 거의 잊어버릴 정도로 그녀는 자신의 역할에 충실했던 것이다.

그때 극장 바깥쪽에서 경찰차의 요란한 사이렌 소리가 들려와 오케스트라의 연주음이 묻히고 말았다. 발코니 난간 쪽에서 프로그램 안내 책자에서 떨어져나간 한 장이 이리저리 공중에 나부끼면서 느린 속도로 떨어지는 것을 보고 있자니 불현듯 유디트가 지금 이 순간 음식점에 홀가분한 마음으로 앉아서 그 작은 손을 쳐들어 연신 음식을 주문해 먹고 있으리라는 확신이 들었다. 음식에만 집중하느라 그 외의 다른 생각은 할 겨를조차 없을 것이었다. 오케스트라 석에서 펄쩍펄쩍 뛰어오르기를 반복하는 지휘자의 열정적인 모습도 대단했고 흠잡을 데 없이 말끔하게 다림질된 배우들의 바지도 인상적이었다. 그리고 지금 무대 위에서는 한 연적(戀敵)이 올리브로 장식한 마티니를 싹싹 핥아 먹더니 급기야 올리브 열매까지 입안으로 밀어넣고 있었다. 사건이 그렇게 진행되어서는 안 되는 것이었다. 그녀가 일을 그런 식으로 망쳐놓으리라고는 상상도 못 했다. 그것도 내 돈으로! 허기가 느껴져서 휴식 시간을 틈타 센트럴 파크에 있는 레스토랑으로 갔다.

살랑살랑 흔들리는 공원의 나무들을 보니 곧 비가 올 것 같았다. 다분히 의도적이었겠지만 음식점 메뉴판의 끄트머리에도 불에 탄 흔적이 남아 있었다. 옷보관소 한편에는 방명록이 놓여 있었다. 그 안에 적혀 있는 글자들은 숯처럼 타버린 신문에서나 볼 수 있는 글자처럼 밝은색을 띠었다. 바깥에서는 경찰차의 요란한 소리가 또다시 들려왔다. 창가에 있던 종업원 하나가 창문의 커튼을 열어젖혔다. 그러자 다른 종업원이 팔짱을 낀 채 문간에 서서 밖을 내다보았다. 사이렌 소리는 귀청을 찢을 듯 날카로웠다. 그리고 조금 전 내 테이블로 가져다준 물잔 속에서는 각얼음이 한 번 세차게 요동치더니 멈추었다. 테이블 에는 몇몇 사람들만 남아 있었다. 모두의 얼굴에 엷은 그림자가 드리 워져 있었다. 음식점 안이 거의 비자 공간이 훨씬 크게 느껴졌다. 사 이렌 소리가 점차 멀어져가자 피로가 몰려왔다. 미동도 하지 않고 앉 아 있는 지금 이 순간 머릿속에서 무언가가 리듬을 타고 이리저리 움 직이기 시작했다. 뉴욕 거리를 하루 종일 서성이고 다닐 때 느꼈던 리 듬과 흡사했다. 잠깐 멈춰 섰다가는 한참을 곧장 걷고, 다시 어딘가로 구부러져 들어가 같은 자리를 맴돌다가는 주저앉아버리곤 했던 그 리 듬 말이다. 그것은 하나의 상상이나 음향이 아니라 가끔 그 둘을 현혹 시키는 리듬일 뿐이었다. 나는 이제야 비로소 전에는 허투루 보아왔 던 도시를 제대로 바라보기 시작했다.

온종일 무심히 지나치기만 했던 주변 경관들이 나를 맞아들였다. 그 순간 줄지어 서 있던 집과 거리 들이 이리저리 흔들리기 시작했다. 그러고는 다시 멈추는가 싶더니 내 안에 자리 잡은 모든 것이 엉클어 져 휘감긴 채로 서로 밀쳐대면서 요동치기 시작했다. 진동 소리가 소 음으로 바뀌자 침수된 지역의 강바닥에서 나는 듯한 윙윙거리는 소리 와 울부짖는 듯한 요란한 소리가 들려왔다. 창문에 드리워진 두꺼운 커튼으로도 그 소음과 바깥의 살풍경을 차단할 수는 없었다. 그도 그 럴 것이 이 모든 것은 내 머릿속에서 일어난 일들이거니와, 그러한 무 질서한 상황들이 단순한 진동이나 리듬 수준으로 가라앉을 만하면 머 릿속의 무언가가 발동해서 그것들을 또다시 흔들어놓고 말았기 때문 이다. 거리는 실제보다 더 길게, 건물은 실제보다 더 높게 보이게끔

하는가 하면 지평선의 소실점들도 훨씬 멀리 느껴지게 했다. 그럼에도 나는 이러한 과정을 내심 즐겼다. 뉴욕에 대한 상투적인 틀이 내 안에서 아무 갈등을 일으키지 않고 조용히 확장될 수 있음을 말이다. 나는 긴장은 늦추었지만 호기심은 잃지 않은 채 자리에 앉아서 양고기 스테이크와 함께 캘리포니아산 적포도주를 마셨다. 마실수록 갈증을 더하는 포도주였다. 그러다보니 잔뜩 압축된 채 점점 세차게 요동치는 도시가 평온한 대자연으로 보이기까지 했다. 몇 시간 동안이나 죽치고 앉아서 멀리 있는 다른 것이라고는 보지 않은 탓인지 예전 같으면 아주 가까이에서나 볼 수 있었던 것들, 즉 유리 표면, 정지 신호, 깃대, 네온사인 등과 같은 것들이 지금 내 시야에 들어오는 주변 경관들과 포개어졌다. 그러다보니 그 안에 들어가 누워 책을 읽고 싶은 충동이 일었다.

식사를 끝냈음에도 나는 아직 채워지지 않은 식욕 탓에 재차 메뉴판을 들여다보면서 음식의 이름을 훑었다. 예전에 기도서에서 읽었던 음식들이었다. 앨라모 스테이크를 비롯해서 루이지애나 병아리 요리, 대니얼 분 곰고기햄, 엉클 톰 커틀릿 등이 있었다. 아까부터 남아 있던 몇 안 되는 손님들이 지금은 큰 소리로 이야기를 나누고 있었다. 신문팔이 여자가 문 안으로 들어와서는 옷보관실에 신문 몇 부를 던져놓고 갔다. 그리고 화장을 한 나이 든 여자 하나가 꽃을 들고서 테이블마다 누비고 다녔다. 종업원이 뚱뚱한 부부 한 쌍에게 다가가 민첩한 동작으로 오믈렛 위에 코냑을 부어주었다. 부인이 거기에 성냥불을 붙였다. 종업원은 몸을 숙여 오믈렛을 받아들고는 프라이팬으로 옮겼다. 그러자 오믈렛에서 불길이 활활 타올랐고 부부는 박수를 쳤다. 종업원은 미소를 지으면서 오믈렛을 접시에 담아 부인에게 건넸다. 그런 다음 그는 냅킨을 이용해 아이스박스에서 포도주병을 꺼내어 흔든 다음 다른 한 손은 등 뒤로 한 채 부부에게 백포도주를 따라주었다. 어딘가에서 피아노 연주자가 나타나더니 곧바로 그윽하게 연주하기 시작했다. 요리사가 주방 문의 둥근 창으로 다가서더니 피아노 연주자를 바라보았다. 나는 적포도주 한 잔을 더 주문해 마셔버리고는 자리에 그대로 앉아 있었다.

종업원이 주방으로 들어가더니 껌을 질겅질겅 씹으면서 다시 밖으로 나왔다. 옷보관실 종업원이 혼자서 하는 카드놀이인 페이션스를 하고 있었다. 그녀는 핀을 입에 문 채로 앞쪽 발코니 난간 위에 놓인 작은 커피잔 속의 커피를 휘저었다. 그러고는 스푼을 옆으로 치우고 입에 물고 있던 핀을 뺀 뒤 커피를 한 모금 마셨다. 그녀는 설탕이 잘 녹도록 커피잔을 한 번 더 흔들더니 그 상태로 쭉 마셔버리고는 계속 페이션스를 했다. 그러고 있자니 여자 두 명이 음식점 안으로 들어왔다. 한 여자는 긴 장갑을 낀 손으로 종업원에게 손짓했고 다른 여자는 곧바로 피아노 옆으로 가서 섰다. 피아노 연주자가 곡을 바꾸자 그녀는 노래하기 시작했다.

지나간 시절에, 황금의 시절에,
49년 즈음에.

자정이 한참 지난 후에 나는 걸어서 호텔로 돌아왔다. 야간 종업원에게 필라델피아 행 열차표를 받아 들고는 블루라는 이름의 바에 가서 앉았다. 켄터키 위스키를 시켜놓고 취하지 않도록 천천히 마셨다. 테이블에 놓여 있는 호텔 그림엽서를 한 움큼 집어들고는 여러 사람들에게 편지를 썼다. 여태껏 한 번도 편지를 써 보낸 적이 없던 몇몇 사람들에게도 썼다. 호텔 대기실에 있는 자동판매기에서 항공우편용 우표를 사서 붙이고는 곧장 호텔 우편함에 엽서들을 집어넣었다. 나는 다시 바로 돌아갔다. 이번에는 한 바퀴 뒹굴어도 될 만큼 넓은 가죽소파에 앉았다. 앞의 술잔을 끌어다 활짝 편 손 위에 올려놓았다. 그리고는 가끔 그리로 고개를 기울이면서 한 모금씩 홀짝거렸다. 바텐더가 다가와 다른 테이블에 재떨이를 놓았다. 그곳에는 나이 든 여자 하나가 앉아 연신 킥킥거리고 있었다. 그녀는 가장자리에 주름이 잔뜩 잡힌 작은 주머니에서 수첩 같은 것을 꺼내 들고는 은색의 작은 볼펜으로 무언가를 적어댔다. 또다시 피로감이 몰려들었다. 이 밤 들어 두번째였다. 나는 진열대에서 엽서 한 장을 집어들고는 방으로 걸어 올라갔다. 오는 길에 엽서에 주소를 쓴 뒤 위층 복도에 있는 우편물 투입구에 던져 넣었다. 엽서가 아래로 떨어지는 도중에 덜거덕거리는 소리를 냈다.

방바닥에 새하얀 종이가 한 장 놓여 있었다. 내게 온 편지일 거라고 생각하고 얼른 집어들었다. 하지만 그것은 호텔 매니저가 보낸 소개장이었다. 원래는 과일 바구니 위에 올려져 있던 것이었다. 나는 프런트로 전화를 걸어 에어컨을 다시 켜달라고 부탁했다. 씻지도 않고 침대에 누워 『녹색의 하인리히』를 펼쳤다.

하인리히 리(Lee)가 학교에서 그의 첫번째 적수를 만나는 장면을 읽었다. 한 친구가 그에게 대자연 속에서 일어나는 모든 일에 대해 내기를 하자고 부추겼다. 이를테면 새가 어떤 말뚝 위에 앉을지, 바람이 불 때 나무가 어느 정도까지 심하게 꺾일지, 바다에서 파도가 일 때 다섯번째로 이는 파도가 더 클지 아니면 여섯번째가 더 클지 등을 놓고 말이다. 하인리히는 승부욕을 불태웠지만 결국 지고 말았다. 그가 내기에 진 대가를 치르지 못하자 원수가 된 그 둘은 좁은 바윗길에서 만나게 된다. 그들은 만나기가 무섭게 서로에게 달려들어 말이 필요 없다는 듯 격렬하게 싸웠다. 하인리히는 극도의 침착함을 유지하면서 상대를 꽉 붙들고는 간간이 그의 얼굴에 주먹세례를 퍼부었다. 하지만 동시에 그보다 더 깊은 마음의 상처를 느끼기란 불가능할 정도로 극심한 고통을 경험한다. 그 일이 있은 후 곧 학교를 떠나야 했던 그는 시골로 내려갔다. 그곳 시골에서 그는 처음으로 자유로이 대자연을 바라볼 수 있었고, 또 새로이 생겨난 즐거움으로 지체 없이 그것을 화폭에 담아보고 싶어했다.

　시골에서 자랐기 때문인지 나는 자연이 우리를 어떤 것에서 해방시켜준다는 말을 이해할 수 없었다. 자연은 나를 압박하는 존재였고, 적어도 어딘가 모르게 나를 불편하게 했기 때문이다. 곡식을 벤 뒤 그루터기들만 남아 있는 논두렁, 과일나무들 그리고 목초지 등은 내게 불쾌감을 안겨주었을 뿐 아니라 공포심을 유발하는 존재들이었다. 나는 그것들을 아주 가까이에서 관찰해왔다. 이를테면 맨발로 논두렁을 내달려도 보았고, 나무를 기어오르다 나무껍질에 피부를 찢긴 적도 있었으며, 비 오는 날 오줌을 갈겨대는 암소들 꽁무니를 쫓아 고무장화를 신고 목초지를 걸었던 기억도 있다. 지금에야 비로소 드는 생각이지만 내가 그토록 강한 거부감을 느꼈던 것은 자연 속에서 한번도 자유롭게 활동해보지 못했기 때문이다. 가령 과일나무는 다른 누군가의 소유였기 때문에 주인이 나타나기라도 하면 들판을 가로질러 꽁지가 빠져라 줄달음질을 쳐야 했으며, 가축을 돌보는 대가로 얻는 것이래야 그 가축을 보살피는 데 필요할 뿐 아무짝에도 쓸모없는 고무장화 한 켤레가 고작이었다. 어릴 적부터 나는 자연 속에서 일을 하도록 강요받아왔기 때문에 정작 자연을 제대로 바라볼 수 있는 안목을 기르지 못했다. 기껏해야 바위 틈이나 속이 빈 나무 그리고 몰래 들어가 숨을 수 있는 동굴을 비롯해 아무튼 온갖 땅굴 같은 곳에나 호기심을 가졌을 뿐이다. 총림을 비롯해서 옥수수 밭과 빽빽이 들어차 있는 개암나무 관목 숲 그리고 오솔길이나 개천, 골짜기 같은 것들이 나를 유혹했다. 하지만 나는 자연보다 집과 거리가 더 좋았다. 그곳에서는 해서는 안 되는 금지 사항들이 그나마 훨씬 적었기 때문이다. 바람이 밀밭을 휩쓸고 지나갈 때면 머리카락이 온통 얼굴에 흩뿌려지는 통에 성가시기만 했다. 비록 시간이 지나, **바람에 이리저리 나부끼던 밀밭을** 가끔 떠올리는 때가 있기는 하지만 그것은 어디까지나 자연 속에 묻혀 생활하는 것이 얼마나 불편한가를 호소하기 위함이었다. 그리고 자연 속에서는 도무지 어떤 일을 도모할 여건을 마련할 수가 없었다.

나는 책을 옆으로 치워놓고 깜깜한 방 안에 누웠다. 에어컨에서는 작은 소음이 새어나왔다. 나는 내가 과연 어떤 식으로 잠드는지를 서서히 지켜보기 시작했다. 욕실 문이 언덕 위의 하얀 집으로 바뀌었다. 누군가가 코로 호흡하려고 애를 썼다. 저 아래 암벽 기슭 깊은 곳에서 개 한 마리가 나를 향해 킹킹대며 짖어댔다. 나는 다른 쪽으로 돌아누워서는 곧장 비탈길을 구르다시피 하면서 내려갔다. 바짝 마른 강바닥으로 떨어졌다. 그곳에 옷걸이와 찢어진 고무장화가 놓여 있었다. 나는 자려고 몸을 웅크렸다. 비가 쏴아 하고 쏟아졌다. 한사리가 포효하는 소리를 내며 몰려올 조짐을 보이긴 했지만 막상 코앞까지 다가오지는 않았다. "방명록에 이름을 남기는 것을 깜박했군!"

이튿날 나는 점심 직전에 펜실베이니아 역으로 가서 필라델피아 행펜 센트럴 레일웨이 열차에 올라탔다.

기억을 더듬어보지만 나로서는 더이상 이해할 수가 없다. 그날만큼은 뱀파이어 영화 속의 날만큼이나 빠르게 지나갔다. 사람들은 땅속의 기차역으로 들어서서 에스컬레이터를 탄 채 점점 아래로 내려갔다. 그러다가 에스컬레이터가 끝나는 부분에서 튕겨져나가서는 열려 있는 어떤 문으로 들어가는 것이었다. 그렇게 해서 자리에 앉고, 또 열차가 출발하는 것을 보고 나서야, 열차 객실에 타고 있다는 사실에 대해 비로소 확신을 갖게 되었다. 열차가 허드슨 강 아래의 터널을 지나는 몇 분 동안 창밖은 어둠 속에 묻혔다. 열차가 뉴저지쯤에서 다시 터널 밖으로 빠져나왔을 때는 이미 주변 경관에 땅거미가 내려앉았다. 조색(調色)된 유리를 통해 보니 밖은 더욱 어두워 보였다. 열차 안은 책장을 넘길 때마다 책장에서 반짝 빛이 날 정도로 환했다. 그러는 사이에 창밖의 구름은 점점 짙게 물들어갔고 저 아래 주택지를 둘러싼 광경들은 하나같이 을씨년스러움을 더해갔다. 정작 가옥보다 더 많이 눈에 띄는 쓰레기 더미들, 굴뚝도 없이 지평선을 가리면서 솟아오르는 노란 연기, 타이어도 없이 바퀴만 끼워진 채로 한쪽 휴한지에 방치되어 있는 자동차, 사방으로 아무렇게나 뻗어 있는 관목 숲 등이 그랬다. 특히나 숲속에서는 풍해로 뿌리가 뽑힌 나무들이 시든 채 이제 막 푸른 싹을 돋우는 나무들 쪽으로 늘어서 있었고, 그 사이로 낙하산 원단처럼 보이는 찢어진 천 조각이 널브러져 있었다. 거기다 길을 잃은 갈매기 떼들이 모래 언덕 위에 앉아 있었다. 얼마 전에 철도회사가 도산한 바람에 열차는 폐쇄된 몇몇 역을 그냥 지나쳤다. 철도청이 등을 돌려버린 작은 도시 안의 집들은 그 때문에 철거 대상이 되었고 주민수가 현저히 줄어들었다. 두 시간 반쯤 지나자 온통 그을음 투성이가 된 채 늘어서 있는, 못질되어 폐쇄된 창문에 쥐약 표시가 되어 있는 집들이 선로 가까이로 다가서고 있었다. 그때는 열차 객실 안도 어두웠기 때문에 터널 안으로 진입한다는 느낌이 들지 않을 정도였다. 필라델피아 역으로 가려면 반드시 지나야 하는 터널이었다.

다시 에스컬레이터를 탔다. 굳이 계단으로 내려가지 않고도 넓은 대합실로 나올 수 있었다. 나는 누군가 마중 나온 사람이 있는지 주위를 둘러보았다. 나는 말했다. "굳이 그렇게 숨을 필요 없어! 기둥 뒤에 숨어서 지켜보는 거 아냐? 하지만 나는 너를 찾을 마음이 없어!" "나 자신을 이용해서 나를 협박하려 하지 마" 하고 말을 이었다. "난 쉽게 공포감에 사로잡히는 체질이 아냐, 설사 그렇더라도 금방 극복할 수 있단 말이야. 나는 더이상 무기력하게 당하지 않을 거야." 긴 옷자락이 달린 검은 저고리를 입은 퀘이커교 성직자 두 명이 챙이 넓고 낮은 모자를 쓴 채 역 광장을 가로질러 문이 열려 있는 자동차 쪽으로 다가갔다. 자동차 앞에는 셔츠 주머니에 작은 휴대용 라디오를 넣어둔 젊은 흑인 운전기사가 대기하고 있었다. 열차 안에서 보았던 해군이 그 뒤를 따라가서는 그들에게 뭔가를 보여주었다. 그들은 그저 빙그레 웃음을 지어 보였고, 한 사람이 차에 오르는 동안 다른 한 사람이 아니라는 듯한 손동작을 취해 보였다. 그러고는 갑자기 차에 탔던 사람이 내리더니 이번에는 내 쪽을 가리켰다. 나는 놀랐다. 그들이 자기들 쪽으로 오라고 손짓을 하기에 나는 느린 걸음으로 그들에게로 다가갔다. 그 군인이 팔을 들어올리더니 내 카메라를 이리저리 흔들어댔다. 열차 안에서 잃어버렸던 것이다.

나는 군인과 함께 광장을 가로질러 갔다. 어디로 갈지 모르기는 둘 다 마찬가지였다. 서로가 서로에게 동행자가 돼주었다. 윌리엄 펜의 동상 앞에서 나는 그 군인의 사진을 한 장 찍어주었다. 사진이 마르자 그는 그것을 지갑 속에 집어넣었다. 답례를 하려는 듯 그는 오려낸 신문 한 조각을 꺼내어 펼치더니 마치 중요한 서류의 원본이라도 되는 듯 가장자리 한쪽을 조심스레 잡아 들었다. 한 군인이 자신의 고향인 미네소타의 레드윙으로 귀환한다는 내용의 기사였다. 그가 노병 클럽의 환영을 받은 자리에서 간단하지만 거침없는 말투로 설득력 있는 연설을 했다는 소식이 실려 있었다. "본래 나는 밥 호프가 그의 연인과 함께 우리를 한번 방문한 적이 있었다는 말만 했어요" 하고 그 군인이 얘기했다. "그러고 나서 그가 우리에게 들려준 유머 중에서 몇 가지를 소개해주었죠. 그 정도로도 분위기가 아주 좋아졌어요. 아무도 내 말에 토를 달지 않았으니까요." "그 당시 레드윙에 로큰롤을 들여온 사람도 바로 나였어요." 그는 계속해서 말을 이었다. "처음에 우리는 내 여자친구와 함께 집에서 연습했죠. 그러고 나서는 저녁 한때 주크박스에서 〈감옥의 록〉을 선곡해놓고는 처음부터 왈츠를 추려 했던 듯이 춤을 추기 시작했어요. 그러다가 내가 그녀를 갑자기 업어치기해버리고 말았죠." "나는 엘비스 프레슬리를 찬미하는 사람이에요." 그가 말했다. "그는 2년 넘게 군 생활을 한 후 다시 활동하고 있어요. 나는 원래 해군이 되고 싶지는 않았답니다, 지금은 내 직업이 돼버렸지만. 언젠가 얕은 물속에서 우뚝 솟아오른 갈대 줄기를 본 적이 있어요. 그 근방에서 자라던 다른 많은 갈대 줄기들은 이리저리 움직였지만 그 갈대 줄기만은 움직이질 않더군요. 가끔 누군가를 죽여야 할 때가 있죠. 그러지 않으면 자신이 죽임을 당하게 되는 법이거든." 군인은 둥글넓적한 얼굴에 콧구멍이 유난히 컸다. 안경을 썼으며 안경 위로 눈썹 비듬이 떨어져 있었다. 입술은 매우 창백했고 금이빨을 하고 있었다. 나지막한 목소리로 말하는 편이었지만 문장 끝에는 어투가 늘 노랫조로 바뀌면서 덩달아 기분도 고조되었는데, 상대방이 고개를 끄덕여 맞장구쳐주기를 바라는 눈치였다. 그는 모자를 벗어 로큰롤 스타일의 앞머리를 보여주었다. 그러자 안경이 콧등으로 흘러내렸고 순간 그의 눈초리는 마치 나라는 존재는 안중에도 없다는 듯 냉담하면서도 무덤덤하게 보였다. 나는 아주 오랜만에 누군가를 부담 없이 가까이서 관찰할 수 있게 되었다는 생각이 들었다. **사람들**이 군인을 바라보았다. 하지만 동시에 나는 그가 내게 자신이 살아온 이야기를 들려주었다는 사실에 모욕감을 느꼈다. 도대체 왜 내가 누군가의 이야기를 계속 들어주어야 하는 것인가? 내가 처음부터 그것에 동의하지 않을 수도 있음을 고려해줘야만 했다. 그럼에도 그 시답잖은 이야기를 나는 잠자코 들어주었다. 내가 그들의 공범자 입장이 아닌 다른 입장에서 이야기를 듣는 일은 꿈도 꿀 수 없다는 듯이.

전화할 일이 있다고 둘러대고 혼자 자리를 뜨면서 나는 스스로에게 질문을 던졌다. "그렇다면 사람들이 나를 제대로 인식하도록 나 자신을 좀더 적극적으로 어필해야 한단 말인가?" "나 스스로 원하는 행동방식과 원하지 않는 행동방식이라는 것이 항상 내가 어떤 말을 하거나 이의를 제기해야만 비로소 구분될 수 있는 것인가? 내가 어떻게 행동하는지, 머릿속에 무슨 생각을 갖고 있는지, 주위를 어떤 식으로 둘러보는지 등에 대해 결국 사람들은 인식할 수 없는 것일까?" "아니면 내가 아직 옛날 사고방식을 그대로 고수하기 때문일까?" 호텔로 가는 택시 안에서 나는 생각해보았다. "한 걸음 한 걸음 단계를 밟아가며 그때마다 늘 새로운 행동방식을 고안해내야 하는가? 그러면 사람들이 나를 수많은 행동들 중에서 번번이 겨우 한 가지만을 선택하는 인간으로 보지는 않을까? 아마도 그래서 사람들은 내가 있을 수 있는 온갖 견해들에 모두 동의한다고 믿는 것은 아닐까?"

"그도 아니라면 사람들이 단순히 내게 겁을 주려는 걸 거야" 하고 생각하면서 나는 호텔 입구에 서서 택시기사가 내 가방을 호텔 종업원에게 넘겨주는 모습을 보고 있었다. "아마도 나는 사람들이 보는 즉시 놀림감으로 삼으려 드는 인간들 중 하나일 거야. 보통의 경우라면 누군가를 사귀려고 할 때 신중하겠지만 나 같은 인간들을 대할 때는 그런 신중함을 잃어버리는 것을 보면 말이야. 게다가 사람들은 나 같은 부류의 인간들과 금방 친해지지. 아무것도 두려워할 것이 없으니까. 더욱이 나 같은 인간들은 모든 것을 감수할지언정 모든 것에 마음을 열지 않는가?"

나는 나도 모르게 마치 코피가 날 때처럼 고개를 뒤로 젖혔다. 구름이 밝게 빛나고 있었다. 하지만 나는 그만큼 빨리 밤이 찾아오리라는 두려움에 사로잡혔다. 아침에 나는 가까스로 열차에 올라탔고, 군인과 함께 광장을 가로질러 걸었다. 때는 어느덧 늦은 오후였다. 태양이 살짝 고개를 내밀자 긴 그림자가 생겨났다. 그것은 곧 날이 저물 테고 그러면 모든 것이 실재와는 달리 해석되리라는 신호이기도 했다. 앞으로 내딛는 발은 날아갈 듯 가벼운 데 반해 뒤처지는 발은 납덩이처럼 무겁게 느껴지는 묘한 기분으로 나는 호텔의 짐꾼을 따라갔다. 호텔은 매우 깊숙한 곳에 있었다. 곧바로 숙박계를 작성했지만 휠체어를 탄 누군가가 완전히 탈 때까지 엘리베이터 안에서 한참을 기다려야만 했다. 방에 들어섰을 때 해는 이미 뉘엿뉘엿 지고 있었다. 욕실에서 나왔을 때는 벌써 어둠이 깔려 있었다. 외투를 벗어 옷장에 건 뒤(아마도 평소처럼 신경 써서 걸지는 않았을 것이다) 돌아섰을 때는 바깥이 칠흑같이 깜깜했다.

"너라는 계집!" 나는 말했다. "죽도록 패주고 말 거야, 죽도록 패주고 말 거야, 죽도록 패주고 말 거야. 제발 내 눈에 띄지 마라, 너 이 망할 년. 나한테 걸리면 정말 좋지 않을 테니."

누군가가 쓰러져 있었다. 누군가에 의해 집 밖으로 옮겨져 있었다. 나는 그리로 달려가 그가 대문 앞에서 호흡 곤란으로 죽어가는 모습을 지켜보았다. "꽃가루잖아!" 하더니 그를 부축하던 다른 사람도 그 자리에서 미끄러지듯 넘어졌다. 나는 시체를 집으로 운반하는 일을 거들어준 다음 천천히 그 자리를 떠나왔다. 맨발로 작고 뭉툭한 돌멩이를 밟자 예리한 통증이 발바닥부터 시작해서 뇌막에 이르기까지 전류가 흐르듯 찌릿하게 올라왔다. 내 뒤에서는 여자들 몇 명이서 부고 소식에 대해 수군거렸다. 좀더 관대하게 표현하자면, 그들이 수군거린 게 아니라 그들의 옷에서 바스락거리는 소리가 난 것이었다. 늪에서 두꺼비 같은 눈 두 개가 바깥쪽을 내다보았다. 문손잡이가 천천히 아래위로 움직였다. 이 정도면 관대하게 표현한 것인가? 나는 젖은 발을 쭉 뻗어서 쐐기풀을 밀어젖혔다. 그러자 도마뱀 한 마리가 눈앞을 휙 스쳐 지나갔다. 하지만 그것은 문에 붙어서 이리저리 흔들리는 열쇠에 새겨진 호텔 마크에 불과했다. "나는 이제 혼자이고 싶지 않아." 나는 말했다.

필라델피아 서쪽 피닉스빌에 한 여자가 산다. 그녀에게 나는 어쩌면 한번 들를지도 모른다는 편지를 보낸 적이 있다. 그녀의 이름은 클레어 매디슨이었다. 3년 전 내가 처음으로 미국에 왔을 때 우리는 잠자리를 같이한 적이 있었다. 우리는 서로에 대해 아는 것이 거의 없었다. 게다가 그 당시 내가 너무 경솔했다는 생각이 늘 마음에 걸렸다.

나는 전화번호부에서 그녀의 이름을 찾아내어 전화를 걸었다. "지금 어디야?" 그녀가 물어왔다. "필라델피아에 와 있어." 내가 대답했다. "내일 아이를 데리고 세인트루이스에 갈 생각인데," 그녀가 말했다. "함께 가지 않을래?" 다음 날 정오경 내가 피닉스빌로 가기로 약속을 잡았다. 아이를 낮잠을 좀 재운 뒤 출발하기로 했다.

그녀는 재빨리 전화를 끊었고 나는 전화기 앞에 그대로 앉아 있었다. 협탁 위에는 작은 전자시계가 놓여 있었다. 시계 글자판에서 발산되는 희끄무레한 불빛이 어두컴컴한 방 안으로 퍼져나갔다. 매 분 숫자가 바뀔 때면 시계에서 나지막이 바스락거리는 소리가 들렸다. 나는 시계의 플러그를 뽑아버렸다. 그러자 방 안은 완전히 깜깜해졌다.

우리가 처음 만났을 당시 클레어는 서른 살 언저리였다. 그녀는 키가 컸고 또 입술이 넓었다. 웃을 때면 입술이 벌어지는 것이 아니라 외려 약간 좁아지는 것처럼 보였다. 얼굴 또한 큰 편이어서 어루만져주기가 다소 어색할 정도였다. 말하자면 그녀를 귀엽다고 쓰다듬으며 애무하는 행위란 애당초 불가능했다. 그녀는 자신에 대해서는 일절 이야기하지 않았으며 나 또한 사람들이 그녀를 화제로 삼으리라고는 추호도 생각해본 적이 없었다. 그녀의 생기 찬 모습은 별도의 말이 필요 없을 정도로 강한 존재감을 주었다. 그래서 그녀와 나는 주로 나 자신 아니면 창밖의 사물들에 대해 이야기했다. 그것이 우리가 애정을 드러내는 유일한 방식이었다. 화제를 바꾸는 일은 두 사람 모두를 혹사시키는 일이 될 뿐이었다. 마지막 날 내가 그녀를 찾아갔을 때 그녀는 이미 마음속으로 나를 불러들이고 있었다. 문이 열려 있으니 그냥 안으로 들어오면 된다고 말이다. 그 열린 문과, 내가 안으로 들어섰을 때 그녀가 옆방으로 통하는 문 앞에 기대어 선 채 취하던 자세가 마치 꿈처럼 그 즉시 하나의 신호로 조합되었던 것이다. 이를테면 그녀에게로 다가가서 그녀를 포옹한 뒤 그녀의 두 다리 사이로 나의 다리 하나를 밀어넣으라는 신호였다. 그런 생각이 들자 나는 자리에서 일어났다. 그러고는 이내 다시 앉아서 통증이 느껴질 정도로 힘껏 눈을 눌러댔다. 이 끝없는 중얼거림은 그녀가 옷을 벗을 때까지 지속되었다! 우리는 시선을 서로 다른 쪽으로 돌린 채 일어서서는 낯선 목소리로 말을 주고받았다. 그러고는 다시 아무 말 없이 그윽하면서도 멍멍한 눈빛으로 한참 서로를 바라보았다. 우리는 서로를 애무하기 시작했다. 욕망이 솟구치는 통에 기침이 다 날 정도였다. 그러다가도 매번 당황스레 떨어지기를 반복했다. 상대방의 무릎에 머리를 얹은 상태에서 고개를 들어 눈을 올려다보다가도 이내 다시 시선을 외면해야 했다. 한 사람이 꾸민 목소리로 웅얼거리면 다른 한 사람은 부자연스러운 애무로 그 웅얼거림을 멈추게 하곤 했다. 그때 그녀가 기대서 있던 문은 다름 아닌 거대한 미국산 냉장고의 문이었다! 서로가 내키지 않는 애정을 표시하는 동안 갑자기 나의 페니스가 그녀 안으로 진입해 들어갔다. 나는 다시 한 번 그녀의 이름을 불러보려 했지만 허사였다. 그녀는 대학에서 독일어를 가르쳤다. 그녀의 아버지는 전쟁이 끝난 후 하이델베르크에 머물렀다. 그러고는 그녀를 데려갈 생각은 않고 항상 독일어를 배워야 한다는 내용의 편지만을 보내왔다. 그녀는 결혼한 적도 있다. 그녀가 키우는 아이는 내 아이가 아니다.

깊은 밤, 내 방은 높은 곳에 있었다. 가로등 불빛이 스며들 수 없는 맨 꼭대기 층이었다. 눈앞의 건물들은 어둠에 싸인 사무용 건물들이었다. 청소부 아주머니들도 다 퇴근하고 없었다. 비행기가 위치 표시등을 깜빡이면서 상당히 낮게 날고 있었기 때문인지 건물 벽 사이에서 순간적으로 불빛이 번쩍했다. 나는 필라델피아에 있는 몇몇 호텔에 전화를 걸었다. 셰러턴 호텔을 비롯해서 워윅 호텔, 애델피아 호텔, 노르망디 호텔 등 유디트가 지내기에 충분할 정도의 고급 호텔들이었다. 그러다 문득 그녀가 지금 내가 묵고 있는 바로 이 호텔에 투숙해 있을지도 모른다는 생각이 들어 프런트로 전화를 걸었다. 그녀는 바클레이 호텔에 머물렀다가 이틀 전에 떠났다. 그녀는 아무것도 남겨두지 않았으며 무엇 하나 잊지 않았다. 숙박비는 현금으로 지불

했다.

화가 치밀어올랐다. 분노는 곧 다시 가라앉았지만 이번에는 강한 전율이 일어 방 안의 물건들이 박쥐 날개를 달고 퍼덕거리는 것처럼 보였다. 그러고 나서 전율 또한 사라졌다. 내가 아직 예전의 나로 남아 있고, 또 그런 나 자신을 도와줄 수 없다는 생각을 하니 넌더리가 났다. 나는 식당에다 토스트 한 조각과 프랑스산 적포도주를 주문하고는 방 안의 불이란 불은 다 켰다. 그러고 나니 호텔 광고 사진에서나 접할 수 있는 분위기가 연출되었다. 객실 담당 종업원이 토스트와 적포도주가 코믹하게 어우러진 룸서비스용 카트를 밀고 들어왔을 때 컬러텔레비전까지 켰다. 나는 먹고 마시면서 영화 속에서 여자가 비명을 질러대든가 아니면 오랫동안 아무 소리도 없이 잠잠할 경우에만 가끔 화면 쪽을 응시했다. 텔레비전에서 한참 동안 쏴쏴 하는 소리만 계속 들리기에 고개를 들고 바라보았다. 영상 속의 배경에는 인적도 없이 늘어서 있는 옛날 독일식의 시민 주택들이 보였고 전경에는 갑자기 지나가는—지나치게 근거리에서 촬영한 탓인지 머리 형태만 겨우 알아볼 수 있는—괴물이 보였다. 그사이에 요리사 모자를 쓴 한 남자가 다섯 단계의 코스 요리를 한 번에 해결할 수 있는 인스턴트 요리를 선전하는 화면이 나왔다. 셀로판 봉지째 끓는 물에 담갔다가 몇 분 후에 꺼내면 되는 것이었다. 그 남자는 가위로 봉지를 자르는 법까지 직접 보여주었다. 그런 다음 김이 모락모락 나는 요리들을 클로즈업시킨 상태에서 차례차례 종이접시에 담아냈다. 나는 포도주를 마시며 채널을 돌려 만화영화를 보았다. 고양이가 풍선껌을 지나치게 부풀리다가 그만 터져버리는 바람에 질식하는 내용이었다. 만화영화에서 누가 죽는 장면은 그때 처음 보았다.

그러자 텔레비전을 그만 보고 싶었다. 나는 텔레비전과 불을 그대로 켜놓은 채 아래로 내려갔다. 일요일이라서 바는 닫혀 있었다. 거리로 나갔다. 필라델피아 거리들은 서로 나란히 뻗어 있었고, 교차로는 정확히 직각을 이루고 있었다. 나는 곧장 걷다가 근처에 있는 큰 거리 중 하나인 체스트넛 가로 꺾어 들어간 뒤 또다시 직진해 걸었다. 거리마다 적막감이 흘렀다. 악단이 있는 지하 카페에서 그 군인을 다시 만나게 되었다. 그곳은 알코올 음료를 취급하지 않음에도 그는 술에 취한 듯했다. 그는 벽에 기대어 춤추는 사람들을 보고 있었다. 모두들 새파랗게 젊은 친구들이었다. 그는 유니폼 대신에 가죽재킷을 걸쳤으며 재킷에 안경도 꽂아두었다. 내가 그에게 고개를 끄덕하자 그도 내게 손짓을 해왔다. 하지만 나를 알아보는 눈치는 아니었다. 나는 루트 비어라 불리는, 짙은 색깔의 약간 탄 맛이 나는 음료수를 한 잔 들고는 테이블에 앉았다. 그렇지만 여전히 그에게서 시선을 뗄 수 없었다.

악단은 가수가 등장할 때까지 뒤로 물러나 있었다. 드디어 가수가 전자 기타를 잡고는 마이크 앞의 간이의자에 자세를 잡고 앉았다. 그는 노래를 부르기 시작했고, 간간이 자신의 경험을 들려주었다. 사람들은 더이상 춤을 추지 않고 주위에 빙 둘러서서 그의 이야기에 귀를 기울였다. 그는 정신질환을 앓고 있는 어느 소녀에 대한 얘기를 꺼냈다. 소녀는 자신이 일하던 농가의 농부한테 강간을 당한 후 아이를 갖게 되었다. 가수는 "그리고 그 아이가 바로 접니다!" 하더니 기타를 쳐댔다. 그 여운은 그가 이야기를 계속하는 동안에도 가시지 않고 남아 있었다. "그녀가 우물가로 물을 길으러 갔을 때 내가 태어났어요.

그녀는 아이를 앞치마로 둘러싼 채 집으로 데려왔죠. 나는 농부와 그 아내의 아들로 자라게 되었습니다. 그러던 어느 날 아이가 울타리로 기어 올라가(원래는 '나는 버지니아 울타리 위로 기어 올라갔죠' 하고 그 가수는 말했다) 매달려 있었습니다. 그때 제대로 말도 못하는 정신 나간 여자가 그쪽으로 달려와서는 아이가 무사히 내려오도록 도와주었죠. 그러자 아이가 농부의 아내에게 말했습니다. '그런데 엄마, 저 바보 손이 엄청 부드러워!' 그 바보가 바로 내 엄마였습니다!" 가수가 소리쳤다. 그는 기타를 벗어버리고 웅크리고 앉아 진동음이 좋은 길쭉한 아코디언을 연주하기 시작했다.

음악이 점점 격렬해지고 빨라지자 갑자기 군인이 자리에서 벌떡 일어났다. 스트레칭이라도 하려는 듯 팔을 위로 올렸다. 하지만 그 순간 그는 무엇인가를 들어올리는 자세를 취했다. 머리 위까지는 채 들어 올리지 못하더니 팔을 멈춰 세우고는 부르르 떨면서 주먹을 움켜쥐었다. 눈을 지나치게 힘주어 감은 탓인지 눈알까지 떨리기 시작했다. 매우 강력한 저항에 맞서 그는 자신의 머리를 옆으로 밀어냈다. 그러고는 어깨를 움찔거리면서 제 뺨을 갈기려고 했다. 그와 동시에 입을 벌려 이를 부득부득 갈아댔다. 그가 시작한 모든 동작은 그와 동일한 강도의 반동력에 의해 즉시 멈췄다. 그의 얼굴은 일그러져 있었고 머리는 금방이라도 목덜미 쪽으로 되돌아갈 듯 뒤틀려 있었다. 그는 재차 무거운 물건을 들어올릴 태세였다. 이번에도 두 팔은 어깨 위까지 힘겹게 올려졌지만 그곳에서 멈춘 상태로 불안스레 떨리기 시작했다. 사방으로 주먹질을 해대는 통에 팔이 어느 정도 다시 밑으로 처지는 듯하더니 마지막 안간힘을 다한 탓인지 또다시 위로 올라갔다. 자신의 팔을 원위치로 내려놓는 동작조차 그 군인에게는 힘겨운 듯했다. 그는 무릎을 들어올려 머리에 힘껏 밀착시킨 상태에서 이마를 문질러 댔다. 그의 긴 구레나룻에서 땀이 흘러내렸다. 잇몸은 침 때문에 허옇게 보였다. 그래도 나는 그를 존경심과 애정을 가지고 주시했다. 그가 열광하는 모습은 결코 작위적이지 않았으며 그사이 다시 춤을 춰대는 다른 사람들처럼 남을 의식한 제스처도 결코 아니었다. 갑자기 자신도 모르게 그런 열광적인 분위기에 사로잡혔고 따라서 그 기분을 어떻게 해소해야 할지 몰랐던 것이다. 그는 더이상 정상적인 말은 물론이고 더듬거리는 것조차 할 수 없을 지경에 이르렀다. 그래서 마치 옛날에 자신 안에서 살던 괴물이 서서히 죽어가는 것처럼 행동해 보임으로써 스스로를 구제하려고 했던 것이다. 그러다 그는 갑자기 조용해지더니 손에 칼을 집어들었다. 그를 지켜보던 누군가가 그 즉시 그의 아래팔을 가격했고 칼은 바닥에 떨어졌다. 군인을 밖으로 끌어내는 광경은 단지 몇몇 사람만이 목격했다.

나는 호텔로 다시 돌아와 녹색의 하인리히가 자연을 사생(寫生)하기 시작했다는 대목과 함께, 어떤 계기로 자연 속에서 엽기적이고 신비스러운 것만을 추구하려 했는지 묘사된 대목을 읽었다. 그는 파헤쳐진 버드나무 그루터기와 바위 유령에 판타지의 요소를 가미함으로써 자연을 압도하고자 했다. 그러는 것이 관찰자인 자신에게도 더 흥미로워질 테니까 말이다. 그는 흉측스러운 얼굴을 가진 나무들과 바위들을 고안해낸 다음 거기에 넝마를 입은 기이한 형상을 더 그려넣었다. 그런 식으로 조작된 자연은 어떤 말도 해줄 수 없음을 미처 인식하지 못했기 때문이다. 그러자 평생을 자연 속에서 생활해온 한 친척이, 그가 그린 나무들은 하나같이 비슷비슷해 보여서 사실성이 부족함을 일깨워주었다. "여기 바위들과 돌멩이들은 깨뜨리지 않고서는 단 한순간도 서로 포개어질 수 없는 것들이란다!" 친척은 그에게 그 자신이 소유한 것들을 그려보라는 과제를 내주었다. 하인리히는—비록 그가 소유자라 할지라도—이를 계기로 대상들을 한 번 더 유심히 관찰할 수밖에 없었다. 그러니 이제는 가장 단순한 형태의 사물들, 심지어 지붕 위의 기와 한 장을 그리는 데도 예상보다 훨씬 많은 작업을 해야만 했다. 나도 마찬가지로 한동안 주변 세계에 대해 비뚤어진 관념을 갖고 있었다는 생각이 들었다. 어떤 것을 묘사하려고 할 때도 나는 그것이 어떻게 보이는지를 잘 몰랐다. 기껏해야 그것의 특징 정도나 기억할 뿐이고 그런 점이 없으면 억지로 꾸며내기도 했다. 그렇게 해서 나의 묘사에는 항상 얼룩점이 나 있는 덩치 큰 사람들이 등장해 가성(假聲)으로 대화를 나누는 장면들이 많이 나오게 되었다. 그 대부분은 비가 오나 바람이 부나 숲속의 나뭇가지에 올라앉아서 몇 시간이고 자신들의 이야기를 늘어놓는 탈옥수들이었다. 신체불구자, 맹인 그리고 정신장애자 등을 보았지만 차마 그들을 좀더 세밀히 묘사할 수는 없었다. 나는 번듯한 집보다는 폐허 같은 것에 관심이 더 많았다. 묘지에 가기를 좋아했으며 묘지 담벼락에 기대서서 자살한 자들의 무덤을 세어보기를 즐겼다. 나는 한참을 누군가와 같이 있었어도 그가 밖으로 나갔다가 다시 돌아오면 그를 알아보지 못했다. 기껏해야 여드름이 나 있었다든가 혼자 중얼거리는 타입이었다는 것 정도나 기억했다. 비정상적인 모습이나 나쁜 습관이 눈에 띌 때만 다시 한 번 보았지 그 외에는 한 번 힐끗 보고 말았기 때문에 그것에 대해 설명해야 하는 경우라도 생기면 온갖 상상력을 동원해야만 했다. 하지만 상상 또한 한계가 있어서 때로는 그 독특한 특징들을 마치 지명수배 전단이 그렇듯이 거짓말로 꾸며내야만 했다. 그 독특한 특징들이 모든 자연 풍경과 연관 관계, 그리고 운명까지도 대체했다. 유디트를 만나고서야 비로소 나는 무언가를 처음으로 경험하기 시작했으며 주변 세계라는 것이 더이상 악하지만은 않다는 인식을 하게 되었다. 나는 특징들만 모으기를 그만두고 인내심을 갖기 시작했다.

불을 끄지 않은 채로 잠들었기 때문인지 꿈속에서 태양이 나의 얼굴을 비추었다. 언젠가 사거리에 서서 무언가를 기다리고 있을 때 자동차 한 대가 내 옆에 멈춰 섰다. 그 즉시 나는 자동차 쪽으로 몸을 숙여 손으로 와이퍼를 잡아당겼다. 조수석에서 한 여자가 나오더니 와이퍼를 다시 원위치로 돌려놓았다. 그러면서 그녀는 하늘을 가리켰다. 그제야 나는 해가 쨍쨍 내리쬐고 있었음을 알아차렸다. 내가 웃자 그 프랑스인 운전자도 내게 웃어주었다. 악몽에서 깨어나듯 잠에서 깨어났다. 사지가 뻣뻣이 굳긴 했지만 흥분되지는 않았다. 나는 방 안의 불을 껐다. 아침 무렵 누군가가 찰싹찰싹 손뼉을 쳐대는 통에 나는 "예!" 하고 소리치고는 침대에서 벌떡 일어났다. 그것은 창턱에 앉아 있던 비둘기 한 마리가 푸드덕하고 날아가는 소리였다.

피닉스빌은 필라델피아에서 30킬로미터쯤 떨어진, 인구 5만 명 정도의 작은 도시였다. 나는 택시기사와 요금을 흥정한 뒤 아침 식사를 마치자마자 곧장 출발했다. 가는 도중 국도에서 잠시 쉬어가는 틈을 타 할인 매장에서 폴라로이드 카메라용 필름을 몇 통 샀다. 공항과 비교했을 때 이곳이 절반 정도 저렴한 가격에 팔았다. 거기다 아이들용 하모니카도 하나 샀다. 클레어한테도 뭔가를 사다 줄까 했지만 외려 그녀를 당황하게 만들 것 같았다. 그녀를 위한 것으로는 딱히 떠오르는 것이 없었다. 더군다나 그녀가 무엇인가를 손에 든 모습을 나로서는 상상할 수가 없었다. 그러면 어딘가 과장한다는 느낌이 들 것 같았다. 택시가 그린리프 가에 있는 그녀의 집 앞에 멈춰 섰을 때 그녀는 막 가방을 자동차 쪽으로 옮기고 있었다. 아이는 화장품 가방을 들고 클레어 앞을 어설프게 왔다갔다했다. 현관문은 열려 있었고 그 곁에 가방이 몇 개 더 있었다. 집 앞 잔디는 이슬을 머금은 채 빛났다.

택시에서 내려 가방을 들고 그녀의 차로 다가갔다. 인사를 나눈 뒤 나는 가방을 곧장 차 안으로 들여놓았다. 그러고 나서 현관에 있는 나머지 짐들을 가져왔다. 그녀는 내게 짐을 넘겨받아 차 안에 실었다. 아이가 트렁크 문을 닫으라고 소리쳤다. 두 살쯤 된 그 여자아이는 뉴 올리언스에서 태어났다고 해서 델타 베네딕틴이라는 이름을 갖게 됐다고 했다. 클레어는 트렁크 문을 닫으며 말했다. "베네딕틴 앞에서는 아무것도 열어놓으면 안 돼. 그러면 애가 굉장히 무서워하거든. 어제만 해도 갑자기 소리를 지르더니 도무지 그칠 생각을 안 하는 거야. 알고 봤더니 블라우스 단추 하나가 풀려 있었지 뭐야." 그녀는 내가 있는 자리에서는 움직이려 하지 않던 아이를 안아 올렸다. 우리는 집으로 들어가서 문을 닫았다.

"당신 좀 변한 것 같아" 하고 클레어가 말했다. "신경이 좀 무뎌진 것 같아. 꼬질꼬질한 남방을 걸치고도 아무렇지도 않은 듯 보여서 하는 소리야. 3년 전에는 항상 하얀 남방을 입고 왔는데. 그것도 매번 다림질 주름이 그대로 살아 있는 새것으로 말이야. 그런데 오늘은 그 때 입었던 외투를 인조견으로 기우기까지 해서 입었네."

"이제 몸치장하는 데 돈을 쓰고 싶은 생각이 없어졌어." 내가 말했다. "그래서 진열된 상품 쪽은 보지도 않아. 예전 같으면 매일 다른 옷을 입고 싶어했겠지만 지금은 같은 옷을 한 달 내내 입고 다녀. 남방 얘기가 나와서 하는 말인데, 어제는 호텔에서 세탁 서비스를 하지 않는 날이었어."

"그건 그렇고 가방 안에는 뭐가 들어 있어?" 클레어가 물었다.

"옷가지하고 책 몇 권." 내가 대답했다.

"무슨 책을 읽는데?" 그녀가 재차 물었다.

"고트프리트 켈러의 『녹색의 하인리히』."

그녀는 그 책을 읽은 적이 없었다. 그래서 나는 언제 한번 몇 대목 읽어주겠다고 말했다. "오늘 저녁 어때?" 그녀가 말했다. "잠자리에 들기 전에 말이야."

"그곳이 어디가 될까?" 내가 물었다.

"피츠버그 남쪽 도노라." 그녀가 대답했다. "거기 호텔을 한 곳 알고 있어. 거리에서 약간 떨어진 곳인데 아이가 조용히 잘 수 있을 만한 곳이야. 거기까지는 운전해 갈 수 있었으면 좋겠는데. 한 480킬로미터쯤 될 거야. 가다보면 앨러게니 산도 나와. 그런데 당신 아직도 운전 못 해?"

"못 해." 내가 말했다. "누구한테도 시험 대상이 되고 싶지 않아. 누가 나한테 질문하고 내 대답에 따라 무언가를 결정하는 것은 더이상 참을 수가 없어. 예전에는, 그러니까 한 10년 전쯤만 해도 시험을 쳤을 거야. 탐탁지 않고 화가 나긴 해도 말이야. 하지만 지금은 그러고 싶지 않아."

"당신은 '예전'과 '지금'이라는 말을 자주 하는 것 같아." 클레어가 말했다.

"그것은 나이가 드는 것을 기다릴 수 없기 때문이야." 나는 대답과 함께 머쓱하게 웃을 수밖에 없었다.

"지금 대체 몇 살인데?" 클레어가 물었다.

"세 밤만 더 자면 서른." 내가 말했다.

"세인트루이스에서 말이지!" 그녀가 말했다.

"그래." 내가 대답했다. "하지만 나는 기다릴 수가 없어."

"세인트루이스로 가는 것? 아니면 서른 살이 되는 것?"

"서른 살이 되는 것과 세인트루이스로 가는 것 둘 다." 내가 대답했다.

내가 욕실로 가서 머리를 감는 동안 그녀는 아이에게 먹을 것을 주었다. 그녀가 드라이기를 벌써 짐 속에 넣어버려서 나는 젖은 머리를 하고 집 앞 잔디에 앉았다. 오늘 같은 날 해가 쨍쨍하게 내리쬐는 것이 매우 당연하게 여겨졌다.

집으로 다시 들어왔을 때 아이가 옷을 벗고 있기에 물끄러미 바라보았다. 클레어는 아이를 침낭 안에 넣고는 다른 방의 침대로 가서 눕혔다. 그녀가 커튼을 치는 소리가 들렸다. 그러고 나서 그녀는 밖으로 나왔고 우리는 경단과 함께 로스트비프를 먹으면서 맥주를 마셨다.

"오스트리아에서 지내기가 여전히 편치 않은 거야?" 그녀가 물어왔다.

"지금 같아서는 그곳에 있고 싶어." 내가 대답했다. "전에는 내가 그곳에 일반적인 기호 체계가 없다고 생각했던 것 같아. 교통표지판이며 병 모양, 나사 형태까지 다른 곳과 똑같이 생겨서 별 흥미 없이 보아 넘겼지. 하지만 여관을 겸하는 식당이 있고 백화점도 있고 아스팔트 거리가 있다는 사실만큼은 정말 놀라웠어. 모든 것을 자유로이 이용할 수 있었으니까. 내가 그토록 놀라워했던 건 그곳이 내가 유년 시절을 보낸 곳인데다 아직 어린아이였을 때는 그런 곳을 이용할 기회가 없었기 때문일 거야. 설사 그런 곳의 존재를 알았다고 하더라도 내게는 그림의 떡과 같은 곳이었지. 언제나 내 신경을 건드려놓으면서 불만을 갖게 했던 자연조차도 나는 점차 다른 눈으로 바라보게 되었어." 원래 내가 하려던 말과 다른 이야기가 나와버렸고, 그래서 나는 말하기를 멈추었다.

테이블을 말끔히 치운 다음 냉장고에서 맥주를 한 병 꺼내 왔다. 클레어는 곧 방학이 시작될 거고 그러면 세인트루이스에 있는 친구 집을 방문하고 싶다고 했다. "한 쌍의 연인이야!" 그녀가 말했다. 게다가 세인트루이스 대학 측이 독일 외무부의 위임을 받아 초청한 극단이 고전극을 공연한다고도 했다. 아직 보지 못한 작품이어서 관심이 많다고 했다.

나는 그녀가 설거지하는 것을 도와주려 했다. 하지만 그동안 그녀가 식기세척기를 장만한 터라 접시들을 그냥 그 안에 차곡차곡 쌓기만 하면 되었다. 나는 그 기계가 어떻게 작동하는지 물었다. "은수저 세트라든가 냄비류 그리고 프라이팬같이 너무 큰 것들은 식기세척기 안에 못 넣어. 어차피 은수저 세트는 나한테 없지만. 일주일치 음식을 미리 만들어서 냉동고에 넣어두니까 큰 냄비만큼은 반드시 사용하게 되지." 그녀는 내게 냉동고에 든 얼린 수프를 보여주었다. "이렇게 하면 가을까지도 먹을 수 있어." 그녀가 말했다. 그러자 가을이 되어서 그녀가 수프를 녹일 때까지 아무 일도 일어나지 않을지도 모른다는 느낌이 문득 들었다.

식기세척기의 작동이 멈추자 우리는 그릇들을 꺼내어 정리했다. 예전 같으면 더이상 아무 말도 할 수 없었을지 모른다. 하지만 그것들을 들고 이리저리 빙빙 돌다보니 하나하나 두어야 할 위치를 알게 되었다. 맥주병을 쓰레기 투입구에 던져 넣고 나서 지금 어떤 음반이 올려져 있는지 보지 않고도 레코드플레이어를 틀었다. 클레어가 소리를 약하게 줄이더니 아이가 자고 있는 방문 쪽을 가리켰다. 음반 제목은 〈황색 리본〉이었고 누군가가 존 포드의 영화 주제곡을 주둥이북*으로 연주했다. "프로비던스에서 군악대의 연주로 이 곡을 들어본 적이 있어." 나는 소리치고 나서, 그렇게 큰 소리로 말하면 오히려 클레어가 알아듣지 못한다는 듯 곧 다시 목소리를 낮추었다.

그녀는 맨발로 이리저리 왔다갔다하면서 작은 물건들을 챙겨 모았다. 바늘, 행여 아이에게 필요할지도 모를 약품, 체온계, 아이의 예방접종 증명서, 태양을 가려주는 밀짚모자 등등. 그리고 나서 소다수를 이용해 여행중에 마실 회향차를 끓였다. 앉아서 구경만 하는 것도 나름대로 괜찮았다. 모든 것이 놀랄 만큼 순조롭게 진행되었다!

---

* 잇새에 끼우고 퉁겨 소리를 내는 악기.

그녀는 방으로 들어갔다. 그리고 그녀가 다른 방을 통해 다시 나왔을 때, 나는 그녀를 보고도 그녀인 줄 알아보지 못했다. 게다가—그것과 아무런 상관이 없긴 하지만—그녀는 다른 옷을 입고 있었다. 우리는 다시 집 앞으로 나갔고, 그녀는 그물침대에 누웠다. 나는 흔들의자에 앉아 지난 3년 동안 겪었던 일들에 대해 말해주었다.

그때 집 안쪽에서 아이가 부르는 소리가 났다. 클레어가 안으로 들어가서 아이에게 옷을 입혔다. 그동안 나는 계속 흔들의자를 위아래로 흔들어댔다. 그러고 있자니 빨랫줄에 아직 널려 있는 아이의 옷 몇가지가 눈에 띄기에 클레어에게 말도 하지 않고 가방 속에 집어넣었다. 클레어가 다른 잡다한 물건들을 싸서 넣었던 그 가방이었다. 주변의 쾌활한 분위기가 내게도 전해져왔다. 아이를 뒷좌석에 태우고 우리는 피닉스빌을 빠져나갔다.

76번 고속도로로 접어들 무렵 클레어가 빨랫줄에 걸려 있던 아이옷을 생각해낸 듯하기에 나는 그것을 챙겨 넣은 가방을 가리켰다. "레코드플레이어랑 욕실의 온수 보일러도 내가 끄고 왔어." 나는 말했다.

필라델피아에서 피츠버그로 가는 중간에 있는 76번 고속도로는 펜실베이니아 턴파이크라고 불렸으며 500킬로미터가 넘는 긴 도로였다. 우리는 100번 국도를 지나 다우닝타운에 있는 여덟번째 톨게이트로 진입했다. 클레어는 동전 상자를 옆에 두었다가 톨게이트를 지날 때마다 차를 세우지 않고 동전을 재빨리 창문 너머 동전 깔때기로 던져 넣곤 했다. 도노라까지 가는 동안 우리는 톨게이트를 열다섯 번 지났으며 클레어는 전부 합쳐서 5달러 이상을 던져 넣어야 했다.

우리 둘은 대화를 별로 나누지 않았으며 아이가 바깥으로 보이는 것들에 대해 물어올 때만 간간이 대답해주는 정도였다. 하늘에는 구름 한 점 없었으며 들판에는 어느덧 어린 홉과 옥수수가 자라고 있었다. 거대한 정착촌이 형성되어 있는 언덕 뒤편에서는 연기가 피어올랐다. 토지마다 누군가 경작을 하고 있는 듯했지만 지역 일대가 인적이 드물어 마치 전인미답의 자연 상태를 보는 것 같았다. 이제 막 생겨난 마을처럼 일터라 할 수 있는 곳이라고는 없었고, 적막 속에서 아스팔트만 빛을 발했다. 자동차는 시속 100킬로미터 남짓한 속도로 비교적 천천히 달렸다. 공군 비행기가 거대한 그림자를 던지며 우리 위를 낮게 날아갔다. 그것을 보면서 나는 그 비행기가 곧 추락할 것이라고 생각했다. 바람은 근처의 숲속에 비해 약하게 부는 듯했다. 하얀 빛깔의 새 떼들이 방향을 바꾸어 날아갔고 날이 순식간에 저물기 시작했다. 공기는 맑고 신선했으며, 벌레 한 마리 차창에 부딪쳐오지 않았다. 간혹 차에 깔려 죽은 짐승들이 보였다. 사람들은 죽은 고양이와 개 들을 도롯가로 집어 던졌다. 고슴도치는 죽은 자리에 그대로 방치되어 있었다. 클레어는 아이에게 농장 위에 떠 있는 거대한 알루미늄 공 안에는 물이 들어 있다고 설명해주었다.

볼만한 것이 그리 많지 않았지만 사진을 찍고 싶은 마음이 생겼다. 비슷비슷해 보이는 몇몇 광경들을 차례로 카메라에 담았다. 뒷좌석에 서서 차창 밖을 내다보는 아이도 찍었다. 그러고 나서 마지막으로 클레어도 찍었다. 카메라에 근접 촬영 기능이 없어 그녀한테서 가능한 한 멀리 떨어져 찍어야 했다. 찍다보니 해리스버그를 막 지나칠 무렵 필름이 다 떨어졌다. 사진들을 방풍 유리 위에 늘어놓고는 얼마간 보다가 다시 거두어들였다.

"변하기는 당신도 마찬가지인 것 같은데." 나는 클레어에게 말했다. 그녀에 대해 무언가 말할 거리가 있다는 사실이 놀라울 뿐이었다. 그러면서 나는 그녀의 사진 한 장을 가리켰다. "당신을 보면, 무언가를 생각하는 중에도 그다음에는 무슨 생각을 해야 하나 하고 미리 고민하는 사람처럼 보여. 예전에 당신은 자주 얼빠진 사람처럼 보였지, 아둔해 보일 만큼 말이야. 하지만 지금 당신에게서는 냉철함이 느껴져. 어딘가 모르게 강박감도 생긴 것 같고."

"어딘가 모르게?"

"그래, 어딘가 모르게 강박감 같은 게 보여." 나는 대답했다. "그 이상 정확하게는 나도 뭐라고 못하겠어. 걸음걸이도 빨라졌고, 행동도 민첩해지고 당차졌어. 말할 때 목소리도 커졌고 그 때문에 전에 비해 좀 시끄러워진 편이지. 자신을 바꾸어보려는 것 같아."

그녀는 대답 대신 경적을 한 번 울려댔을 뿐 더이상 아무 말도 하지 않았다. 그러자 얼마 후에, 우리의 이야기를 듣고 있던 아이가 이야기를 계속하라고 졸라댔다.

"나는 전보다 건망증이 심해졌어." 클레어가 말했다. "아니 더 정확히 말하자면, 전에 비해 기억하고 싶은 것이 적어졌다고 표현해야 맞겠지. 종종 누군가가 며칠 전 나랑 함께 했던 일을 말하려고 할 때면 난 그 일을 기억하고 싶지 않을 때가 많아."

"나는 여기 미국에 온 이후로 외려 점점 많은 것을 기억하게 되는데." 그녀가 잠자코 있자 내가 말했다. "이를테면 에스컬레이터만 올라타도 맨 처음 그것을 탔을 때 어떤 두려움을 갖고 있었는지가 기억

나. 그리고 막다른 거리로 들어서면, 살아오면서 내가 길을 잃고 헤맸던 거리, 하지만 그간 잊고 있었던 모든 막다른 거리들이 불현듯 떠오르지. 무엇보다도 이곳에서는 왜 내게 유독 불안 상태에 대한 기억력만 살아 있는지, 그 이유를 알게 돼. 내가 매일같이 보아왔던 것과 비교해볼 대상을 아직 가져본 적이 없었던 거지. 내가 받는 인상들이라는 게 모두 이미 익히 알려져 있는 인상들의 반복일 뿐이라는 거야. 그 말은 내가 아직 세상을 많이 돌아다녀보지 못했다는 것뿐만 아니라 나와 다른 조건들 속에서 살아가는 사람들을 많이 보지 못했음을 의미해. 그러니까 우리가 가난하게 삶을 살았기 때문에 가난하게 사는 사람들만 경험하게 되었다는 말이지. 우리가 보아온 사물들이 많지 않아서 그만큼 거기에 대해 말할 것도 적은 셈이지. 그래서 우리는 거의 매일같이 같은 말만 되풀이하는 것이고. 따라서 누군가가 더 많은 이야기를 할 수 있다면 그는 적어도 그럴 만한 상황을 경험한 사람일 거야. 그러면서 그가 유쾌한 기분으로 다른 사람들을 즐겁게 해준다면 정말 그는 **특별한** 사람이라 할 수 있을 것이고. 하지만 나처럼 쉽게 도취 상태에 빠지는 사람이라면 한낱 몽상가로 남겠지. 그런 특별한 사람이 되고 싶은 건 아니야. 이러한 꿈들은 적어도 내가 사는 세상에서는 실로 자기도취라고밖에 볼 수 없는데 그건 이 세상에는 꿈에 상응할 만한 것이라든가, 꿈을 현실화시키는 그 어떤 비교 대상도 존재하지 않기 때문이지. 나는 아직 그러한 꿈과 세상을 명확하게 인식해본 적이 없기 때문에 결과적으로 그 두 영역 모두를 기억하려 하지 않는지도 몰라. 다만 여느 때는 아무런 관계도 없던 꿈과 세상이 갑자기 하나가 되는 순간, 바로 그 공포의 순간들만 즉각적으로 다시

떠오를 뿐이지. 그 순간만큼은 세상이 꿈들을 실현시켜주지. 평소엔 도취 상태에 빠져 외면해왔던 세상을 제대로 인식할 수 있게끔 해주는 바로 그 꿈들을 말이야. 그래서 공포감에 사로잡혀 있는 상태란 적어도 내게는 언제나 인식의 과정으로 작용했어. 어떤 두려움을 느낄 때 난 항상 세상을 바라보면서 그것이 내게 어떤 전화위복의 신호를 주는지 아니면 지금보다 더 혹독한 상태를 예고하는지를 주목했고, 나중에 그 일에 대해 회상해보곤 했어. 하지만 이런 형태의 기억은 내게 충격만 안겨주었어. 정작 내가 그 기억들을 작동시키는 법을 터득하지 못했다는 충격 말이야. 만일 그 당시 희망적인 상황을 경험했더라면 나는 그 모든 것을 잊어버렸을 거야."

우리는 점점 높은 곳으로 차를 몰았다. 거대한 봉우리들이 있는 산은 아니었다. 해가 산마루에 비스듬히 걸려 있어서인지 비탈마다 미광이 비쳐 들었다. 아이는 다시 우리 어른들이 나누는 대화를 듣고 싶어했다. 그러자 클레어는 조금 있으면 이야기를 많이 할 거라면서 아이를 타일렀다. 나는 아이에게 차 한 잔을 건네주었다. 아이는 찻잔을 두 손으로 받아 들었고, 다 마신 뒤에 다시 내게 찻잔을 돌려주었다. 뉴볼티모어로 가는 도중 터널을 지나게 되자 클레어는 아이를 앞좌석으로 오게 했다. 터널을 다 빠져나갈 무렵 내가 다시 아이를 들어올려 뒷좌석에 앉혔다. 언덕들 사이로 짙은 그림자가 드리워졌고 차의 뒤창을 통해 달이 떠 있는 것을 볼 수 있었다.

"일곱시 전에 도노라에 도착하면 애를 데리고 어디 가서 식사해도 될 것 같아." 클레어가 말했다. "모텔 맞은편에 '노란 리본'이라는 레스토랑이 있어."

우리는 주유소에 잠시 차를 세웠다. 휘발유를 채우는 동안 클레어는 아이를 건물 뒤편으로 데려가서 오줌을 누였다. 그사이에 나는 자판기에서 토닉워터 한 캔을 뽑아 가져왔다. 저녁 무렵이라 그런지 자판기 안에 캔이 얼마 남아 있지 않은 듯했다. 상대적으로 높은 데서 덜커덩하고 떨어진 탓인지 캔 뚜껑을 따자마자 거품이 흘러넘쳤다. 파랑 하양 빨강으로 이루어진 타원형의 미국 간판이 건물 위에서 천천히 회전하고 있었다. 클레어가 돌아오자 아이는 그것이 뭔지 물어보았다. 출발하려는 참에 아이가 갑자기 소리를 질러댔다. 주위를 둘러보니 이제 막 주유소에 불이 켜졌다. "정말 밝은데!" 그 순간 갑자기 우리가 지금까지 지나쳐온 주변 풍경들이 왠지 모르게 예전에 한번쯤 본 적이 있는 것들이라는 생각이 들었다. 나는 다시 말하기 시작했다. 그리고 마음도 한결 가벼워졌다. 더이상 원래의 내 목소리를 듣지 않아도 되는 상태가 되었기 때문이었다.

"예전에는 단지 고통스러운 기억만 떠올렸지만 이제야 활력이 넘치는 추억 같은 것을 발견하게 되었어." 내가 말했다. "기억을 되살려서 경험 전체를 반복하려는 것은 아니고 다만 내가 느꼈던 최초의 작은 희망을 다시 몽상 같은 것으로 폄하하고 싶지 않을 뿐이야. 가령 아잇적에 나는 물건들을 묻어서 감추어놓고는 나중에 다시 파보았을 때 그것들이 보물로 변해 있기를 바라곤 했지. 지금 나는 그런 일에 대해 수치심을 느끼곤 했던 예전과는 달라. 그런 일을 어린아이들이나 하는 유치한 장난으로 여기지 않아. 오히려 일부러라도 그런 기억들을 떠올리려고 하는 편이지. 사물을 다른 시각에서 볼 수 없고 변화시킬 수 없다는 것이 결코 타고난 내 본성 때문이 아니라, 단지 상황에 따라 일시적으로 감각이 둔감해진 탓이거나 아니면 적어도 표면적으로는 그 순간 마음이 내키지 않았기 때문임을 스스로 확인하기 위해서 말이야. 마술사인 척하고 놀았던 적이 얼마나 많았던가를 기억해보면 더욱더 그런 생각이 들어. 그 당시 나는 무에서 유를 만든다든가, 어떤 것을 다른 것으로 변화시키기를 원했다기보다는 마법으로 나 스스로를 변신시키기를 원했지. 그래서 나는 고리를 돌리는가 하면 이불을 뒤집어쓴 채 쪼그리고 앉아서 나 자신이 사라지거나 둔갑하도록 주문을 외워대곤 했어. 물론 이불을 걷어냈을 때 원래 모습 그대로 그 자리에 남아 있는 모습을 보면 우습기야 하지. 하지만 기억을 떠올릴 때 더 중요한 건 실제로 그곳에서 사라질 수도 있다고 믿었던 짧디짧은 한순간이지. 그리고 지금 나는 그런 감정을 단순히 사라지고 싶은 욕망이라기보다는 오히려 미래에 대한 기쁨으로 해석하고자 해. 그 미래 속에서 나는 지금 이 순간 존재하는 나와는 다른 누군가가 될 수도 있어. 매일같이 나 스스로에게 이렇게 말해. 단 하루일지언정 얼른 더 나이가 들어서 사람들이 내 얼굴을 보고 그것을 알아차릴 수 있었으면 좋겠다고 말이야. 난 정말이지 시간이 흘러 얼른 나이가 들었으면 좋겠어."

"그래서 얼른 죽게 말이지." 클레어가 말했다.

"그렇다고 내 죽음에 대해서까지 생각하지는 않아." 내가 말했다.

우리는 76번 고속도로가 북서쪽으로 계속 이어지는 피츠버그 직전에서 남동 방향으로 뻗은 70번 고속도로로 접어들었다. 그곳에는 더 이상 톨게이트가 없었다. 우리는 일몰 직전에 도노라에 도착했다. 모텔 로비에 컬러텔레비전이 켜져 있었다. 헨리 폰다가 가족연속극에서 자신의 딸이 마약을 복용한다는 사실을 막 알아차린 경찰관으로 나왔다. 텔레비전 옆의 새장 안에서는 카나리아가 석회질로 된 오징어 등뼈를 쪼아댔다. 우리는 붙어 있는 방 두 개를 잡았다.

주차장을 가로질러 차 있는 곳으로 되돌아가면서 보니 산마루에 걸린 작고 엷은 구름이 언덕 뒤편의 햇살을 받아 밝게 웃음 짓고 있었다. 평지처럼 보이는 언덕바지 위로 하얀 미광을 드리운 구름을 보고 있자니 어둠 탓인지 오징어 등뼈가 밤하늘에 떠 있는 것처럼 보였다. 그 순간 혼동과 감각의 현혹에서 메타포가 생겨나는 이치를 깨달았다. 해가 막 저물어갈 때의 하늘은 한낮의 햇살보다 더욱 강렬한 빛을 내뿜었다. 땅바닥에서 깡충깡충 뛰는 도깨비불이 보였다. 모텔 방에 들어와서는 어두컴컴한 탓인지 몇몇 사물들이 착시 현상을 일으켰다. "나의 온 존재의 활동을 멈추고 귀를 기울인다." 옛날 사람들은 자연현상을 대할 때 그런 식으로 행동했다. 하지만 자연 앞에 선 이 순간 나는 다시 분명히 불쾌함 같은 것을 느꼈다.

나는 옆방과 연결된 문을 열고 클레어가 아이에게 가벼운 옷차림 대신에 바지와 스웨터를 입히는 모습을 보았다. 이처럼 인간적인 행위를 보고 있자니 나의 마음도 차분히 가라앉았다. 육교를 이용해 고속도로를 가로질러 '노란 리본'이라는 레스토랑으로 갔다. 레스토랑 앞에는 노란 스카프를 두른 한 여성 개척자의 네온으로 된 입상이 서 있었다. 레스토랑에서 일하는 여자 종업원들도 모두 노란 스카프를 둘렀다. 아이는 우유에 콘플레이크를 타서 먹으면서 가끔 클레어가 포크로 찍어 건네주는 송어를(우리 두 사람은 송어를 주문했다) 받아

먹었다. 그러는 새에 커다란 창 앞으로 보이는 하늘은 더욱더 어두워
졌고 언덕들은 상대적으로 다시 선명해졌다. 마침내 언덕들도 어둠
속에 묻히고 나니 창밖에 비치는 것이라고는 자신의 모습뿐이었다.
아이는 말이 많아졌다. 아이의 동공이 커지는가 싶더니 테이블을 벗
어나 홀 안의 넓은 공간으로 뛰어나갔다. 클레어는 아이가 피곤할 테
니 조금만 더 뛰어놀게 하고 모텔 방으로 데려가서 재우겠다고 말했
다. 아이가 잠들면 다시 돌아오겠다는 것이다.

　얼마쯤 후에 그녀가 다시 문을 열고 들어오면서 미소를 지었다. 나
는 그동안 포도주를 시켜서 벌써 두 잔째 잔을 비웠다. "왜 당신은 손
톱이 그렇게 지저분한지 베네딕틴이 묻더라." 클레어가 말했다. "이
제 막 잠들었어."

　나는 나의 지저분한 손톱에 대해 해명하고 싶었으나 나 자신을 화
제 삼는 것이 싫어 그만두었다. 우리는 미국이라는 나라에 대해 이야
기했다.

　"내게는 당신처럼 갈 수 있는 그런 미국은 존재하지 않아." 클레어
가 말했다. "당신은 장소를 바꾼다기보다는 미래 속으로 달려가려고
마치 타임머신을 탄 듯이 이곳으로 왔어. 하지만 이곳에서 앞으로 우
리가 어떤 모습으로 살아갈지는 알 수 없어. 우리가 무언가를 비교한
다면 그 대상은 과거가 되겠지. 우리는 기껏해야 다시 아이가 되는 것
외에는 아무것도 바라지 않아. 우리는 종종 첫해에 대해 말하곤 하지.
우리만의 첫번째 해, 즉 우리의 역사가 시작된 첫번째 해 말이야. 하
지만 그것을 강하게 부정하려고 그러는 게 아니라 일종의 축소 욕망
같은 것이 작용하기 때문에 그러는 거야. 이곳에서는 미치광이들이

미쳐 날뛰는 것이 아니라 단지 다시 어린아이처럼 변해버리는 것을 보게 되지. 거리에서는 어린아이의 얼굴이 점점 늘어나. 그들은 자장가를 부르든지 아니면 죽을 때까지 역사적 사실들을 암송해대지. 유럽의 정신질환자들은 대부분 종교적 상투어를 써가며 얘기하지만 이곳에서는 그들이 음식 얘기를 하고 있어도 느닷없이 어떤 강박감에 이끌린 듯 전쟁에서 승리한 민족의 이름을 기계적으로 암송하곤 해."

"처음 이곳에 왔을 때, 나는 단지 이런저런 영상들이나 보려고 했어." 내가 말했다. "주유소, 노란 택시, 자동차 영화관, 광고판, 고속도로, 그레이하운드 버스, 국도에 있는 버스 정류장 표지판, 산타페 철도, 사막. 무미건조한 의식에 젖어 있던 나는 그것들을 보면서 행복감을 느꼈지. 하지만 지금은 이 모든 영상들에 싫증이 나서 뭔가 다른 것을 보고 싶어. 게다가 이곳 사람들이 내게는 여전히 낯설어서 전처럼 행복감 같은 것을 느끼는 경우가 드물어졌어."

"그렇지만 지금 이 순간만큼은 행복하지 않아?" 클레어가 물어왔다.

"행복해." 내가 대답했다.

순간 나는 다시 우리가 나 자신에 대해 이야기하고 있음을 깨닫고는 호텔로 가서 『녹색의 하인리히』를 읽어줘도 되겠느냐고 그녀에게 물었다. 우리는 고속도로를 지나 되돌아왔다. 별들이 어느새 자리를 잡았다. 달빛이 워낙 밝아서 커다란 그림자를 단 자동차들이 먼 커브 길에서 질주해 오는 모습이 보일 정도였다. 그러다 모텔과 레스토랑의 불빛 사이까지 다가오면 자동차들은 그림자를 잃어버린 채 형체가 줄어들었다. 우리는 한동안 육교 아래쪽을 내려다보다가 긴 뜰을— 발자국을 옮길 때마다 뜰에서 느껴지는 적막감은 점점 커져갔다—지나 방으로 들어갔다.

그녀는 아이가 잘 자는지 살펴본 다음 사잇문을 통해 내 쪽으로 건너왔다. 그녀는 침대에 걸터앉아 몸을 뒤로 기댔다. 간간이 자동차 소리가 들려왔다. 나는 넓은 안락의자의 한편에 발을 걸치고 앉아서 책을 읽었다. 하인리히 리가 처음으로 누군가를 포옹했을 때 얼음장 같은 냉랭한 분위기로 빠져 들어가면서 급기야 그와 소녀가 서로 적대감을 품는 대목이었다. 그런 다음 그들은 함께 집으로 갔고, 그곳에서 하인리히가 말에게 먹이를 주는 동안 소녀는 열린 창가에 기대서서 머리를 묶으면서 그를 바라보았다. "농가 전체를 감싸안은 적막감 속에서 이렇게 여유로운 일을 즐기고 있으니 더할 나위 없이 행복한 평온함이 우리를 충만케 했다. 그래서 몇 년이고 그런 상태로 머물러 있었으면 싶었다. 가끔 나는 빵을 말에게 주기 전에 내가 먼저 한 입 뜯어 먹어보기도 했다. 그러면 안나도 찬장에서 빵을 꺼내 와서는 창가에 서서 먹곤 했다. 그런 서로의 모습을 보면서 우리는 한바탕 웃어댔다. 비록 마른 빵이지만 성대하고 요란스레 차린 음식처럼 달콤한 듯이 지금 우리가 함께 가꾸어가는 삶의 모습은 작은 폭풍우가 지나간 뒤 우리가 머물러 있어야 하는 그야말로 안전한 항로 같은 것이었다." 그러고 나서 다른 소녀에 대한 이야기를 읽었다. 그녀가 하인리히를 좋아한 것은, 그가 생각한 것이라면 그것이 무엇이든지 그녀 역시 그것을 생각하지 않을 수 없도록 만드는 그의 독특한 표정 때문이었다. 나는 눈을 감고 있는 클레어를 보았다. 거의 잠든 것처럼 보였다. "시간이 많이 늦었네." 한참을 조용히 앉아 있더니 그녀가 말했다. "운전을 했더니 피곤하기도 하고." 그녀는 어지러운 듯 자기 방으로 건너갔다.

그날 밤 시간은 심지어 잠을 자는 중에도 더디게 흘러갔다. 침대는 무지 넓었다. 그 위에서 나는 이리저리 뒹굴면서 몸을 뒤척였다. 그럴수록 밤은 더욱더 길게 느껴졌다. 이곳에서 나는 몇 달 만에 처음으로, 한 여자와 다시 함께 있게 된 마당에 그녀와 잠자리도 같이하고 싶다는 바람을 가졌다. 유디트와 나는 지난 반년 동안 깊은 증오심으로 무미건조한 생활을 해왔다. 우리는 물론 자주 서로를 바라보았지만, 나는 여자 곁으로 다가가 그녀와 어떤 식으로든지 관계를 맺는 것에 대해 꿈에서조차 생각해보지 않았다. 그녀의 몸 안으로 들어간다는 생각을 할 때 어떤 역겨움이 느껴진다는 뜻이 아니라 그러한 생각 자체를 할 수가 없었다는 것이다. 지금에 와서 기억을 더듬어보니 그러한 상황이 불가능하지는 않았으나 그 어떤 것도 그러한 상상을 하도록 나를 자극하지는 못했음이 사실이다. 나는 내게 차츰 융통성 없는 명철함이 생겨날 때까지 내 이러한 상태를 미화시켜왔다. 결국 그 명철함 때문에 나는 다시 호되게 놀랐지만 말이다. 적어도 지금 내가 한 여자와 함께 있고 싶어한다는 사실이 긴 밤 내내 나를 들뜨게 하고 초조함에 잠 못 들게 하는 것이다. 나는 그러한 나의 심정을 클레어에게 밝히려고 했다. 하지만 이 경험이 반복될지 한번 기다려보는 것이 더 현명하리라는 생각이 들었다.

옆방에서 나는 아이의 말소리를 듣고 나는 옷을 차려입고 그리로 건너갔다. 짐 꾸리는 것을 거들었다. 우리는 아침 식사를 마친 후 바로 출발했다. 정오가 되기 전에 오하이오 주의 콜럼버스에 도착하고

자 했다. 그곳까지 대략 300킬로미터를 더 가야 했다. 오하이오에서
는 몇몇 도시들을 경유해서 가야만 했다. 게다가 북남 방향으로 난 여
러 거리들이 70번 고속도로와 교차하고 있었다. 콜럼버스까지 다섯
시간은 족히 걸릴 것이다. 우리는 그곳에서 뭘 좀 먹으려고 했다. 그
래야 아이가 남은 여행길에 차 안에서 잠을 잘 수 있을 것 같았다. 그
날의 목적지는 인디애나 주의 인디애나폴리스로, 도노라에서 600킬
로미터를 더 가야 하는 곳이었다.

또다시 구름 한 점 없는 날씨였다. 해는 막 떠올라 차 뒤편에서 빛
을 비추었다. 나는 아이에게 밀짚모자를 씌워주었다. 하지만 제대로
씌워지지 않아서 아이가 화를 내며 소리를 질러댔다. 아이가 진정되
었을 때쯤 부피가 큰 자루를 싣느라 트렁크 문을 약간 열어둔 차 한
대가 옆 차선으로 지나갔다. 그러자 아이가 다시 흥분하기 시작했다.
자루 때문에 그럴 수밖에 없다고 가까스로 아이를 이해시켰다. 우리
가 펜실베이니아 주를 벗어나고 웨스트버지니아의 북단을 지나 몇 킬
로미터쯤 갔을 때 어느 모험담에서 읽었던 문장이 떠올랐다. "버지니
아의 초원이 텍사스의 대초원 프레리와 다른 점은 무엇인가?"
우리는 오하이오 강을 지나 오하이오 주로 들어갔다. 차 안은 그새
뜨거워졌다. 아이는 신경을 곤두세우고 자리에 앉아 있었다. 창문을
약간 열어놓았지만 아이의 윗입술에 작은 구슬땀이 맺혔다. 아이는
침착성을 잃을 듯하더니 앉았다 섰다를 반복했다. 내가 찻병을 건네
주었으나 받으려 하지 않았다. 아이는 큰 공포감을 느끼듯 놀란 눈초
리로 나를 바라보았다. 클레어는 아마도 내가 "잘못된 손으로" 병을

잡고 내밀어서 그럴 거라고 했다. 그래서 이번에는 다른 손으로 병을 건네주었다. 그랬더니 아이는 병을 받아들고 마시면서 도중에 긴 한 숨을 내쉬었다. 아이가 병을 내려놓자 나는 아이를 다양한 이름으로 불러가며 말을 걸었다. 그러자 "한 가지 이름으로만 불러주면 좋겠 어" 하고 클레어가 말했다. "어쨌든 아이한테 이름을 여러 개 붙여준 내가 잘못이지. 아이가 무척 사랑스러워 보일 때마다 난 항상 여러 이 름을 불러가며 아이에게 말을 걸었지. 심지어 말을 걸 때마다 짧게 줄 인 이름을 지어내기도 했다니까. 오히려 그게 아이를 헷갈리게 만들 었어. 자기를 한 가지 이름으로만 불러주기를 바라고 있어. 두번째 이 름부터는 저 아이를 극심한 혼란으로 몰아넣는 거지."

"나는 저 아이한테 잘못한 게 많아." 클레어가 말했다. "그중 하나 는 이미 당신에게 말했을 거야. 애착심 때문이긴 했지만 난 아이에게 매번 세례를 다시 받게 했어. 그뿐만이 아니야. 그처럼 사랑을 표현할 때 난 아이와 관련된 대상들까지도 언제나 다른 이름으로 부르곤 했 지. 그러는 것이 아이에게 더 큰 혼란을 줬을 거야. 그러다 결국 아이 가 사물의 첫번째 이름만 고집하고, 두번째 이름부터는 아이를 안절 부절못하게 만들어버린다는 사실을 알게 되었어. 아이가 어떤 것에 조용히 몰두할 때가 종종 있는데 그럴 때 난 그 모습을 지켜보곤 해. 하지만 아이 곁에 함께 있으면서도 대화를 나누지 못하는 상황을 더 이상 견딜 수가 없어. 그래서 말을 걸면 아이의 평온함을 깨뜨리게 되 지. 그럼 아이는 순간적으로 자기 상태를 잃고, 나는 다시 아이를 진 정시켜야 해. 또다른 잘못은 무엇보다도 내가 전혀 미국적이지 않은 교육관을 가지고 있다는 점이야. 나는 저 아이가 세상 모든 것이 자기 것인 듯 행동한다든지, 자기가 가지고 있는 것을 척도로 세상을 바라보거나 평가하는 것을 원하지 않았어. 아이가 아무것에도 집착하지 않도록 해주고 싶었어. 미국적인 교육이 사물에 더욱 강하게 집착하게 만든다고 믿었으니까. 장난감은 일절 사주지 않았어. 아이에게 가지고 놀게 한 것이라고는 칫솔이나 구두약통, 아니면 집 안에서 사용하는 각종 가재도구처럼 원래는 다른 용도로 사용하는 물건들이 고작이었어. 아이는 그런 것들을 가지고 놀면서 그것들이 어떤 용도로 사용되는지를 아무런 불평 없이 관찰하곤 했지. 하지만 다른 사람이 자기처럼 그 물건을 가지고 놀려고 하면 그것을 내어주려고 하지 않았어. 그 물건들을 보통의 장난감 대하듯이 했지. 그것을 보고 아이에게 소유욕이 형성되고 있다고 생각했어. 그래서 다른 아이도 그것을 가지고 놀게 하자고 몇 번이고 타일렀지. 그럴수록 아이는 그 물건에 더 꽉 매달렸어. 결국 그것을 소유욕이라 판단한 나는 아이에게서 그 물건을 빼앗아버렸지. 나중에야 아이가 그토록 물건들에 집착한 것이 불안감 때문이었다는 사실을 알았어. 지금은 아이들이 무언가로부터 떨어지려고 하지 않는 원인이 소유욕이 아니라 **공포감**에 있다는 확신을 가지고 있어. 자기가 조금 전까지 가지고 있던 것이 갑자기 다른 곳에 가 있거나, 그것이 놓여 있던 자리가 텅 비어 있기라도 하면 아이들은 거의 동물적인 공포감에 사로잡혀. 일종의 소속 관계에 대해 혼란을 겪는 거지. 그런 것도 모르고 나는 몸에 밴 합리성에 눈이 멀어 아이 자체가 아니라 아이의 행동 양식만 눈여겨봤고, 결국 그것이 해석의 기준으로 굳어졌지."

"그럼 지금은 어때?" 내가 물었다.

"지금은 나로서도 어떻게 해볼 도리가 없다는 생각이 종종 들어."
그녀가 말했다. "특히 장시간 여행이라도 하는 날이면 아이는 쉽게 자
제력을 잃어버려. 눈에 보이는 광경들이 죄다 낯설게 보일 테니 당연
히 더이상 방향감각을 가질 수 없는 거지. 당신이 곁에 있어줘서 난
좋아. 아이가 우리 두 사람을 기준점으로 삼을 테니까."

나는 아이 쪽으로 돌아다보려다 그만두었다. 아이가 이제야 막 잠
잠해졌기 때문이다.

"일전에 손목시계를 잃어버린 적이 있어." 내가 말했다. "그다지 아
끼는 물건도 아니었던데다, 그 전에는 그런 것이 내게 있다는 사실조
차 잊고 지냈지. 그런데도 시계를 잃어버린 후로 손목의 빈자리가 느
껴질 때면 한동안 깜짝깜짝 놀라곤 했어."

들판에 일렬로 세워진 기둥들이 삐뚤어져 있었다. 그러자 아이가
또다시 소리를 지르기 시작했다. 우리는 도로 옆 쇼핑센터에 차를 세
웠다. 클레어는 아이와 함께 이리저리 왔다갔다했다. 그러다가 10센
트짜리 동전을 집어넣으면 흔들대는 장난감 코끼리 위에 아이를 앉히
고는 아이의 기분이 풀어질 때까지 태워주었다. 그때 코끼리의 받침
판 위에서 개 오줌 때문에 생긴 검은색 얼룩을 발견한 아이는 그 즉시
내리려고 했다. 아이는 갑자기 주위를 둘러보더니 모두들 자기를 보
고 있는 것에 화들짝 놀란 듯 재빨리 몸을 돌렸다. 클레어가 건물 위
를 천천히 맴도는 말똥가리를 보여주려고 했지만 그조차 여의치 않았
다. 아이가 클레어의 손을 뿌리쳤기 때문이다. 클레어가 아이를 차에
앉히자 아이는 잠자코 있었다. 그러면서 차의 방풍 유리 위에 올려놓
은 사진들을 다시 가지런히 정돈해달라고 졸랐다. 클레어가 오렌지주

스를 사러 쇼핑센터에 간 동안 나는 사진을 재배치해야 했다. 공간이 여의치 않아 보였다. 그렇다고 사진들을 떼어버릴 수도 없는 노릇이었다. 내가 사진 한 장의 위치를 바꾸자 아이는 갑자기 공포감에 울부짖었다. 어른 목소리 같았다. 아이가 보고 싶어하는, 알지 못할 형태 같은 것이 있음이 틀림없었다. 그래서 나는 그 형태대로 배열하려고 몇 번이고 시도했지만 그 즉시 흐트러지고 말았다. 클레어가 돌아왔을 무렵 아이는 완전히 자제력을 잃고 미친 듯이 날뛰었다. 나는 사진을 배열하는 동작을 멈추었다. 그러자 아이가 갑자기 다시 조용해졌다. 내가 사진들을 어떤 질서에 따라 놓아야 할지를 발견해낸 것도 아닌데 말이다. 클레어가 주스를 병에 따라서 아이에게 마시라고 주었다. 우리 두 사람은 입도 벙긋하지 않았다. 아이의 눈이 커지고 눈을 깜박이는 횟수가 점점 줄어드는 듯싶더니 곧 잠이 들었다. 우리는 샌드위치 몇 개와 과일 정도만 사서 곧장 출발했다.

"갑자기 내가 아이의 입장으로 돌아간 듯해." 한참 후에 내가 말을 꺼냈다. "살아온 삶 가운데 내가 기억하는 최초의 일은 누군가가 나를 세면대에서 목욕시키는데 갑자기 물마개가 빠지면서 내 아래쪽의 물이 고로롱 소리를 내면서 빠져나갈 때 내가 비명을 내질렀던 일이야."

"가끔 난 아이의 존재를 까맣게 잊어." 클레어가 대답했다. "그럴 때면 난 천하의 조심성 없는 엄마가 되지. 아이에 대해 도통 아무런 신경을 쓰지 않으니까. 그럴 때면 아이는 내 주위를 무슨 애완동물처럼 돌아다니지. 그러다 다시 정신을 차리고는 내가 저 아이를 사랑할 수밖에 없구나 하는 생각을 해. 사랑이 커질수록 죽음에 대한 불안도 그만큼 커져. 아이를 오랫동안 바라보고 있자면 가끔 난 그 두 가지를 더이상 구별할 수 없게 돼. 애정이 너무 깊은 탓에 그것이 외려 죽음에 대한 공포로 급변하는 거야. 그래서 아이가 입에 물고 있던 사탕을 뺏은 적이 있어. 아이가 갑자기 질식하는 모습이 눈앞에 보였거든." 클레어는 스스로도 놀랄 만큼 차분한 목소리로 말했다. 그녀는 콜럼 버스의 우회 도로에서 우리가 가고자 하는 도로로 실수 없이 제대로 진입하려고 고속도로 위의 녹색 표지판을 보았다. 그 구간은 커브가 거의 없었다. 거의 한 시간가량을 달리는 동안 곡선 구간이라고는 단한 군데도 나오지 않았다. 덕분에 아이가 깨지 않고 잘 수 있었다. 게다가 이곳은 언덕들이 대체로 나지막했으며 들판에는 녹음이 짙게 깔려 있었다. 옥수수나무는 펜실베이니아에서보다 키가 더 컸다.

콜럼버스를 지난 후 클레어가 차 안의 거울을 가리키기에 보니 아이가 잠에서 깨어나고 있었다. 관자놀이 쪽의 머리카락이 젖어 있었고 얼굴은 빨갛게 상기되어 있었다. 아이는 눈을 크게 뜬 채 한참 동안 미동도 하지 않고 누워 있었다. 그러다 우리가 자기를 보고 있음을 알아채고는 싱긋 웃었다. 아무런 말도 없이 평온한 표정으로 주위만 둘러보았다. 그것은 일종의 놀이였다. 먼저 말하거나 먼저 움직이는 사람이 지는 놀이. 결국 자리를 옮겨 앉은 내가 지고 말았다. 그제야 아이가 말을 하기 시작했다.

우리는 고속도로에서 빠져나와 국도에서 내렸다. 인적 없는 풀밭을 좀 걸었다. 미풍이 불어와 우리의 머리를 부풀려놓았다. 여전히 젖어 있는 아이의 관자놀이께가 보였다. 우리 두 사람이 아이 쪽으로 몸을 굽혀 살펴보니 아이가 있는 아래쪽으로는 바람이 거의 불지 않았다.

클레어가 아이를 안아 올렸다. 그제야 아이의 젖은 머리가 말랐다. 우리는 물이 있는 곳으로 가서 차를 세우고 내렸다. 그곳의 풀은 늪의 풀처럼 억셌고, 소발굽 자국이 있는 곳마다 온통 작고 흰 버섯들이 피어 있었다. 여기저기서 진흙 둔덕들이 물표면 위로 고개를 내밀었고, 쇠똥 거름과 개구리 난괴(卵塊)들이 그 주변을 떠다녔다. 물 위를 이리저리 춤추듯 나는 모기 때문인지 물은 졸졸 소리를 내며 흘렀다. 반쯤 잠긴 나뭇가지 주위로 물거품이 일었고, 그 위로 부는 공기는 혼탁했다.

우리는 빵을 먹은 뒤 나무들이 있는 쪽으로 자리를 옮겼다. 그새 햇볕이 너무 뜨거워졌기 때문이다. 나는 내게 떠맡겨진 아이를 데리고 떡갈나무와 느릅나무 사이를 지나갔다. 천천히 뒤따라오던 클레어는 나중에는 완전히 뒤처졌다. 나뭇잎을 뜯던 아이의 손에서 그을음이 묻어나는 걸 보니 근처에 철로가 있는 것이 분명했다. 나뭇잎들은 이제 막 싹이 트기 시작한 상태였다. 우리는 숲속 빈터로 갔다. 작은 개울이 널따란 늪 풀의 잎사귀에 가려 보일 듯 말 듯 졸졸 흐르고 있었다. 그때 덩치가 제법 큰 짐승 한 마리가 눈에 들어왔다. 재빨리 달려가보니 쥐 한 마리가 나뭇잎 아래로 기어들어가고 있었다. 쥐는 꼬리를 풀 줄기 사이로 삐죽이 내민 채 한동안 그 아래에 웅크리고 앉아 있었다. 나는 아이와 함께 몸을 굽혀서는 그쪽으로 돌멩이를 던지려고 했다. 하지만 주변에는 돌멩이라고는 없었다. 그래서 다시 몸을 일으키려 했을 때 우리가 물에 빠져들고 있음을 알아차렸다. 신발 주위로 물이 밀려들어서 나는 발을 들어올려 옆으로 한 발 크게 내디뎠다. 그러자 이번에는 따끈한 진창 속으로 다리가 무릎 깊이만큼 빠져 들어갔다. 비록 소리가 들리지는 않았지만, 내가 진창 속으로 빠질 때 썩은 잔가지 몇 개가 부러지는 게 느껴졌다.

나는 다리를 넓게 벌린 채 버티고 섰다. 그러자 더이상 빠져 들어가지는 않았다. 내가 진창에 빠지는 사이에 사향쥐의 꼬리는 종적을 감추고 말았다. 더이상 움직일 수 없게 되자 내게 꼭 매달려 있던 아이의 호흡이 점점 빨라지기 시작했다. 나는 최대한 침착한 목소리로 클레어를 불렀다. "부르지 마세요!" 아이가 말했다. 나는 다리를 빼내기 시작했다. 그러고는 나무 쪽으로 점프했는데, 다리가 땅에서 채 빠지기도 전에 뛰어오르는 바람에 신발이 진창 속에 꽂힌 채 남아 있게 되었다. 나는 아이가 불안감을 못 이겨 소리를 지르리라 생각했지만 아이는 내가 껑충 뛰어오르는 모습을 보고는 웃었다. 클레어는 나무에 기대앉아 잠들어 있었다. 나는 그녀의 맞은편으로 가서 앉았다. 아이가 지난가을에 떨어진 낙엽들 아래서 오래된 도토리 몇 알을 주워 와서는 말없이 내 옆에 가지런히 늘어놓았다. 얼마 후 클레어가 그동안 자는 척하고 있었던 듯한 표정으로 눈을 떴다. 그러고는 곧바로 내 신발 한 짝이 없다는 것과 바지에 진흙 덩이가 붙어 있다는 것을 알아차렸다. 그녀는 자기가 꾼 꿈 이야기를 하듯이 내게 일어났던 일에 대해 말했고 나는 그것이 생시였다고 확인해주었다. "무서웠어?" "무섭기보다는 어쩐지 화가 나던데." 내가 대답했다.

우리는 목초지를 지나 되돌아왔다. 제비가 그 위를 높이 떠서 날고 있었다. 보통의 경우라면 제비는 대도시의 상공에서나 그렇게 높이 날지 않던가. "미국에서는 사람들이 좀처럼 산책을 하지 않아." 클레어가 말했다. "주로 차를 타거나 집 앞의 흔들의자에 앉아 있지. 그래서 이곳 사람들은 누군가가 시골로 들어와서 줄곧 걷기만 하면 그들을 경계하듯 주시하지." 그녀가 격자무늬 셔츠를 입은 한 남자를 가리켰다. 그는 몽둥이를 손에 든 채 들판을 가로질러 우리 쪽으로 뛰어오고 있었다. 우리가 그 자리에 그대로 멈춰 서 있자 그도 뛰기를 멈췄다. 그리고 우리가 아이와 함께 있는 것을 보자 발걸음을 아예 멈추고는 그 자리에 섰다. 그는 몽둥이를 내려놓았다. 하지만 몸을 굽혀서 쇠똥 거름 한 덩이를 집어 우리 쪽으로 냅다 던졌다. 그러고는 우리의 반응을 기다렸다. 우리가 천천히 발걸음을 옮기자 그는 느닷없이 자기 페니스를 꺼내더니 우리 쪽을 향해 오줌을 갈겨댔다. 그러면서 마치 성행위하듯 몸을 앞뒤로 흔들어대는 바람에 자기 바지와 신발에까지 오줌이 흩뿌려졌다. 결국 그는 균형을 잃고는 나뒹굴었다.

우리는 발걸음의 속도를 높이지 않은 채 그를 바라보았다. 클레어는 아무 말도 하지 않았다. 차 안에 들어와서 출발하기 직전이 되어서야 그녀는 소리 없이 웃어댔다. 어찌나 웃어대는지 손으로 머리를 떠받쳐야 할 정도였다.

내가 신발이 한 짝밖에 없는 처지라 우리는 다음 쇼핑센터에 들러 신발을 한 켤레 샀다. 차를 타고 오면서 아직도 마르지 않은 채 바지에 붙어 있는 진흙 덩이를 바라보고 있자니 점차 흥분되면서 초조해지기 시작했다. 나는 진흙이 다 말랐는지 확인하려고 쉴 새 없이 들여다보았다. 그러다 결국 그 초조감을 지금 우리가 지나가고 있는 바깥 풍경으로 투사시켰다. 나는 마를 것 같지 않은 진흙 덩이에서 눈을 떼어 변화를 원치 않는 자연 경관을 바라보았다. 그러자니 인디애나폴리스에 우리의 목적지가 있음을 거의 상상할 수 없을 정도로, 우리의 움직임이 무의미하게 여겨졌다. 나는 움직이는 것에 대해 아무런 의욕을 느끼지 못했으며, 마치 모터는 돌아가지만 제자리에 멈춰 서 있는 느낌이 들었다. 그러면서도 한편으로는 정말 멈춰 서기를 바랐다. 나는 언제쯤 오하이오의 표지판 대신에 인디애나의 표지판이 등장하는지 주시했다. 그리고 우리가 추월한 자동차의 번호판에서 버카이 주* 대신에 다른 주의 번호판을 볼 수 있기를 손꼽아 기다렸다. 후저 주**의 번호판을 단 자동차를 여러 대 추월하고, 또 인디애나에 들어서서는 마침내 바지에 붙어 있던 진흙 덩이가 말라서 떨어져 나갔음에도 초조감은 더해만 갔다. 그래서 나는 인디애나폴리스에 이르기까지 이정표가 몇 개나 나오는지 세기 시작했다. 이정표야말로 똑같이 계속되는 저 풍경 속에서 변화를 느끼게 하는 유일한 것이었기 때문이다. 나는 의도치 않게 이정표의 간격만큼 리듬을 타면서 호흡했다. 그러자 머리가 욱신거렸다. 어딘가 다른 곳으로 가려면 일정한 거리만큼을 끊임없이 나아가야 한다는 사실에 넌더리가 났다. 그러다보니 클레어가 가속 페달을 밟아대는 모습도 우습게 여겨졌다. 불필요한 짓이라는 생각마저 들었다. 그럼에도 나는 그녀가 페달을 더욱더 세게 밟았으면 하고 바랐다. 마음 같아서는 새로 산 신발의 뒤창으로 그녀의 발등을 찍어 눌러대고 싶었다. 게다가 초조감이 너무 심해진 탓에 불쾌감이 살의로 변해 있었다. 해는 졌지만 밝은 빛의 기운은 여전히 남아 있어 그리 어둡지 않았다. 그리고 나중에 어스름에 싸인 채

---

* 오하이오 주의 다른 이름.
** 인디애나 주의 다른 이름.

인디애나폴리스로 들어갈 때 느꼈던, 형체 없는 우상과 같은 평온함이, 클레어를 옆에서 바라보는 동안 마치 살인자의 태연함인 듯 여겨졌다.

나는 그 도시를 보고 싶지 않았다. 그 도시가 나를 실망시킨 적이라도 있는 것처럼, 그래서 이 도시라면 신물이 나기라도 하는 것처럼 말이다. 클레어가 자동차 경주로 바로 뒤편에 있는 홀리데이 인 호텔에 들어가 빈방 두 개가 있는지 묻는 소리를 들으면서도 나는 바닥만 내려다보았다. 방으로 들어서자마자 곧장 커튼을 치고는 프로비던스에 있는 호텔로 전화를 걸었다. 어제 누군가가 그리로 전화를 했고 호텔 측에서는 그에게 뉴욕과 필라델피아의 내 주소를 알려주었다고 했다. "그라니요?" "아, 죄송합니다. 여자분이었습니다." 전화 교환원이 말했다. 나는 먼저 뉴욕의 앨곤퀸 호텔로 전화를 건 다음 필라델피아에 있는 바클레이 호텔에도 연락을 취했다. 내가 그곳에 있는지 알아보려고 유디트가 한 번 전화한 적은 있지만 메시지를 남기지는 않았다고 했다. 나는 인디애나폴리스에 있는 내 주소를 알려준 후 다음 날다시 전화하겠다고 말했다. 그 참에 세인트루이스에 있는 주소도 알려주었다. 수화기를 내려놓자마자 다시 전화벨이 울렸다. 방과 방 사이에 사잇문이 없어서 클레어가 내게 전화를 걸어온 것이었다. "지금 컨디션 어때?" 그녀가 물었다. 아래 레스토랑으로 뭘 좀 먹으러 가지 않겠느냐는 것이었다.

나는 전혀 배가 고프지 않았기 때문에 아이가 잠들면 그때 잠깐 나갔다 오는 것이 어떻겠느냐고 말했다. 그녀도 동의했다. 수화기를 막 내려놓았을 때 벽 뒤쪽에서 짧게 딸각하는 소리가 들려왔다. 그녀가 수화기를 내려놓는 소리였다. 나는 커튼을 다시 열어젖히고 밖을 내다보았다. 창밖의 사물 하나하나를 유심히 살필 요량은 아니었다. 창밖에서 들려오는 일정한 리듬이 자장가처럼 들렸지만 동시에 그 소리에 주의를 기울이게 만들었다. 그곳에서 약간 떨어진 자그마한 언덕마루에 실측백나무가 한 그루 서 있었다. 황혼 빛을 받아서인지 잔가지들이 더 앙상해 보였다. 나뭇가지들은 이리저리 가볍게 흔들리면서 자신들만의 호흡에 따르는 듯한 움직임을 보였다. 나는 곧 그 나무의 존재를 잊었다. 내 존재조차도 잊어버린 채 물끄러미 밖을 내다보았다. 그러고 있자니 숨을 들이쉴 때마다 그 실측백나무가 잔잔하게 흔들리면서 내게로 점점 다가와 마침내 내 가슴속까지 파고 들어왔다. 나는 움직이지 않고 서 있었다. 머릿속의 혈관은 박동을 멈췄고 심장도 멎었다. 나는 더이상 숨을 쉬지 않았고 피부는 무감각해졌다. 그리고 나의 의지와 상관없이 몰려드는 쾌감과 함께 나무의 움직임이 호흡 중추 기관의 기능을 넘겨받는 것을 감지했다. 실측백나무가 나를 자신의 품 안에서 흔들리게 했다. 내가 저항하기를 그만두고 마침내 잉여의 존재가 되어 실측백나무의 부드러운 놀이에서 벗어나자 실측백나무가 내게서 다시 빠져나가는 것을 느꼈다. 그러자 내 안의 살인마 같은 태연함도 해소되었다. 나는 침대 위로 쓰러져 누웠다. 맥 빠지지만 기분 좋은 느긋함이 느껴졌다. 지금 어디에 있으며 언제 다른 곳으로 갈 수 있을지 하는 모든 물음들이 명료해졌고 시간도 빨리 지나갔다. 어느덧 밤이 되었다. 나를 데리러 온 클레어가 방문을 두드렸다.

우리는 인디애나폴리스의 워런 공원에 앉아서 이야기를 나누었다. 홀리데이 인 호텔 종업원이 틈틈이 아이를 돌봐주었다. 그곳에서는 그제야 보름달이 떠올랐다. 주변에 하얀 벤치와 관목들이 유령처럼 서 있었다. 어느 가로등은 유리가 깨져 있었고, 좀나방 한 마리가 그 안에서 부지런히 날갯짓을 하다가 결국 타 죽고 말았다. 달빛이 비치긴 했지만, 보름달이 부풀어오르다 터져버린 것은 아닌가 할 정도로 썩 밝은 편은 아니었다. 심장은 고통스럽게 뛰었다. 그래서인지 숨을 쉴 때마다 가끔 신음도 함께 흘러나왔다. 길가에는 줄기가 긴 꽃들이 줄지어 서 있었고, 하얀 꽃잎들은 달빛 속에서 뽐내듯 얼굴을 드러냈다. 광란의 절정에 다다랐을 때처럼 미동도 없었다(사람들은 이제 이 나무들을 움직일 기력이 없었다). 가끔 꽃봉오리들이 툭툭 소리를 내며 터져나왔다. 쓰레기통에서 바스락거리는 소리가 들리더니 곧 다시 조용해졌다. 납빛의 잔디밭은 말라 죽은 듯했고, 잔디밭에 어리는 짧은 나무 그림자들은 마치 불탄 자리 같았다. 공기는 차가운 편이었지만 내 안의 열기는 뜨거웠다. 인위적으로 가꾸어진 튤립나무와 종려나무들 뒤편으로 화살표가 반짝거렸고, 그 위로 홀리데이 인 호텔의 오각별이 빛을 발했다.

"이곳 미국에서 어릴 적에 했던 경험들이 반복되고 있다는 것을 알게 되었어." 내가 말했다. "이미 오래전에 극복했다고 생각했던 온갖 불안과 동경이 다시 도지고 있어. 어릴 적에 경험했던 것처럼 갑자기 주변 세계가 두 조각이 나면서 전혀 다른 형태의 무엇인가로 정체를 드러낼 것만 같아. 예컨대 괴물의 주둥이 같은 것으로 말이야. 오늘 차를 타고 오면서, 한 걸음에 10킬로미터를 가는 장화가 있었으면 하는 욕구가 일더라. 거리를 지나는 데 시간을 허비하지 않도록 말이야. 가는 곳마다 다른 무언가가 있다는 생각과 더불어 한걸음에 그곳에 갈 수 없다는 생각을 하면 마치 어린 시절에 그랬듯이 미쳐버릴 것만 같아. 그 당시에는 생각하는 것만으로도 황홀경에 빠져들곤 했지만 지금은 그것에 대해 말하고 비교하고 또 그것을 제대로 파악하기 시작했어. 이런 수수께끼 같은 것을 푸는 일이 우스울 수도 있어. 나는 다만 옛날처럼 스스로를 외톨박이로 느끼기 싫어서 그것을 간명하게 표현해내려고 해. 거리낌 없이 행동하고 말을 많이 하고 자주 웃으려고 해. 게다가 배로 회전문을 밀쳐낼 수 있을 정도로 뚱뚱해졌으면 해. 그렇게 해서 점차 남이 이상하게 보지 않는 존재가 되고 싶어."

"녹색의 하인리히도 아무것도 해석하려 하지 않았지." 클레어가 느닷없이 말했다. "그는 어떻게 하나의 경험이 다른 경험을 해석해내며, 또 나중의 경험이 지금의 경험을 어떻게 재해석하는지를 가능한 한 선입견을 가지지 않고 음미하며 관찰하려 했지. 그는 자신은 직접 관여하지 않은 채 모든 경험에 일종의 자유로운 놀이 공간을 마련해준 셈이야. 그가 경험했던 사람들 또한 단지 그를 스쳐 지나가며 춤을 추었을 뿐이고. 그는 그들에게 춤 상대가 되어달라고 부탁하지도 않았고 윤무를 추는 그들을 잡아끌지도 않았지. 그는 그 무엇도 해석하려 하지 않았어. 어떤 것은 다른 것의 결과일 뿐이라고 여겼지. 당신도 주변 세계가 당신 곁을 스쳐 지나가며 춤을 추도록 내버려두는 타입으로 보여. 당신도 자신을 직접 연루시키기보다는 경험들이 스스로를 연출해 보일 수 있도록 배려하는 편이라는 의미야. 당신은 세상이 당신을 위해 마련된 성탄절의 선물 축제인 듯 행동하지. 당신은 포장된 선물 꾸러미가 하나하나 풀어지는 모습을 공손하게 지켜볼 뿐이야. 그 일에 관여하는 것은 무례한 태도가 되겠지. 당신은 사건이 일어나는 대로 그냥 내버려두었다가 무엇인가 당신에게 직접 영향을 미치면 그제야 놀라서 해결하려고 나서지. 그러고는 그 수수께끼 같은 사건에 감탄하면서 그것을 이전에 경험했던 수수께끼와 비교해보기도 하고 말이야." 나는 유디트를 생각하고 있다가 깜짝 놀랐다. 수치심에 진땀이 흘러내렸다. 자리에서 일어나야 할 판이었다. 달빛을 받으며 이리저리 서성거렸다.

"맞아." 나는 연극을 하듯 다시 태연하면서도 무덤덤하게 말했다. "내가 무언가를 보고 경험하기 시작하면 그 즉시 '그래, 바로 그거야! 이것이야말로 내가 하지 못했던 경험이야!' 하고 생각해. 그러고는 처리했다는 의미로 그 자리에서 V자 표시를 해두지. 나는 무언가에 쉽게 연루되는 편이 아니야. 그것을 간단명료하게 정리한 다음 빠져나오지. 무엇 하나도 끝까지 경험하는 법이 없고 그것이 그냥 내 곁을 스쳐 지나가도록 내버려두거든. '그런 거지 뭐' 하고 생각하고는 다음에 일어날 일을 기다리지."

"사람들은 그가 아무 일도 시도하지 않는다고 그를 몰아세우려 하지만 녹색의 하인리히는 결코 매력 없는 존재가 아니야." 클레어가 장난기 있는 말투로 한마디 내뱉었다. "비겁하거나 소심해서 경험을 회피한 것이 아니라, 그 일이 자신에게 별 가치가 없거나, 그가 관여했을 때 행여 거절당할까봐 두려웠을 뿐이지. 어릴 적에 어떤 일을 하려고 할 때 늘 소외당했기 때문이야."

"하지만 그런 경우가 비겁하지 않다면 도대체 뭐가 비겁하단 말이야?" 내가 물었다. 그러자 클레어는 자리에서 일어나더니 옆쪽으로 발걸음을 옮겼다. 나 또한 앞으로 걸어나갔다. 클레어는 옷매무시를 다듬으면서 자리에 앉았다. 나도 그녀 곁으로 가서 앉았다. 서로 많은 이야기를 나누면서 우리는 불편한 감정을 풀었다. 그렇다고 포옹을 하지는 않았다. 서로에게 손도 대지 않았다. 하지만 가까이 있는 것만 으로도 애정이 통하는 것 같았다. 나는 순간 질책을 받고 있다는 느낌 이 들었지만 곧 다시 스스로를 자랑스럽게 여길 만큼의 자신감을 되 찾았다. 클레어의 말이 옳다는 생각에 흠칫 놀라긴 했지만 다음 순간 그녀가 틀렸다고 생각하니 기분이 좋아졌다. 누군가가 나에 대해 평 하는 것을 들을 때면 종종 내가 보이는 반응이었다. 그런 평이 틀리지 는 않았지만 지나친 감도 없지 않았다. 나도 언젠가 다른 사람을 평할 일이 있었을 때, 비록 거짓말은 하지 않았지만 스스로 생각하기에 허 풍쟁이처럼 굴었던 적이 있다. "이제 녹색의 하인리히에 관한 동화는 끝내자." 클레어에게 말했다.

그녀도 동의한다는 듯 숨을 한 번 들이마셨다. 그녀가 그렇게 한숨 을 돌릴 때 마치 그녀의 온몸이 아주 천천히 확장되면서 내게까지 접 촉해 오는 듯했다. 물론 그녀는 내 몸을 건드리지 않았다. 나를 불안 하게 만들지만 그럼에도 내가 불쾌감을 감수하면서까지 기다리는 그 무엇인가를 상상력이 선취(先取)한 것뿐이다. 우리가 보는 앞에서 오 줌을 갈겨대던 남자가 떠올랐다. 그런데도 그의 영상은 지금 내게 어 떤 불쾌감도 일으키지 않았다. 나를 드러내야 한다는 불안감 앞에서 나는 전율하기 시작했다. 자리에서 일어섰다. 흥분되기는 했지만 초 조하지는 않았다. 나는 이제 돌아가야 할 때가 되었다는 신호로 클레어의 팔을 툭 건드렸지만 동시에 그녀가 나를 밀쳐내기를 바랐다. 클레어는 자리에서 일어나기 전에 스트레칭을 했다. 나는 다시 한 번 그녀에게 다가가서는 짧은 무언극을 하듯 그녀를 부축해 일으켰다. 그녀의 손을 잡지는 않았다. "운전하면서 줄곧 앞만 쳐다봤더니만 목이 아프네." 클레어가 말했다. 그녀가 지금 자신의 신체 일부분에 대해 언급했다는 사실이 마치 그녀가 자신을 드러내기라도 한 것처럼 나를 놀라 움츠러들게 했다. 나는 내가 얼마나 흥분했는지 내색하지 않으려고 더 빨리 걸었고, 클레어는 달빛에 매혹된 듯 느린 걸음으로 내 뒤를 쫓아왔다.

그녀가 내 뒤에서 걸어오는 소리를 들으면서 문득 존 포드 감독의 오래된 영화 〈철마〉 가운데 한 장면이 떠올랐다. 영화는 1861년부터 1869년 미주리와 캘리포니아 간에 대륙 횡단철도를 건설하는 내용이었다. 두 철도회사가 합세해서 구간별로 철도를 놓았다. '센트럴 퍼시픽' 회사가 서쪽부터, '유니언 퍼시픽' 회사가 동쪽부터 맡았다. 철도를 건설하기 오래전에 한 남자가 이미 그런 꿈을 가지고 있었다. 그는 아들과 함께 로키 산맥을 통과할 통로를 찾아내려고 서부로 간다. 그는 이웃과 작별하게 되는데, 아들은 작별 인사를 하며 자기보다 한참 어린 이웃집 딸을 어설프게 포옹한다. 아버지는 죽지만 어른이 된 아들은 나중에 협로를 발견한다. 한편 옛날의 이웃은 '유니언 퍼시픽' 회사의 사장이 된다. 긴 세월이 흘러(모든 작업 장면들이 한 번 더 반복되는 영화의 구조 때문에 세월은 고통스러울 정도로 느리게 흘러갔다) 마침내 두 철도가 유타 주의 프로먼터리 포인트에서 만난다. 그리고 사장은 마지막 철도 침목에 황금 못을 박는다. 그후 꿈을 가졌던 남자의 아들과 사장의 딸은 어릴 적 서로 헤어진 후 처음으로 다시 만나 포옹한다. 뭐라고 말로 설명할 수는 없지만 그 영화를 보는 내내 나는 심기가 불편했다. 가슴속이 아려오는 통증을 느꼈고 음식을 삼키기가 힘들었으며 외상통 같은 것을 경험했다. 뿐만 아니라 피부도 온통 민감해져서 오한이 날 지경이었다. 하지만 침목에 못이 박히고 양쪽이 서로의 일을 방해하게 되는 순간이 되자 그 포옹의 느낌이 내게도 전해지는 듯했다. 그래서 나는 신경이 최대한 안정된 상태에서 몸을 쭉 뻗었다. 그 정도로 나의 몸은 두 가정이 다시 회합하기를 절실히 소망했다.

나는 클레어가 내가 있는 곳에 올 때까지 기다렸다가 나란히 걸으며 홀리데이 인 호텔로 되돌아왔다. 아이는 곤히 잠들어 있다고 호텔 종업원이 말해주었다. 허기가 느껴졌다. 내가 요기를 하는 동안 클레어는 몸을 뒤로 기대고 무릎에 손을 얹은 채 나를 바라보았다. 그녀는 처음에는 좀처럼 눈을 깜박이지 않다가 나중에는 눈이 저절로 감기는 듯 아예 눈동자의 움직임이 없어 보였다. 나는 주의 깊게 옛일을 반추해보았다. 그러다보니 갑자기 어떻게 해서 우리가 잠자리를 함께하게 됐는지를 다시 한 번 경험할 수 있었다. 나아가 그 상황을 이해할 수 있었다. 클레어에 대한 감정이 무척 강렬했기에 나는 시선을 다른 곳으로 돌릴 수밖에 없었다. 프로비던스에서 경험했던 것, 주사위가 짧은 순간 언뜻 보이며 사라졌을 때 경험했던 저 다른 시간이 내 앞에 펼쳐졌다. 불안에 취약한 나의 성격과 허약함을 마침내 떨쳐버리기 위해 그냥 들어가기만 하면 되는 다른 세계 말이다. 하지만 다른 세계에서 나만의 고유한 삶의 방식도 없이 행동한다면, 갈피를 잡지 못하고 공허한 삶을 살게 될 것이 불을 보듯 뻔하다는 생각에 이르자 나는 채 발걸음을 옮기기도 전에 다시 경악할 수밖에 없었다. 순간 나는 경련이나 공포감은 전혀 없이, 일반적으로 말하는 천국 같은 삶을 강렬하게 느꼈다. 그 속에는 실측백나무의 놀이 속에서처럼 나 자신은 더이상 존재하지 않았다. 이 텅 빈 세계 앞에 서니 너무도 강한 전율이 느껴졌다. 나는 그 짧은 공포의 순간에, 무언가가 있던 자리에 갑자기 아무것도 없을 때 아이가 경험했을 그 엄청난 충격을 추체험할 수 있었다. 그 순간 나는 자신한테서 벗어나고 싶은 열망을 영원히 상실해버렸다. 그리고 종종 어린애들이 경험하는 불안이라든가 대인 관계를 맺을 때의 불쾌함, 더 나아가 이해력이 갑작스레 떨어지는 경우 등을 생각해보니 불현듯 자부심이 생기면서 쾌감까지 느껴졌다. 나는 내가 그 모든 콤플렉스에서 벗어나기를 더이상 원치 않는다는 사실과 함께, 오히려 지금부터는 그 콤플렉스들을 배려하는 방법이나 생활방식을 찾아내는 것이 더 중요함을 알게 되었다. 내게 적합하면서도 남들 또한 나를 정당하게 평가할 수 있도록 하는 그런 삶의 방식을 말이다. 그리고 거의 무의식적으로 지금까지의 모든 것이 하나의 예행연습에 불과했던 것처럼 생각되었다. "그것도 필요하지! 그게 중요한 문제야!"

나는 클레어가 여전히 나를 보고 있음을 알았다. "얼마나 불행한 여자인가!" 나는 생각했다. 물론 그런 생각을 하면서 다른 곳으로 자리를 옮긴 것은 아니었다. 예전 같으면 나와 다른 세계관을 가진 사람이 존재한다는 상상만으로도 종종 현기증이 나면서 메스꺼움을 느꼈다. 그러나 지금 이 순간만큼은 처음으로 그런 생각을 접어두고 자기중심적 사고에서 비롯된 메스꺼움 대신에 클레어에 대한 깊은 연민을 느꼈다. 말하자면 그녀는 결코 나의 입장이 될 수 없을 뿐만 아니라 내가 막 경험한 것을 똑같이 경험할 수도 없는 노릇이라는 생각을 했다(그녀에게는 얼마나 재미없는 일이겠는가! 클레어라는, 당사자가 아닌 사람의 입장에서 본다면 말이다). 하지만 그와 정반대의 일이 내게 벌어지고 있다는 생각이 드는 순간 곧 다시 시기심이 발동했다. 아무튼 그러한 생각들은 더이상 독립된 가치관으로 자리 잡지 못한 채, 문제의 핵심이 전혀 다른 것으로 바뀌게 되는 길고도 변화무쌍한 사건의 진행 과정 속에서 잠깐 등장했다가 곧바로 퇴장하는 신세가 되었다. 나는 내가 존 포드의 〈철마〉를 어떤 시각으로 보았으며 그 당시 나의 심적 반응은 어떠했는지를 클레어에게 설명해주었다.

대학의 영화 동아리에서 그 영화를 보았던 그녀는 아일랜드 출신 노동자들이 침목을 옮기면서 계속 같은 노래만 목청껏 불러대던 장면을 기억했다. "그거 무성영화였지!" 그녀가 갑자기 말했다. 아닌 게 아니라 우리는 노래를 부르는 장면에서 노래하는 노동자들의 영상 위로 매번 악보만 보였다고 회상했다. 우리는 그리 많은 말을 하지는 않았다. 우리 자신에 대한 이야기는 일절 하지 않고 옛날 이야기만을 입에 올렸다. 늘 새로운 이야기들이 꼬리를 물고 떠올랐다. 이제 방으로 들어가지 않고는 견디기 힘들었지만, 둘 중 누구도 상대방에게 마지막 말을 허용하려 하지 않았다. 결국 먼저 반응을 보인 쪽은 클레어였다. 내가 조금 전 가슴이 두근거리는 상태에서 해주었던 돼지와 마차 이야기를 듣고 있던 클레어가 갑자기 심각한 표정을 짓더니 이내 얼굴을 알아볼 수 없을 정도로 표정이 변해버렸다. 예전 같으면 광기가 발작하면서 외려 내게 그런 반응이 일어났을 것이었다. 오늘 밤의 나는 지금은 거의 잊힌 쾌락, 과거의 장엄함에 대한 쾌락을 떠올리면서 그녀의 그런 반응을 일종의 진실이 발현되는 순간으로 경험했다. 그 진실은 행여 내 앞에 있는 누군가가 갑자기 미쳐버릴지도 모른다는 두려움에서 생겨난 나의 광기를 영원히 우스운 것으로 만들어버렸다.

우리는 함께 잠을 잤다. 아니 졸았다고 하는 편이 맞을 것이다. 우리는 미동도 하지 않은 채 숨을 쉬었고 마침내 호흡마저 멈추었다. 한밤중에 불현듯, 다른 방에서 자고 있는 아이 생각이 뇌리를 스쳤다. 아이가 갑자기 내게 강한 연민의 정을 일으키는 통에 나는 클레어에게 옆방으로 건너가서 아이를 좀 살펴봐야 하지 않겠느냐고 했다. "베네딕틴이 혼자 있다고 생각하니 그애가 지독히 외로울 것 같아." 내가 말했다. "우리 둘만 여기 함께 있기 때문이 아니라 아이 곁에 아무도 없다는 생각을 하니까 저 건너편의 그 미성숙한 존재가 고통스러울 만큼 따분한 상태에 있다는 것이 뼈저리게 느껴져. 지금 당장 아이를 깨워 이야기를 들려주면서 그 따분함을 쫓아버려야만 할 것 같아. 아이가 지금 따분한 잠과 꿈속에서 얼마나 고통을 받고 있는지 느껴져서 하는 소리야. 아이 곁에 같이 누워 위로의 말을 해주며 아이가 그 기나긴 외로움을 잊게 만들어주고 싶어. 사람이 태어나는 순간 그 즉시 의식을 얻을 수 없다는 것을 생각하면 견딜 수가 없어. 그러니 누군가가 다른 누군가를 구원한다는 내용의 옛날이야기들을 들으면 곧바로 수긍할 수 있어." 나는 클레어에게 필라델피아에서 만난 군인 이야기를 꺼내면서 그가 얼마나 구원되기를 바랐는지 들려주었다.

우리는 옆방으로 건너갔다. 나는 잠든 아이를 바라보았다.

클레어가 욕실에 들어간 사이 나는 몰래 아이를 깨웠다. 눈을 뜬 아이는 비몽사몽간에 알아들을 수 없는 말을 해댔다. 아이가 길게 하품을 하는 통에 엷은 색의 입안이 들여다보였다. 혀가 입천장에 붙어 가늘게 떨렸다. 아이는 다시 잠들었다. 클레어가 욕실에서 나왔다. 우리는 나란히 누웠다. 그러다 그녀도 잠들어버렸다. 운전하느라 지친 탓인지 나지막하게 코를 골았다. 나는 어두운 빛을 띠며 번쩍거리는 텔레비전 화면을 응시했다. 홀리데이 인 호텔의 방향을 가리키는 화살표와 오각별이 화면에 조그맣게 반사되었다. 잠들기 직전 손목시계를 한 번 더 들여다보았다. 자정이 한참 지난 시간이었다. 그러자 불현듯 이제 내가 서른 살이 되었다는 생각이 들었다.

잠을 설쳤다. 삶아서 흐물흐물해진 닭을 찔러보았다. 그러자 닭 뼈가 뭉개졌다. 뚱뚱한 여자와 마른 여자가 나란히 서 있었다. 마른 여자가 뚱뚱한 여자로 변하더니 순간 두 사람이 모두 폭발해버렸다. 가정교사가 한 아이와 함께 칼날 위에서 균형을 잡으며 열려 있는 지하철문 안으로 들어갔다. 수많은 속달 편지들, 멍청한 정원사가 꽃에 물 주듯이 적셔놓은, 모래 위에 그려진 기호들, 단어들의 형상을 한 식물들, 교회당 헌당 기념일 식대에 놓여 있는 하트 모양 과자 위의 기밀 편지, 침대 네 개(그중 하나에만 시트가 깔려 있는)가 놓여 있는 오스트리아식 여관의 객실 등이 어른거렸다. 나는 페니스가 발기된 상태로 악몽에서 깨어났다. 나는 그 즉시 잠든 클레어의 몸속으로 돌진해 들어갔다. 기진맥진한 상태에서 다시 잠들었다.

장소 하나 바꾸는 것이, 우리가 사실로 받아들이고 싶지 않은 것들을 마치 꿈을 잊는 것처럼 깨끗이 잊어버리게 만드는 데 그렇게 많은 기여를 한다면, 그거야말로 놀라운 일이 아니겠는가?

—칼 필립 모리츠 『안톤 라이저』

2

긴 이별

그날 정오경에 우리는 세인트루이스에 도착했다. 그리고 그다음 날 내내 나는 클레어와 아이와 함께했다. 우리는 클레어가 "한 쌍의 연인"이라 부르는 친구들 집에서 묵었다. 세인트루이스 서쪽에 있는 작은 교외 도시이자 미주리 주의 중심으로 이어지는 록힐이라는 곳에 위치한 그 집에서 우리는 거의 하루 종일을 보냈다. 칠을 한 지 얼마 되지 않은 나무집이었다. 우리는 두 연인의 일을 도와주었다. 나는 그 두 사람의 진짜 이름은 들어보지 못했다. 그들은 항상 서로를 애칭으로만 불렀기 때문이다. 처음에 나는 그들의 모습에서 클레어가 내게 이야기했던 축소 욕망을 생각했다. 그러다가 다시 한 번 유심히 살펴본 끝에 보통의 경우라면 사람들이 그들에 대해 무슨 말을 할까 하는 생각을 머릿속에서 곧 지워버렸다. 그러고는 그들이 살아가는 방식이 내게 어떤 말을 건넬 것인가 하는 호기심을 가지고 단지 그들을 관찰하기만 했다. 여자는 매사에 비밀스럽게 행동했고 남자는 삶에 실망하고 좌절한 듯 보였다. 하지만 이들 곁에서 좀더 오래 지내다보니, 그 여자에게 어떠한 비밀도 없으며 남자 또한 실로 즐겁고 만족스러운 삶을 살고 있음을 알 수 있었다. 그럼에도 사람들은 아침만 되면, 감춰둔 비밀이 많은 듯한 그녀의 얼굴과 실망에 찬 남자의 얼굴이 아무것도 암시하지 않는다는 것에 길들여져야 했다. 남자는 세인트루이스에서 상영될 새로운 영화들의 광고 포스터를 그리는 일을 했고, 여자는 배경 그림을 맡아 그의 일을 도왔다. 그는 또한 서부 개척 시대를 묘사하는 그림을 비롯해서 포장마차와 증기 보트가 어우러진 풍경화를 그려서 백화점에 팔기도 했다. 그들의 서로에 대한 애정은 무척 강렬해서 잠깐 동안이긴 하지만 서로에게 신경과민을 불러일으키곤 했다. 그들은 이러한 과민 상태를 진작부터 감지하고 있었기에 그때마다 감정을 가라앉히려고 서로가 노력했다. 하지만 감정을 진정시키려는 노력이 외려 상태를 더욱 악화시키는 화근이 되기도 했다. 그들은 다시 안정을 찾으려고 서로 붙어 있었으나 가능한 한 말은 삼갔다. 그저 애무하고 포옹하면서 좁은 공간에서 가까이 머물러 있었다. 하지만 그럴수록 신경이 더욱더 예민해져서 권태감도 더해갔다. 그래도 서로 애칭을 불러가며 분위기를 진정시키려는 노력을 멈추지 않았다(그들은 논쟁의 대상들에게까지도 애칭형을 사용했다). 그러다보면 그들은 실제로 긴장감이 차츰 풀리기 시작하면서 다시 떨어져 있을 수 있었다. 이때가 그들 서로에게 일종의 자유라고 할 수 있는 것이 허용되는 유일한 순간이었다. 그들은 10년 전부터 지금까지 서로를 눈으로 확인하지 않고 지내본 적이 단 하루도 없었다.

그런데도 그들은 어떻게 하는 것이 서로를 진정으로 배려하는 것인지를 여전히 몰랐다. 둘 중 한 사람이 어떤 일을 한다고 했을 때, 다음 번에도 그 사람이 그 일을 또다시 맡는 것은 아니었으며, 그렇다고 다른 사람이 그 일을 맡는 것도 아니었다. 일마다 매번 새로이 타협을 봐야 했다. 그리고 두 사람이 동시에 같은 일을 하고 싶어할 때는 사전에 그 일이 누구에게 적합한지 따져보는 데 긴 시간을 들여야 했다. 그들은 정해진 것이라면 어떠한 역할도 맡으려고 하지 않았다. 상대방이 하는 일이 자기 마음에 들면, 그것이 그림을 그리는 일이든, 요리를 하는 일이든, 무슨 말을 하는 것이든, 그저 움직이는 것이든 다음번에 상대방이 그와 유사한 일을 해도 되는 것이 아니었다. 다시 말해서 유사한 그림을 그리고, 같은 음식을 요리하고, 비슷한 말을 하고, 움직임을 반복할 수 있다는 아무런 보장이 없었다. 그렇다고 정반대의 일을 하는 것도 아니었다. 서로 원만한 합의를 거쳐 매번 새로 시작해야 했다. 그리고 한 사람이 상대방의 뭔가가 마음에 들지 않더라도 상대방은 그것을 당장 기피하지 않고, 먼저 그것이 자기의 삶의 방식에 어울린다는 것을 보여주려고 노력했다.

그들은 워낙 치열하게 살아왔기 때문에 함께 살면서 모은 아주 사소한 물건 하나까지도 자신의 몸처럼 소중하게 여겼다. 가재도구와 가구를 사들일 때에도 그것들이 나중에 그들의 안녕을 보장해줄 거라는 마음 자세로 임했다. 그러니 아이가 잔을 깨뜨렸을 때 그들이 얼마나 놀라고 마음의 상처를 받았을지 쉽게 알 수 있었다. 한 명이 깨진 조각들을 말없이 주워 모으는 동안 다른 한 명은 낙담한 표정으로 그 곁에 서 있었다. 그들은 자신들의 집에 머물렀던 손님들에 대해 이야기할 때면 그 손님들이 저지른 일들에 대해 말하는 것도 빠뜨리지 않았다. 벽에 기댔다가 발꿈치 자국을 선명하게 남겨놓은 사람이 있는가 하면, 수건의 매듭을 뜯어버린 사람도 있었고, 채 마르지 않은 그림에 지문을 남기고 간 사람도 있었다. 그런가 하면 책을 빌려 가서는 여태껏 되돌려주지 않은 사람도 있다고 했다. 그들은 벽에 붙어 있는 책장에서 그 빈자리를 가리켰다. 이쯤 되자 그간 그들이 비밀이 많은 듯한, 모욕당한 표정을 짓고 다닌 것이 실제로 그런 마음 상태와 무관하지 않았다는 사실과, 그들이 외부 세계에 대해 그토록 적대적인 행동을 취해온 것도 바로 그러한 이유 때문이었음을 알 수 있었다. 그래서 사람들은 지금 그들이 낙담한 표정을 지으며 깨진 유리 조각을 쓰레기통 안으로 쏟아부으면서 서로를 슬프게 바라보는 모습을 가슴 졸이며 지켜봐야 했다. 하지만 그들은 아이를 단호한 태도로 비난하거나 꾸짖지 않았다. 오히려 아이가 보는 앞에서 과장하는 것처럼 보일 정도로 각자의 할 일에 충실했다. 그런 식으로 그들은 남들의 이목을 피했다.

그들은 모든 사람에게 친절하게 대했다. 결국 낙담하게 하는, 동시에 서로에게 애착을 갖게 하는 쾌락을 느끼며 언제나 손님들을 맞아들였다. 그들은 사람들이 자신들이 아끼는 물건에 가까이 다가가려 하면 그 즉시 그것들이 자신들의 삶에서 얼마나 소중한지를 설명함으로써 주의를 환기시키곤 했다. 사전에 손님들에게 다가가 물건들을 어떻게 다루는 것이 최선인지 말없이 시범을 보여주기도 했다. 그들은 자신들의 물건에 너무나 애착을 느끼는 나머지, 물건들을 공동 소유로 삼는 대신 하나하나를 각자의 명의로 관리했다. 다시 말해서 모든 물건이 두 사람 중 한 사람의 것으로 공인될 때 비로소 보호를 받을 수 있었다. 그 대상에는 냅킨 링, 수건이나 침대시트에 새겨진 모노그램뿐만 아니라 책, 음반 그리고 장식용 쿠션까지도 포함되었다. 집 안의 모서리 하나하나까지도 각자의 공간으로 나뉘어 있었고 공동의 것은 없었다. 물론 서로 그 모든 물건을 교환해서 사용하기도 했고, 당연히 다른 사람의 영역을 사용하기도 했다. 남의 것으로 인정된 물건을 사용한다는 생각 그 자체만으로 그들은 서로 간의 제대로 된 결속력을 확인하는 듯했다. 이러한 명의 설정과 함께 일종의 규약을 만들어냈는데, 그들은 그것을 통해 외부 세계의 접근을 차단한 채 완전한 자급자족 방식으로 존속했던 엘도라도의 전설을 그대로 흉내 내려고 했다.

그들은 일상적인 업무까지도 장중한 의식을 치르듯이 진지하게 임했다. 그럴 때면 매번 한 사람은 상대방의 시중을 드는 역할을 했다. 가령 화가인 남자가 백화점에 내다 팔 그림을 그릴 계획이라면 여자는 그에 필요한 만반의 준비를 해두곤 했다. 남자가 그저 팔짱만 끼고 이리저리 왔다갔다하는 동안 부인은 캔버스를 팽팽히 고정시켜두거나, 물감 튜브를 정렬해두거나, 붓을 챙겨놓거나, 커튼을 걷어놓는 일 등을 도맡았다. 여자가 음식을 준비할 때면 남자가 그에 필요한 모든 것을 그녀의 가까운 곳에 가져다주기 때문에 그녀는 단지 위엄 있는 몇 번의 손놀림만으로 요리를 하기에 충분할 정도였다. 그들은 자기 전공 분야의 일을 할 때 필요 이상의 도움은 오히려 성가시게 여겼다. 그런 까닭에 그들은 집에 페인트를 칠할 때도 내게는 기껏해야 사다리를 세우는 일이라든지 색을 배합하는 일만 시켰다. 그 외의 다른 일을 하면 그들을 언짢게 만들 것 같았다.

내적으로 왜곡된 그들의 애정방식이 내게는 섬뜩한 느낌을 주었다. 그들의 행동에서 내가 아직 혼자이고 클레어도 여태껏 혼자의 몸으로 방치해둔 데 대한 질책이 묻어나는 듯했다. 나는 그 순간 클레어를 힐끗 바라보았다. 혼자가 아닌 그녀를 보는 일이 상상할 수 없는 일임을 스스로에게 환기시키기 위해서였다. 우리는 만나서 함께 시간을 보내다가 또다시 헤어지기를 반복해왔다. 그럴 때마다 서로에게 낯선 감정을 느끼지는 않았지만 그렇다고 서로를 절실히 필요로 하지도 않았다. 그 정도 외의 다른 것은 내게는 가능하지도 않았으며 클레어 역시 그 이상의 진도에 대해서는 알지 못하는 눈치였다. 그녀는 그 두 연인의 삶을 그녀 자신은 결코 감당하고 싶지 않은 고역의 과정이라 여겼다. 그녀가 종종 미소를 지어 보인 것도, 그리고 우리가 그 연인의 모습을 지켜보면서 자유로움을 느낀 것도 바로 그 때문이었다.

우리의 평안함은 일순간 욕망으로 변하기도 했지만 곧 다시 평안함으로 되돌아오곤 했다. 그러면서도 우리는 어떻게 그런 일이 가능한지, 그리고 꿈속에서 하나의 동작이 어떻게 다른 동작으로 이어지는지 눈치채지 못했다. 우리는 서로의 몸에 손대는 일이 거의 없었고 키스조차 하지 않았다. 다만 나란히 누워 숨을 들이쉬고 내쉬면서 서로를 어루만져주는 것이 고작이었다. 애정 표현이라고 해봐야 내 쪽에서 말을 많이 하면 클레어가 듣고 있다가 가끔 입을 여는 정도가 전부였다.

나는 아이하고도 많은 말을 했다. 매일같이 아이의 사진을 찍어주면서 아이에게 변화가 좀 있는지 보곤 했다. 그런 내 행동을 사람들이 놀려대도 개의치 않았다. 사진을 찍을 때면, 아이가 날마다 다른 자세를 취한다는 사실을 사진을 통해 보여주었다. 게다가 나는 아이가 나중에 기억할 수 있는 영상들을 사진으로 남겨줄 수 있다고 믿었다. 그리고 그런 식으로라도 아이의 기억 속에 등장하는 내 모습을 상상해보았다. 바로 그러한 의도에서 나는 아이와 함께 많은 곳을 돌아다녔다. 한번은 아이와 같이 버스를 타고 세인트루이스로 가서는 미시시피 강가에서 한참 동안 서 있었던 적도 있다. 물 냄새는 기억력을 향상시켜줄지도 몰랐기 때문이다.

아이와 함께 있으면서 사물들의 이름에 대한 질문을 받으면, 나는 이제껏 내가 얼마나 나 자신에 대해서만 관심을 가져왔는지를 깨닫게 되었다. 나는 주변에 존재하는 것들에 관해서는 눈곱만치도 알지 못했다. 그제야 비로소 내 주변의 일상적인 움직임에 대해 알고 있는 어휘가 너무도 빈약하다는 생각이 들었다. 그렇게 해서 나는 차츰 사물을 단지 바라보기만 하면서 "아하!" 하고 경험하는 데 그치지 않고 그 변화 과정을 끝까지 관찰하는 법을 터득하기 시작했다. 특히 소리를 어떻게 표현해야 할지 모르는 경우가 많았다. 많은 경우에 만화책에 나오는 짧은 의성어들로도 표현해낼 수가 없었다. 그래서 그냥 말없이 있기라도 하면 아이는 다시 불안해하며 소리를 지르기 시작했다. 아이는 놀 때는 누가 말을 걸어와도 자기 세계에만 빠져 아무런 반응도 하지 않았으며, 새로운 단어를 말해줄 경우에만 비로소 주의를 기울였다. 언젠가 날씨가 쌀쌀해진 저녁에 아이에게 재킷을 입혀주려

했지만 아이는 말을 듣지 않았다. 외투를 입지 않으면 소름이 돋을 거라고 말해주자 비로소 고분고분하게 옷을 입히도록 놔두었다.

베네딕틴이 자연을 거의 인지하지 못하는 것이 아니라 인공 기호와 문명의 대상물들 자체를 자연으로 경험하고 있다는 점은 실로 기묘한 일이었다. 아이는 숲이나 폭포보다는 텔레비전 안테나, 얼룩무늬 횡단보도, 경찰 사이렌에 대해 더 많이 물었다. 게다가 교통 표지, 네온사인, 신호등과 같은 주변 사물들을 접할 때 더 생기 차고 더 안정감을 느끼는 것처럼 보였다. 그래서 아이는 글자와 숫자가 존재함을 숙명으로 받아들이고는 그것들을 어떤 기호로서 해독할 필요가 없는 자명한 사물로 간주했다. 나는 한동안 자연 풍경을 바라보면서도 그것을 단지 내 앞에 놓인 한낱 자연으로 여길 뿐 그 속에서 읽어낼 만한 것을 발견하지 못할 때 나 역시 지루함을 느낀다는 사실을 알아차렸다.

무언가 원래의 자연을 모방한 것, 이를테면 화가의 그림 같은 것을 볼 때 그 그림에 원본이 존재하는지, 존재한다면 어디 있는지 하는 사항들은 아이에게 중요하지 않았다. 어디까지나 복제품이 원본을 대체해가는 법이니까. 하지만 나는 어릴 적에 그림을 볼 때 거기에 묘사된 사물이 실제로 어디에 존재하는지를 알고 싶어했음을 다시 떠올렸다. 예를 들어 우리 집에는 빙하 풍경을 담은 유화가 한 점 있었는데, 그 그림의 아래 가장자리 부분에 알프스의 움막 농가가 그려져 있었다. 나는 이 풍경과 움막 농가가 실제로 존재한다는 확신을 가지고 있었고, 심지어 화가가 서 있던 위치까지도 알아낼 수 있다고 믿었다. 그래서 사람들이 이 그림은 상상화일 뿐이라고 말해도 믿을 수가 없었다. 그림은 그냥 그림일 뿐, 그것에 관해서 상상할 수 있는 것이 아무것도 없다는 생각을 하면 오랫동안 거의 질식할 것 같은 상태에 있곤 했다. 글자 읽는 법을 터득할 때도 상황은 흡사했다. 존재하지도 않는 것에 대해 무언가를 기술한다는 것을 상상할 수조차 없었다. 학교에서 배우는 독서교본에 나와 있는 장소는 분명히 존재했다. 비록 내 소유는 아니지만 근처 어딘가에 존재하는 장소로서 심지어 그곳이 어딘지도 알고 있었다. 내가 처음으로 읽었던 책들은 항상 일인칭 시점의 이야기들이었으며, 일인칭 화자가 등장하지 않는 책을 접하면 끔찍한 생각이 들기도 했다. 이러한 인지 형태들은 나의 다른 경험 영역에도 총체적으로 매우 강력한 영향을 미쳤기 때문에 시간이 한참 지난 지금 이 순간 그 모든 것이 효력을 잃었다는 인식은 하나의 충격으로 다가왔다. 나의 삶이 매번 새로운 단계를 거쳐왔는지도 모른다는 충격이었다. 아이가 지금 이곳에서 즉각적으로 모든 모사물과 기호를 자신을 위해 존재하는 어떤 것으로 바라본다는 사실이 나로 하여금 다시 질투심에 가까운 감정을 불러일으켰다.

어쨌든 화가 자신도 존재하지 않는 어떤 것을 그린다는 것은 상상할 수 없었을 것이다. 말하자면 그의 그림 속에서 풍경들만 실제 풍경을 정확하게 모방한 것이 아니라 그림 속의 인간들까지도 실제로 생존해 있는 것이다. 그들이 그림 속에서 행하는 바로 그것을 현실 공간에서, 그것도 특정한 시점에 그대로 행해야 하는 것이다. 그 때문에 그는 세인트루이스의 미시시피 다리를 지나가는 첫번째 마차라든가, 극장에서 에이브러햄 링컨에게 날아가 박힌 총탄처럼 역사적 풍경 속에 들어 있는 역사적 순간만을 포착해서 그리기도 했다. 그리고 나서 그림을 약간 미화하는 추가 작업을 하는 게 고작이었다. 그 외의 다른 모든 것은 그가 보기에 하나의 사기 행위였다. "그런 이유로 리틀 빅 혼(Little Big Horn) 전투는 그리고 싶지 않아." 그가 말했다. "그 당시 인디언들이 미국인들을 단 한 명도 살려두지 않은데다가 목격자도 없었거든." 미국에 와서 지금까지 프로비던스 호텔의 커튼에서나 그 밖의 다른 호텔에서도 상상화라고는 단 한 점도 본 적이 없으며 항상 모사화만을 보아왔다는 생각이 문득 들었다. 게다가 대부분이 미국 역사에 대한 그림이었다.

나는 그 남자에게 특정 고객이 아니라 자신을 위한 그림을 그린다면 다른 종류의 그림을 그릴 의향이 있느냐고 물어보았다. 그는 자기 자신을 위한 그림은 애당초 생각조차 할 수 없다고 대답했다. 그러자 부인이 말했다. "우리는 여기 와서 모든 것을 역사화를 통해서만 보기 시작했어요. 풍경이라는 것은 그 안에서 역사적인 사건이 일어났을 때만 비로소 의미를 갖지요. 한 그루의 거대한 떡갈나무만으로는 그림이 될 수 없어요. 그것이 다른 무엇을 위해 서 있을 때만 하나의 그림으로 존재할 수 있죠. 예를 들어 모르몬교도들이 열차를 타고 그레이트 솔트 레이크로 가는 길에 그 나무 아래서 야영을 했다는 역사적 사실 같은 것 말입니다. 우리가 아잇적부터 보아온 모든 것에는 이야기들이 존재하며, 그 이야기들은 항상 영웅 전설이었죠. 그런 맥락에서 볼 때 자연 경관을 단순한 자연으로 보지 않고 미국을 위해 그 경관에 대한 소유권을 쟁취했던 자들의 업적으로 보게 됩니다. 그와 더불어 모든 자연 경관은 그러한 업적들에 어울리는 하나의 성명(聲明)이 되죠. 우리는 자연을 매번 도덕적 외경심을 가지고 바라보도록 교육받아왔습니다. 협곡을 바라볼 때의 시선으로 미합중국의 헌법 한 문장을 읽어볼 수도 있는 것입니다." "우리는 종종 더이상 이 나라를 사랑해서는 안 된다고 말하곤 하죠." 남자가 말했다. "그럼에도 그러한 그림 속에서 헌법의 호소력을 외면하기란 불가능합니다. 새 한 마리 한 마리가 국가의 새이며, 꽃 한 송이 한 송이가 국가의 상징이 되지요." "도그우드 관목을 볼 때마다 나는 내 의지와는 반대로 감동을 받곤 해요." 여자가 말했다. "내가 조지아 주 태생이어서가 아니라 도그우드 관목이 조지아 주를 대표하는 꽃이기 때문이에요." 클레어가 갑자기 끼어들었다. "바로 그런 식으로 당신들은 당신들이 소유한 사물에 항상 감동을 받는 거죠, 그 물건들이 값비싸기 때문이 아니라 당신들의 공동생활의 상징이기 때문에요." 두 연인이 한바탕 웃어대는 바람에 곁에 서 있던 아이까지 영문도 모른 채 함께 웃음보를 터뜨렸다. "우리의 꿈속에서는 우리의 가재도구조차 점점 미합중국의 것이 되더군요." 두 연인이 말했다. "그러니까 마침내 우리는 둘 다 같은 꿈을 꿀 수 있게 된 겁니다."

이렇게 대화를 주고받으면서 우리는 마크 트웨인 기선의 맨 꼭대기 갑판에 앉아서 배가 미시시피 강을 향해 출항하기만을 기다렸다. 우리 주위로 관광객들이 많이 모여 있었지만 모두가 미국인들이었다. 그들은 캔맥주나 코카콜라 혹은 팝콘 봉지를 손에 들고는 말은 거의 하지 않은 채 처음에는 방파제 말뚝에서 막 풀려난 예인 밧줄을 바라보다가, 곧 높이 솟은 두 개의 검은 연통 쪽으로 시선을 돌렸다. 배는 서서히 후진하면서 강 위에서 움직이기 시작했다. 순간적으로 배가 약간 흔들리는 듯했다. 차단되었던 증기가 안전판을 통해 쉬쉬 소리를 내며 빠져나오는 소리가 들렸다. 연통이 칠흑 같은 연기를 뿜어내더니 이내 하늘을 검게 물들였다. 곧 배에서 증기 신호음이 울려퍼졌다. 신호음이 울리자마자 아이는 우리의 다리 사이로 머리를 파묻었다. 그러나 클레어를 포함해서 우리 중 누구도 아이에게 그 상황을 설명해주지 않았다. 그것은 음향이 아니라 거대한 횡적(橫笛)에서 반복되며 길게 퍼져나오는 소음으로서, 마치 횡적의 입구에서 수많은 곤충들이 버글거리면서 만들어내는 듯한 소리라고 말이다. 소음은 동물적이면서도 난폭한 느낌을 주었지만, 점점 세차게 뿜어져나오는 시꺼먼 연기와 광대한 미시시피 강을 바라보고 있자니 한편으로는 장중함과 당당함이 느껴지기도 했다. 결국 나는 심적으로는 당황스럽지만 육체적으로는 완전히 감동을 받아 한쪽으로 비켜서서 그 광경을 지켜보는 수밖에는 별 도리가 없었다. 신호음이 매우 강력했기 때문에 그 소리가 울려퍼지는 동안 화들짝 놀란 나는 순간적으로 지금까지 말로만 들어왔던 '아메리칸 드림' 같은 것을 느낄 수 있을 정도였다. 숱한 경험과 노련함이 빚어낸 부활의 순간이라 할 수 있었다. 그 순간만큼은 주위의 모든 것이 서로 간의 무관심을 떨쳐버리고, 사람과 자연 경관, 산 자와 죽은 자 가릴 것 없이 모두 자리를 박차고 몰려와서는 쓰라리면서도 극적인 이 유일무이한 역사적 사건을 공유했다. 지금 미시시피 강은 극적으로 흘러갔다. 멀리까지 퍼지는 낮은 목소리를 가진 나이 든 남자가 확성기를 들고 저 거대한 강 위를 유유히 미끄러져가는 증기선의 역사를 설명해주는 동안 연신 이 갑판에서 저 갑판으로 오르락내리락하는 방문객들도 역시 극적인 감정에 휩싸였다. 증기선으로 인해 운수와 통상 교역의 새로운 시대가 열린 것을 비롯해 증기선 경주, 달빛을 받으며 배에 장작을 싣던 흑인 노예들, 보일러 폭발 사건, 열차가 증기선을 대체하게 된 과정에 이르기까지 온갖 역사적 사건들에 대한 설명이 이어졌다. 보통 때 같으면 유람선을 탈 때 확성기 소리에 넌더리가 났는데 지금은 이 비장한 목소리에 귀 기울이는 일이 전혀 피곤하지 않았다.

근래에 들어 처음으로 오랜 여운을 남기는 삶의 기쁨을 느꼈다. 평소와 달리 흥분해 있었기 때문만은 아니었다. 우리는 그곳에 자리를 잡고 앉아서 먹고 마셨다. 나는 나 자신과 타협을 보았다. 하지만 지금 내게서 활기라고는 찾아볼 수 없었다. 오히려 움직임이 적어져 게으름에 가까운 상태였다. 더이상 스스로를 돌보지도 않았을 뿐만 아니라 예전과 달리 다른 사람들에게도 전혀 집중하지 못했다. 나의 모든 관찰 행위는 아무런 긴장도 없이 그저 일어날 뿐이었다. 보편적인 생명감의 결과로서 말이다. 다른 사람들이 춤을 출 때 나는 그저 물끄러미 바라보기만 했다. 그들 곁에 있으면서도 함께 춤을 추고 싶은 마음은 일지 않았다. 내가 어떻게 다른 삶의 방식을 잃게 되었는지 도무지 이해할 수 없었다. 나는 춤을 추는 데서 어떠한 즐거움도 느끼지 못했다. 사람들은 춤을 추기 시작했고, 멈추었고, 다시 시작할 때까지 기다려야 했다. 반면에 일상적인 일들이 진행되는 과정에서 생겨나는 섬세한 움직임에는 호감이 간다. 이를테면 적절한 순간에 적당한 거리를 둔 채 꺼내는 이별의 몸짓, 단호한 대답을 대신하는 정중하면서도 공감이 묻어나는 얼굴 표정, 종업원이 건네주는 거스름돈을 돌려줄 때의 근사한 제스처. 그런 모습을 볼 때 나는 다른 사람들이 춤출 때 느낄 행복감과 더불어 몸이 날듯이 가벼워진다.

나는 취하지 않는 한도 내에서 양껏 마셨다. 겉보기에는 되는대로 사는 사람처럼 보일지 몰랐지만 자존감을 갖고 행동했다. 우리는 그 자리를 빠져나와 긴 식탁으로 가 앉아서 여러 가지 음식을 먹고 마셔 댔다. 우리 사이에 앉아 이것저것 집어 먹느라 얼굴이 지저분해진 아이 덕분에 식사 자리가 더 유쾌해졌고, 더 바랄 것이 없는 분위기가 되었다. 나중에 아이는 그때 우리가 무엇을 했고 무엇을 경험했는지를 흠잡을 데 없이 반듯한 문장으로 우리에게 말해주었다. "우리는 레스토랑에 갔고, 거기서 먹고 마셨고 또 이야기를 나누면서 웃었어." 아이가 이 모든 과정을 완전한 문장으로 표현하면서도—비록 우리는 어른과 아이라는 서로 다른 입장이기는 하지만—우리 어른들이 경험했던 것에 대해 전혀 모른다는 사실에 일말의 연민을 느끼면서 동시에 놀랐다. 아이가 그곳에 함께 있지 않았던 게 아닌가 하는 생각이 들 정도였다. 아이의 말은 모두 논리에 맞고 정확했다. 하지만 아이가 그토록 이성적인 어법으로 말한다는 바로 그 이유로 역설적이게도 외려 횡설수설하는 듯 보였고 외로움 때문에 끊임없이 지껄이는 것처럼 여겨졌다. 그러자 나 자신도 역시 몇 년 동안은 경험들을, 비록 금지당하지는 않았지만 고작해야 묘사하는 법만 배우도록 허락받았던 기억이 났다. 그 경우 경험들을 실행에 옮기는 것은 고사하고 무언가 실제로 경험 가능한 것을 상상하는 것조차 금지되었다. 내가 자랐던 기숙사는 체계상으로 외부와 격리되어 있었다. 하지만 그 수많은 금지와 거절을 통해 나는 바깥세계, 즉 평범한 환경 속에서 배울 수 있는 것보다 외려 훨씬 많은 경험 가능성들을 획득할 수 있었다. 나는 거의 바보 취급을 받을 정도로 판타지에 대해 수다를 떨었다. 물론 그런 생각을 하다보면 곧 비참하게 느껴지기도 했지만 그럼에도 그 수많은 금지 사항들은 하나의 체계를 구축했다. 그럼으로써 나중에 경험의 기회가 주어졌을 때 무언가를 **체계적으로** 경험하거나 각각의 경험들을 조직적으로 정리하는 데 많은 도움을 주었다. 뿐만 아니라 그 덕에 내게 어떤 경험이 부족한지를 알 수 있었으며, 하나의 경험을 그 밖의 모든 경험에 보편적으로 적용시키려 하지 않게 되었다. 그런 식으로 생활하다보니 적어도 지금 당장은 미쳐버리지 않을 수 있을 것 같았다. 게다가 자살 충동이 들 때도 잘 대처할 수 있었다. 내가 두려워하는 것은 지금도 빈번하게 발생하고 있지만 나의 체계로부터 아무런 도움을 받을 수 없는 누군가의 자살뿐이다.

나는 더이상 나 자신과 대화할 수 없었다. 예전에는 밤이 기다려졌지만 지금은 낮이 더 기다려졌다. 그리고 손톱과 머리카락도 전보다 빨리 자랐다.

나는 여전히 악몽을 꾼다. 갑자기 잠에서 깨 한참을 그렇게 누워 있다. 내가 이미 잠에서 깨버렸음을 알아채지 못한 채. "가슴속 깊은 곳 아득히 먼 곳에서 찾아오는 역마차의 마부처럼"(『녹색의 하인리히』) 그렇게 무서운 그림들이 나를 늘 깨워댔다. 한번은 입을 벌리고 있는 꿈을 꾼 적이 있다. 잠에서 깨어보니 입은 굳게 다물려 있었다.

세인트루이스에서 클레어에게 유디트와 지내면서 겪었던 일들을 말해주었다. 나는 그녀를 더이상 두려워하지 않았다. 나사를 몇 번이고 돌려봤지만 풀리지 않을 때 '이번에는 꼭 풀릴 거야' 하고 미리 확신하는 경우처럼, 이제 드디어 별 어려움 없이 입을 열기 시작했다. "내가 그녀를 때려 죽일까봐 두려웠어." 내가 말했다. "그 두려움은 늘 현재진행형이었지. 한번은 길거리에서 서로 목을 조른 적이 있어. 집으로 돌아와서 나는 반사적으로 손을 씻었지. 그런 일이 있고 나서 한참 만에 다시 만났지. 처음에는 옛날의 다정함이 되살아나더군. 하지만 채 몇 분이 지나기도 전에, 몇 마디 물음을 주고받은 뒤에 느닷없이, 이제 막 물이 채워진 변기의 수세 장치가 당겨지는 듯한 느낌이 들더군. 우리는 함께 살긴 했지만 몹시 고통스러운 나날을 보냈어. 이를테면 바다로 수영을 하러 가서도 등에 크림을 바르는 일은 각자가 알아서 할 정도였으니까. 나란히 서서 걸을 때가 그나마 가장 잘 견뎌내는 경우였지. 그런데도 우리는 도무지 상대방이 혼자 있는 꼴을 보지 못했어. 한바탕 소동을 치르고 난 뒤에도 뛰쳐나가봤자 기껏 발코니였고, 그나마도 잠시뿐 곧 다시 방으로 들어가곤 했으니까. 우리는 서로에 대해 두려움을 가지고 있었어. 한번은 컴컴한 데서 그녀를 때렸는데, 그때 곧바로 다가가 그녀의 얼굴을 보며 끌어안은 채 아직 살아 있는지 물어보기도 했지.

일의 자초지종을 알려는 순간 이러한 경험들은 단순한 현상들이나 정황적인 사실 정도로 폄하되어버려. 그러니 마치 내가 사전에 이미 규칙이 정해져 있는 원인(原因) 게임, 즉 각각의 경험이 벌써 해석되어 있어서 비현실이 되어버리는 그런 게임을 함으로써 유디트에게 부당한 행동을 한 것처럼 되기 일쑤였지. 우리의 증오감은 너무도 실제적이어서 이러한 해석들이라는 게, 이미 초창기에 여러 차례 시도해본 것이긴 하지만, 우습게 여겨졌고, 오히려 우리가 안고 있는 고뇌의 품위를 떨어뜨리고 경멸하는 처사라는 생각이 들었어. 나는 유디트에게 말했지. 그녀는 세상에 대한 온갖 사소한 정보, 무엇이든 활자화된 것을 보면 그 즉시 종교적 황홀감에 빠져 그것을 자신을 위한 보편타당한 최고의 명제로 받아들이려 하고, 그녀의 모든 삶의 형태들을 그러한 정보들에 맞추어 살아가려는 경향을 보인다고 말이야—대기오염에 대한 강박증이나 자연식에 대한 병적인 집착이 그 예지—이는 그녀가 자신의 교육방식으로는 제대로 된 정보를 취사선택할 수 없어서 이젠 사소한 것까지 죄다 마법처럼 우상화하기 때문이라고 말해주었어. 나는 입술을 깨물었지. 그러고는 유디트 입장에서 볼 때 나의 해석방식 또한 우상숭배로 볼 수 있으며 나는 그것에 힘입어 나 자신의 고정관념에서 벗어나기를 원한다는 사실을 인정했지. 비록 진지하게 받아들이지는 않았지만 유디트에게서 변화가 일어나는 기미가 가끔 눈에 띄던 초창기만 해도 나는 비교적 쉽게 해석들을 내뱉곤 했어. 심지어 그런 해석들을 자랑스럽게 생각하기도 했고, 유디트 또한 그것을 이해했지. 다만 그녀가 그것에 따라 행동하지 않는다는 점이 의아하게 여겨졌어. 그때 나는 그녀가 해석을 잘못 받아들여서가 아니라, 그것이 바로 해석이었기 때문에 그것을 증오하기 시작했음을 알게 되었지. 내가 곁에 앉아 설명을 하려 해도 더이상 귀 기울이지 않았던 이유를 말이야. '당신은 바보야!' 하고 유디트가 말했어. 그러자 갑자기 내가 정말 멍청이라는 생각이 들더군. 그 어리석음에 대한 감정이 내 몸 안에 퍼져갔지. 나는 그런 감정으로 나 자신을 어루만져주었고 그러자 기분까지 좋아졌어. 지금 우리는 되돌릴 수 없는 원수지간이 되고 말았어. 나는 이제 설명하려 하지 않고 그저 욕만 신나게 퍼부어댈 뿐이지. 우리는 이제 만나더라도 곧 인내심의 한계를 드러내면서 서로의 몸에 가해 행위를 하게 될 것이 불을 보듯 뻔해. 이따금 목이 조이는 느낌이 들지만 그럴 때마다 남들처럼 비열해질 수 있다는 생각을 하면 곧 즐거워져. 지금까지 친하게 지냈던 사람들이 갑자기 비열해지는 것을 보면서 경악한 적이 한두 번이 아니었거든. '어떻게 이럴 수가!' 하는 소리가 늘 터져나오더군. 하지만 지금은 내가 바로 그런 꼴이야. 별다른 도리가 없어. 우리는 둘 다 괴물로 변해버린 거지.

그렇다고 우리는 갈라설 수도 없었어. 둘 중 어느 누구도 포기하려고 하지 않았으니까. 한 사람이 뭔가 꼬투리를 잡아 상대방을 비난하려고 하는 이상 잘 참아내는 능력이라는 건 적어도 우리에게는 전혀 중요하지가 않아. 중요한 건, 우리 둘 다 애타게 갈망하는 것이기도 하지만, 그런 비난이 있은 후에 상대방으로 하여금 자신이 옳다는 주장을 철회하게 만드는 일이지. 어느 한쪽이 비난을 받으면 그가 스스로 죄를 인정할 때까지 그의 일거수일투족이 감시를 받는 거야. 최악의 경우는 우리가 더이상 서로에게 죄를 뒤집어씌우려고 하지 않고, 상대방이 스스로 죄책감을 느끼는 상황을 말없이 걱정하는 경우이지. 우리는 더이상 서로에게 욕설을 퍼붓지 않아. 단지 상대방이 수치심을 느끼기를 바랄 뿐이지. 말하자면 상대방이 이미 설거지를 해놓은 식기들을 다시 한 번 씻는다든지, 상대방이 자리에서 일어나기가 무섭게 그 즉시 청소를 해버린다든지, 평소에 상대방이 하던 일을 자기가 몰래 해버리기도 하지. 상대방이 물건을 잘못 놓았을 때 그것을 제 위치로 옮겨놓기도 하고 말이야. 유디트는 무거운 물건을 들고 이 방

저 방을 옮겨다니는가 하면, 매일같이 쓰레기를 내다버리곤 했지. 내가 거들 틈도 주지 않고 말이야. '벌써 내가 다 했어' 하고 그녀는 말하곤 했지. 그런 식으로 우리는 선수를 치려고 애를 썼고, 그러다보니 점점 부지런해지고 분주해졌지. 할 일을 찾다보니 거의 쉴 틈이 없었어. 게다가 언쟁을 벌일 때 결정적인 작용을 하는 것은 논거가 아니라 서로가 관심을 기울이고 있는 일에서의 경합이었지. 나중에 경합의 결과를 따질 때는 무엇을 했느냐보다 일을 처리한 순서가 어떠했느냐가 더 결정적이었어. 이를테면 어설픈 리듬감, 불필요한 방법, 다음 할 일을 앞두고 주저하는 행위 등은 그 즉시 자신의 주장을 내세우지 못하게 만드는 요인이 되었어. 찾아낸 일을 즉각 실행에 옮기는 데 가장 빠른 방법을 먼저 찾아내는 사람이 승자가 되었어. 우리는 서로에 대한 증오심 때문에 마치 안무할 때 서로 엇비껴 지나치는 것처럼 행동을 했어. 그러다가 두 사람 모두 성공적인 결과를 얻으면 우리는 더할 나위 없이 품위 있게 서로를 대등한 적수로 인정하듯 행동했지."

"이곳의 두 연인처럼 우리도 주변의 물건들에 소유권을 정해놓았어." 내가 말했다. "그것은 애정에서 우러나온 것이 아니고, 적대감에서 비롯된 것이었지. 적의를 사물에 전이시킨 거야. 어차피 누구의 것인지 뻔히 알면서 우리는 에둘러 말하곤 했지. '당신 의자에서 삐걱거리는 소리가 나는 것 같은데'라든지 '베어 먹은 흔적이 있는 당신의 사과들이 여기저기 나뒹굴고 있던데' 하는 식으로 말이야.

가끔은 상대방이 어떻게 처신했는지 서로에게 말해주곤 했어. 그러면 우리는 놀라기도 했지만 우습게 느낄 때가 많았지. 한번은 서로 떨어져 있을 일이 생겼는데, 그 즉시 모든 것이 현실이 아닌 것처럼 변하더군. 하지만 우리는 신경조직에 대해 저항력을 잃어버린 지 이미 오래되었지. 우리 자신을 일부러 도외시하는 방법도 더이상 아무런 도움이 되지 않아.

물론 우연찮은 화해의 순간도 있었지. 무언가가 길을 막고 서 있어서 서로 가까운 거리에서 스쳐 지나갈 수밖에 없는 상황이었는데 그때 우리는 어떻게 된 영문인지도 모른 채 어느새 서로를 껴안고 있더군. 그녀가 무언가를 치우려고 내게 몸을 숙이는 찰나 갑자기 그녀를 내 쪽으로 끌어당긴 적도 있어. 애당초 그럴 마음은 없었는데도 말이야. 그렇게 해서 우리는 한참 동안 서로를 휘감고 있었지. 하지만 점점 커져가는 공허를 느꼈고 결국 화가 나서 서로 떨어졌지. 이런 종류의 화해들은 우연히 일어나는 것 같아. 예를 들어 당신의 아이에게 소원 같은 게 생겨나는 것과 흡사한 이치라고 할 수 있지. 자동차가 커브를 돌 때 한쪽으로 약간 쏠리면서 흔들리면 아이에게는 그 순간 눕고 싶다는 바람이 생겨나겠지. 하지만 잠깐 누웠다가 곧 다시 일어날 거야. 전혀 피곤하지 않았으니까. 그와 마찬가지로 우리는 서로 화해하고 싶은 욕구라고는 추호도 없었던 거야.

하지만 그럼에도 나는 점점 자유로워짐을 느꼈고 그녀 역시 그러리라고 믿었지. 나는 우리가 더이상 옛날처럼 서로 허물없는 사이로 엮일 수 없고, 더이상 서로를 조롱할 필요가 없으며, 더이상 부부 간의 비밀스러운 대화, 즉 우리끼리만 이해하는 암시적인 말들로 다른 사람들을 우리의 대화에서 배제하는 일이 없어졌다는 사실에 마음이 한결 가벼워졌지. 우리는 거의 대화를 나누지 않았지만 나는 나 자신을 아주 솔직하고 정직하다고 여겼어. 우리끼리만 있는 경우가 아니라 어떤 역할을 맡게 될 경우, 이를테면 손님으로 레스토랑에 가거나 여행객으로 공항에 나가거나 영화 구경을 갈 때, 그리고 남을 방문하거나 남들 앞에서 일정한 역할을 연기해 보여야 할 때면 우리는 다시 사이좋은 모습을 보였지. 우리는 맡은 역할을 해내는 데 익숙해 있었으니까. 우리가 그런 역할들을 천연덕스럽게 잘해낸다는 사실에 자부심을 느낄 정도였어. 물론 그러면서도 서로가 가까워지지 않도록 경계심을 늦추지 않았지. 각자가 자신만의 공간에 머물렀고, 상대방과 접촉하는 일이라고는 지나치는 길에 슬쩍 잡아당겨보는 정도가 고작이었어. 더욱이 사람이 생각할 수 있는 최악의 비열한 행동을 막 끝낸 후에 우리가 창백한 얼굴로 두려움을 느끼며 서 있을 때, 유디트에 대한 일말의 동정심이 느껴졌어. 그것도 시간이 지날수록 더 빈번하게 느껴졌고 예전에 사랑이라 느꼈던 감정보다 더 강렬하게 다가오더군. 그리고 무언가에 열중하고 있으면 어느새 마음이 안정되어 경직돼 있던 몸도 기분 좋은 통증과 함께 풀려버렸지."

"그런 식으로라도 계속 살아갈 수는 있었을 거야." 내가 말했다. "그 감정은 엽기적이면서도 달콤한 소외감이었지. 증오할 때는 그녀를 **사물**로 여기다가도, 긴장이 해소되면 **존재**라고 여기는 그런 적당한 거리감 같은 거. 나는 유디트도 나처럼 생각하리라 믿었어. 하지만 그녀는 그저 무관심했음을 곧 알아챘지. 그녀는 누군가 말을 걸어오면 화들짝 놀라곤 했어. 여러 명이 해야 할 놀이를 혼자 하고 있었던 셈이지. 그녀는 자위행위로 성욕을 채운다고 내게 말했지. 나 역시 자위행위를 하기 시작했다는 말을 그녀에게는 하지 않았어. 우리가 각자 다른 공간에 누워 동시에 자위행위를 한다고 생각하니 우습기도 하면서 비참한 생각이 들더군. 하지만 나는 그녀를 도와줄 수가 없었어. 증오심과 비열함에 짓눌린 탓에 감각이 마비되어 누워 있기 일쑤였으니까. 나는 더이상 여자와 함께 있는 것조차 바라지 않았어. 또한 자위행위를 할 때도 여자를 떠올릴 수가 없었어. 그래서 눈을 뜨고 나체 사진을 들여다봐야만 했지.

우리가 서로를 할퀴어댄 적도 한두 번이 아니었어. 유디트는 얼굴을 휙 돌려버리긴 했지만 전처럼 울지는 않더군. 그러고 나면 그녀는 온갖 물건들을 사느라 가진 돈을 그 자리에서 다 써버리는 거야. 이를테면 북극곰 가죽이나 손으로 직접 태엽을 감아야 하는 축음기, 그리고 입을 갖다 대는 부분이 거미줄같이 생겼다는 이유로 그녀가 좋아하는 피리를 사들였지. 게다가 음식 하나를 먹더라도 산해진미와 특별 요리만 주문했어. 가끔 구입하려고 미리 마음먹고 있던 것이 가게에 없을 경우에는 빈손으로 돌아왔는데, 그럴 때면 멍청한 판매원을 탓하며 신경질을 부렸지. 그런 모습을 보면 괜스레 불안해져서 그녀에 대한 공포감이 생겨났어. 그녀가 창밖으로 몸을 숙여 뭔가를 보려고 할 때면 나 역시 볼 게 있는 것처럼 그녀 뒤쪽으로 가서 서곤 했어. 나는 그녀가 발을 헛디뎌 비트적거리거나 건물 모퉁이에 부딪히는 모습을 자주 목격했지. 한번은 그녀가 몇 년 전에 궁색하게나마 조립한 서가를 보다가 그만 소스라치게 놀랐어. 서가가 어디 한군데 망가지지도 않고 옛 모습 그대로 놓여 있었기 때문이지. 그 순간 내가 그동안 유디트를 아무런 쓸모도 없는 존재로 여겨왔구나 하는 생각이 문득 들더군. 그녀의 얼굴은 점점 사려 깊게 변해갔지만 정작 나는 그 사려 깊음을 읽어내지 못했던 거야. 그러니 이제 알겠지, 내가 왜 여기에 와 있는지를."

나는 도착하자마자 곧바로 필라델피아의 호텔에 전화를 걸어 세인 트루이스의 내 주소와 전화번호를 말해주었다. 유디트에 대해서 이야 기하는 동안 나는 차츰 그녀를 잊었고 그녀가 지금 이 근처에 있을지 도 모른다는 생각을 더이상 하지 않았다. 이제는 모든 것이 끝났다는 생각이 들었다. 어느 날 저녁 우리는 집 베란다에 앉아 있었다. 아이 는 방 안 침대에 누워서 큰 소리로 혼잣말을 했다. 우리는 그쪽으로 한 번씩 귀를 기울이면서 낮은 목소리로 간간이 말을 주고받았다. 두 연인은 어깨에 숄을 걸친 채 소파에 앉아 있었다. 클레어는 『녹색의 하인리히』를 읽었다. 나는 책 읽을 기분이 나지 않아서 그저 그녀를 보고 있는데, 방에서 전화벨 소리가 울렸다. 나는 흔들의자를 멈춰 세 웠다. 방으로 들어가는 여자를 보면서 나는 그것이 내게 걸려온 전화 임을 직감으로 알 수 있었다. 여자가 문 쪽으로 다가오더니 말없이 전 화기를 건네주었다. 나는 엉거주춤한 자세로 사과하러 가는 상황처럼 까치발을 하고서 방으로 들어갔다. 속삭임에 가까운 목소리로 전화를 받았다. 아무런 응답이 없었다. '여보세요'를 몇 번이고 반복하면서도 전화를 건 사람이 누구인지 물어볼 생각은 미처 못 했다. 빠른 속도로 달려 지나가는 화물차의 소음만 들릴 뿐 아무런 기척이 없었다. 그러 다 주유소의 벨소리를 연상시키는 소리가 들려왔다. 나도 더이상 아 무 말도 하지 않고 조용히 수화기를 내려놓았다. 내게 전화한 사람이 누구였는지 여자에게 물어보고 싶지도 않았다.

그로부터 이틀 뒤에 나는 생일 축하 인사가 인쇄된 카드를 받았다. '행복한'이라는 단어와 '생일'이라는 단어 사이에 손으로 직접 쓴 '마지막'이라는 단어가 삽입되어 있었다. 유디트의 글씨와 흡사한 구석이 있긴 했지만 전혀 낯선 느낌을 주었다. 그녀는 항상 만년필을 사용했고 볼펜은 쓰지 않았기 때문이다. 카드의 뒷면에는 주소 옆에 폴라로이드 사진 한 장이 붙어 있었다. 권총을 흐릿하게 근접 촬영한 사진이 틀림없었다. 아직 채 장전되지 않은 탄환이 회전 탄창 밖으로 삐져나와 있는 것이 보였다. 카드가 협박을 담고 있다는 생각이 비로소 들었다. 그러자 유디트가 나를 죽이고 싶어한다는 사실이 자명해졌다. 그녀가 그렇게까지 하리라고는 믿고 싶지 않았지만 적어도 그런 의도는 가지고 있었다고 생각하니 외려 나에 대한 당당함이 생겨났다. 적어도 다른 위험으로부터는 자유로울 수 있겠다는 생각이 들었기 때문이다. 지금의 이 위협이 그 외의 다른 위험 요소나 불행으로부터 나를 지켜주는 수호 문구처럼 여겨졌다. "이제 내게 다른 일은 일어나지 않을 거야." 이런 생각을 하며 나는 가지고 있던 여행자수표를 몽땅 현금으로 바꾸었다.

유디트가 바로 그러한 의도로 나를 뒤쫓아오고 있음을 나는 안다. 우리는 예전에도 여러 번 서로를 죽여버리겠다고 협박했다. 상대가 이미 죽어 있는 상태를 보길 원해서가 아니라 자기가 직접 없애버리고 싶었기 때문이다. 그것은 희생자를 학대하고 비방함으로써 마침내 희생자가 자신이 얼마나 무가치한 존재인지를 느끼게끔 만드는 치정 살인의 경우와 흡사하다고 할 수 있다. 하지만 갑자기 상대방이 자기가 먼저 살해되기를 원한다면 얼마나 기가 막힐 노릇이겠는가! 유디트가 이 카드를 직접 써서 보낸 건 그야말로 탁월한 선택이었다. 절망적인 상태에서도 멋진 포즈를 취하려는 그녀의 스타일에 걸맞았다.

호텔 방으로 어스름이 스며들 무렵, 반쯤 닫힌 커튼 앞에 옆얼굴이 보이도록 뒤로 약간 기대앉은 채 무릎에 권총을 올려놓고는 손가락의 반지를 돌려대는 포즈였다. 나는 비몽사몽간에 나의 죽음을 경험한 적이 있었다. 몇몇 사람들이 내 앞에 모여서 이따금 까치발을 세우고 서 있었다. 그러다 차츰 모두들 자리 하나씩을 차지하고 앉더니 잠잠해졌다. 그 뒤로 몇 사람이 더 왔지만 멀찌감치 떨어져서 조용히 서 있었다. 뒤편의 넓은 공간에서 한 아이가 달려나왔다. 아이는 안절부절못하더니 그 자리에 멈춰 섰다. 그리고 나는 숨을 거두었다. 그후로는 나의 죽음에 대해 생각해본 적이 없었고 기껏해야 이따금 불안감을 느끼는 게 고작이었는데, 반쯤 닫힌 커튼 앞에 앉아서 찍은 유디트의 사진은 지금 내게 작별의 사진으로 다가왔다. 앞으로는 서로 만날 일이 없으리라는 사실을 알게 되었다. 그 뒤로 나는 그녀에 대해서 꿈조차 꾸어본 적이 없고, 그러다보니 내 안에서 꿈틀거리던 살인 욕구도 사그라졌다. 가끔 누군가한테 관찰당하고 있다는 생각이 들었지만 주위를 둘러보지는 않았다. 예전 같으면 서로가 한동안 만나지 못하면 아마도 이렇게 편지를 써 보냈을 것이다. "어떻게 지내는지 궁금해"라고 말이다. 하지만 지금은 더이상 궁금하지 않다.

화가가 광고 포스터를 그리는 작업을 할 때면 무료 입장권을 얻어올 때가 많은데 그 덕에 우리는 가끔 영화관에 갔다. 하지만 대부분 나는 얼른 밖으로 나가고 싶었고, 밖으로 나오면 안도의 한숨을 내쉬었다. 특정한 사물을 바라보는 일은 나를 피곤하게 했고, 영상들의 리듬을 느끼는 일은 강박감을 일으키면서 호흡할 때마다 통증을 유발했다. 클레어가 아이에게 1904년에 만국박람회가 열렸던 곳을 보여주는 동안 나는 두 연인과 함께 존 포드 감독의 〈젊은 미스터 링컨〉을 보러 간 적이 있다. 그때 딱 한 번 자제력을 잃었고 그러다보니 영화를 관람하는 것이 동시에 꿈으로 여겨졌다. 과거에 대한 영상들, 즉 에이브러햄 링컨의 소년 시절에 대한 영상들을 보면서 나는 나의 미래에 대해 꿈을 꾸었고, 등장인물들을 보면서는 앞으로 살아가면서 만나게 될 인간들을 꿈속에서 미리 그려보았다. 영상을 오래 보면 볼수록 영화 속의 인물들 같은 사람들을 만나고 싶은 욕망이 커져갔다. 그리고 더이상 나 스스로를 연기해 보일 필요 없이 그들이 이 순간 육체와 정신을 완벽하게 현재화시키고 있듯 나 역시 그런 사람들과 어울리면서 그들에게 활동을 권유받고 싶은 욕망이 더욱더 커졌다. 나 자신을 위한 활동 공간을 확보하면서도 다른 사람들의 활동 공간 앞에서는 최대한 정중함을 표시하면서 말이다. 어릴 적 나는 뭐든지 흉내 내보고 싶었다. 제스처, 태도 그리고 필체까지도. 하지만 지금은 자신한테서 가장 가능성 있는 것을 창출해내는 이 인물들을 본보기로 삼고 싶다. 나는 그들과 똑같이 되고 싶은 것이 아니라 내게 가능한 한도 내에서 그들을 닮고 싶은 것이다. 얼마 전이었더라면 미국 남부 지방의 악센트를 흉내 내려고 애를 썼을 것이다. 무언가를 단지 희미하게 떠올리고 싶어하는 듯한 그 특유의 악센트를 말이다. 아니면 타의 추종을 불허할 만큼 호의적이면서, 자기 자신을 위해서가 아니라 항상 몰아적인 자세로 다른 사람을 배려하는 젊은 시절 헨리 폰다의 치명적인 미소를 흉내 내려고 했을지도 모른다. 30여 년 전에 젊은 변호사 에이브러햄 링컨 역을 맡았던 그가 아니던가. 하지만 지금 나는 그런 허세에 찬 향수에서 벗어났다. 스크린을 향해 단지 인사만 건넬 뿐이다.

영화 속에서 에이브러햄 링컨은, 부보안관을 살해했다는 이유로 기소된 타지 출신의 형제를 변호했다. J. 파머 캐스라는 또다른 부보안관이, 달빛 아래에서 형이 보안관을 칼로 찔러 살해하는 장면을 목격했다고 진술했다. 그러자 동생이 자신이 한 짓이라고 자백했다. 형제의 엄마는 마차를 타고 그 싸움의 증인으로 소환되어 왔는데, 아들 중 누가 살인범인지에 대해서는 입을 열려고 하지 않았다. 사람들이 형제에게 린치를 가하려고 하자 링컨이 저지했다. 그는 낮은 목소리로, 술에 취해 있는 형제에게 그들이 누구이며 또 행여 잊은 것은 없는지 잘 기억해보라고 말했다. 링컨이 옆구리에 각목을 끼고 감옥 앞의 나무계단에 서서 을러대는 장면은 그 상황에서 취할 수 있는 세세한 동작들 하나하나까지도 놓치지 않고 묘사하느라 오랫동안 지속되었다. 관객들은 술 취한 사람들뿐만 아니라 술 취한 사람 역을 맡은 배우들까지 링컨의 말에 점점 귀를 기울이는 모습을 볼 수 있을 정도였다. 상황이 돌변하고 그들은 스크린에서 사라져갔다. 그 순간 관객들 역시 전과 다른 방식으로 호흡했다. 그럼으로써 생기도 얻고 있음을 영화관 곳곳에서 느낄 수 있었다. 공판중 링컨은 살인이 일어난 날 밤은 초승달이 떠 있었기 때문에 캐스가 살인 용의자를 제대로 보았을 가능성은 매우 희박하다고 증명했다. 링컨은 그때부터 그를 J. 파머 캐스가 아니라 존 P. 캐스라고 부르면서, 싸움하는 과정에서 형제한테 상처를 입었을 뿐인 동료를 살해한 자는 바로 이 존 P. 캐스임을 입증했다. 형제의 모친은 가족과 함께 마차를 타고 서부로 떠나면서 무죄

판결을 이끌어낸 에이브러햄 링컨에게 수임료가 든 봉투를 건네주었다. "받으세요, 이것이 내가 가진 전부입니다!" 그러자 링컨은 그걸 받았다! "고맙습니다, 아주머니!" 그렇게 링컨은 이주민 가족들과 작별한 후 홀로 언덕길을 걸어 올라갔다. 영화 속에서 그는 모피수(毛皮獸) 사냥꾼과 함께 당나귀를 타고 아주 먼 길을 간 적이 있다. 머리에는 실크해트를 쓰고 발은 거의 바닥에 질질 끌듯이 하면서 봄빛 완연한 자연 경관 속으로 달렸다. 그리고 가는 내내 주둥이북만 불어댔다. "그건 무슨 악기입니까?" 모피수 사냥꾼이 물었다. "유대인 하프입니다." 에이브러햄 링컨이 대답했다. "그런 악기를 다 만들어내다니 정말 별난 사람들이군요." 모피수 사냥꾼이 말했다. "하지만 소리는 참 좋아요." 한 사람이 주둥이북의 현을 뜯으면 다른 사람은 그 소리에 맞춰 머리를 흔들어댔다. 그렇게 그들은 자연을 지나 먼 길을 말을 달려갔다.

"존 포드를 찾아가 만나보고 싶어." 내가 클레어에게 말했다. 만국박람회가 열렸던 지역을 구경하고 있던 그녀를 차로 데려오는 길에서였다. "나는 그가 자신의 영화에 대해 어떤 기억을 갖고 있는지, 그리고 지금은 텔레비전 가족연속극에 출연하는 헨리 폰다와 자주 만나는지도 물어보고 싶어. 그러고 나서 그 영화가 내게 미국이라는 나라를 알게 해주었고, 자연 속에서 살아가는 인간들을 보여줌으로써 역사의식을 일깨워주었으며, 그렇게 함으로써 내 기분을 밝게 만들어주었다는 이야기를 그에게 하고 싶어. 그리고 마지막으로 그가 예전에는 어떤 삶을 살았는지, 그리고 그가 영화를 만들지 않게 된 이후로 미국은 어떤 식으로 변화했는지에 대해 설명해달라고 부탁하고 싶어."

우리는 주변을 좀 걸으며 산책했다. 아이는 우리 앞쪽에서 뛰어놀았다. 가로등들은 낮게 내려앉은 태양에 반사되어 벌써 불이 켜지기라도 한 듯 번쩍거렸다. 무엇인가 집어 던지고 싶은 충동이 일기에 동물원의 쇠창살 사이로 젤리 사탕을 던졌다. 우리 맞은편에서 사람들이 다가왔다. 오르막과 내리막을 연신 오르내리느라 다들 눈이 붉게 충혈되어 있었다. 우리도 아이를 데리고 관람 열차에 올라탔다. 관람 열차를 타고 가는 동안 거대한 광고 게시판 뒤로 숨어버린 태양이 흐릿한 잔상을 남겼다. 마침내 관람 열차가 맨 꼭대기에 다다르자 태양의 모습이 완연히 눈에 들어왔다. 태양은 미주리 평야 쪽으로 서서히 가라앉았다.

저물녘 어스름 속에서 우리는 나무집 앞의 뜰에 모여 서 있었다. 모두 마치 외발로 서 있기라도 한 듯 별다른 움직임 없이 푹 가라앉은 기분으로 와인만 한 모금씩 마셔댔다. 그러다보니 손에 술잔을 들고 있다는 사실조차 잊어버릴 정도였다. 더이상 술잔을 들고 있을 수조차 없다는 불안감이 느껴질 정도로 모든 것이 하나로 포개졌다! 새들도 노래를 멈추고 수풀 속에서 껑충껑충 뛰어 돌아다니기만 했다. 몇몇 사람들이 차에서 내려 자기 집 현관문으로 걸어가는 모습이 보였다. 거리에 인적이라고는 드물었다. 강하게 불던 돌풍이 점점 잦아들긴 했지만 땅에 떨어진 목련 꽃송이들이 여전히 잔잔한 물결을 일으켰다. 해가 진 후 세차게 불어닥친 바람 때문에 덤불숲에서 인도 위로 휘날려온 것들이었다. 이웃집 창문으로는 색채 변화가 감지되었다. 몇 초 간격으로 색깔이 바뀌었다. 평소에는 늘 어두컴컴하던 그 집이

컬러텔레비전을 장만한 것이었다. 우리의 집에서도 아래쪽 창문 하나가 열려 있었다. 방 안에는 전등불이 켜져 있었지만 밝게 조명된 뒷벽 외에는 아무것도 보이지 않았다. 클레어가 아이를 재우려는 듯 분주하게 움직이면서 뒷벽 앞을 가끔 지나갈 뿐이었다. 아이의 옷을 벗긴 채로 팔에 감싸안고 안으로 들어가더니 얼마 후에 혼자 찻병을 손에 들고 다른 쪽 방향으로 등장했다. 이제는 다시 아이 쪽으로 몸을 숙이는 듯한 클레어의 옅은 그림자만 벽에 어른거렸다. 결국에는 그마저도 보이지 않았다. 하지만 주위의 어둠이 짙어가면 갈수록 벽에 투영되는 진노랑 불빛은 더욱더 강렬해졌다. 벽이 불빛을 받아들이는 것이 아니라 스스로가 불빛을 뿜어내는 듯 보였다. "저런 노란 불빛은 지난 100년간 서부 영화를 소재로 그린 그림에만 등장하죠." 화가가 말했다. "그리고 그 불빛도 하늘에서 오지 않고 땅 자체에서 발산됩니다. 캐틀린과 레밍턴의 그림들 속 하늘은 항상 흐릿하고 창백해요. 연기 같은 빛이죠. 태양이 빛나는 광경을 볼 수 없어요. 신비스러울 만큼 짙은 노란색은 땅에서만 나오는 색입니다. 아래로부터 사람의 얼굴로 스며드는 색이라는 말입니다. 그렇게 본다면 노란색은 그들의 그림들 속에서 가장 지배적인 색이라 할 수 있죠. 이를테면 마차 바퀴, 총구에서 뿜어져나오는 연기, 죽어가는 말의 이빨, 철로 등 모든 것이 노란색을 내비칩니다. 내면에서 흘러나오는 색깔인 셈이죠. 바로 그 색깔을 통해 모든 사물이 문장(紋章)에서처럼 두드러지게 드러납니다. 요즘도 사람들은 그 노란색을 모방해서 사용해요. 주차장 표시, 도로 위의 차선, 하워드 존슨 레스토랑의 지붕, 정원 앞에 세워둔 우편함, USA라는 문구가 새겨진, 운동선수들의 소매 없는 윗옷이 그

대표적인 예라고 할 수 있죠." "홀리데이 인 호텔의 화살표 테두리의 노란색도 그렇죠." 내가 거들었다. 화가와 그 애인이 내게 손바닥을 보여주었다. 하늘만 칠했던 여자의 손은 거의 보이지 않았지만 남자의 손은 색이 없는 어둠 속에도 노란 빛깔을 드러냈다. "사람들이 금방 기억해낼 수 있는 색깔이 바로 노란색이죠." 남자가 말했다. "노란색은 오래 들여다보면 볼수록 기억할 수 없는 먼 옛날까지 떠오르게 합니다. 그것은 일종의 계기가 됩니다. 사람들이 그 앞에 서서 꿈을 꾸는 것이죠." "바로 황금의 시절을 말이에요" 하고 갑자기 여자가 끼어들었다. 방 안의 불은 꺼졌지만 그대로 눈부시게 남아 있는 잔상을 우리는 바라보았다. 클레어는 아이가 저녁으로 먹다 남긴 빵 한 조각을 입에 물고는 집 밖으로 나왔다. 우리는 다시 베란다로 옮겨 앉았다. 연인들이 옛날 음반을 한 장 올려놓았다. 음반이 돌아가기 시작하자 그들은 각자 경험했던 일들을 떠올렸다. 〈그대의 손을 잡으리〉— "그때 우리는 얼음장같이 차가운 맥주잔으로 마셔댔지. 로스앤젤레스에 있던 멕시코식 레스토랑에서 말이야." 〈만족〉— "그때 폭풍이 불어닥치면서 공기매트리스가 해변 위를 미끄러지듯 날아가던 것 생각 나?" 〈도시의 여름〉— "그때 우리는 집에서 마지막으로 돈을 타냈어!" 〈와일드 씽〉— "그 당시 우리는 제멋대로 막 살았지!" 〈해 뜨는 집〉…… 그들은 한껏 감정이 북받쳐 있는 상태였다. 그러자 클레어가 갑자기 입을 열었다. "지금 너희는 너희가 살아온 인생 전체를 노래할 찬가를 가지고 있는 셈이야. 그러니 불쾌감을 느낄 이유가 전혀 없지. 너희가 경험했던 모든 것이 점차 하나의 경험으로 수렴되어가고 있으니까." 나는 내가 경험했던 것들이 기억 속에서 미화되지 않고 오히려 쓰라린 아픔으로 다가오곤 한다고 말했다. "그러니 그렇잖아도 먼 길이 더 멀게 느껴지고, 따귀 한 대를 얻어맞더라도 두 배의 통증을 느낍니다. 지금도 나는 내가 그 모든 것을 어떻게 참아냈는지 도무지 상상할 수가 없어요."

"우리 아버지는 술주정뱅이였어요." 나는 〈해 뜨는 집〉에 나오는 '우리 아버지는 노름꾼이었어요'라는 가사를 변형시키고 싶은 듯 말했다. "침대에 누워 있으면 옆방에서 아버지가 잔에 무언가를 따를 때마다 나는 꿀럭꿀럭 소리가 들려왔죠. 지금도 그 기억만 나면 아버지 머리를 도리깨로 후려치고 싶은 생각이 들 정도예요. 그래서 그때는 가급적이면 빨리 잠들어버리기만을 바랐죠. 이게 내가 어떤 기억을 떠올릴 때 좋은 의미에서의 흥분 같은 것을 느낄 수 없는 이유입니다. 그래서 다른 사람들의 추억을 옆에서 듣기만 해도 나의 그러한 암울했던 기억에서 해방되어 지나간 세월을 객관적으로 그리워할 수 있는 상태로 마음이 가다듬어집니다. 예를 들어 한번은 한 여자가 지나가는 길에 이렇게 말하는 것을 들었습니다. '그때는 엄청나게 많은 야채를 병조림으로 만드느라 눈코 뜰 새가 없었지……' 그 말을 들었을 때 나는 눈물을 쏟을 뻔했습니다. 다른 한 여자는 또 이렇게 말하더군요. 나로서는 제대로 본 적도 없는 여자였어요. 정육점에서 미끈미끈한 소시지 꾸러미를 팔에 잔뜩 걸친 모습밖에는 보지 못했으니까요. '그 당시 우리 애들이 백일해를 앓고 있어서 애들을 데리고 비행기로 전국 각지 안 가본 데가 없었어……' 그러자 갑자기 그런 기억을 가진 그녀들이 부러워지면서 나 자신도 백일해를 앓았던 그 시절로 돌아가고 싶은 생각이 들었어요. 그리고 지금에 와서 비행기 순례에 대한 이야기를 읽으면 내가 무언가를 소홀히 했었다는 생각이 듭니다. 이제 다시는 만회할 길이 없는 그 무언가를요. 내게는 생경하게 여겨지는 것들이지만 종종 섬뜩한 생각이 들 정도로 공감을 자아냅니다."

"하지만 당신이 『녹색의 하인리히』를 제대로 읽었다면 당신도 그의 모험담을 모델로 삼을 수 있을 거라고 생각했을 텐데." 클레어가 말을 꺼냈다. "당신은 다른 시대의 인물을 통해 현재를 반복할 수 있다고 믿는 사람이잖아. 다시 말해서 하인리히처럼 차분하게 하나하나를 경험해가면서 경험이 쌓일 때마다 점점 현명한 판단을 하고, 그런 와중에 결국 당신의 이야기를 완성할 수 있을 거라고 생각하지 않느냐는 말이지."

"나는 이제 사람들이 녹색의 하인리히처럼 점차적인 방식으로는 살지 않는다고 생각해." 내가 대답했다. "그의 이야기를 읽고 있으면 그가 '적막한 숲 가장자리에 누워, 지난 100년의 목가적인 행복과 낭만을 가슴속 깊이' 느꼈을 때의 감정이 내게도 그대로 전해져. 그럴 때면 나 역시 그의 이야기를 통해 다른 시대를 상상하면서 즐거움을 느끼는 거지. 적어도 그 시대는 한 사람이 점차 다른 사람으로 바뀔 수 있고, 또 세상이 모든 개개인들에게 활짝 열려 있다는 믿음이 보편화되어 있던 때였지. 아무튼 며칠 전부터 이 세상이 정말 나를 향해 가슴을 활짝 열어젖히고 있으며 매 순간 새로운 것을 경험하고 있다는 생각이 들어. 만일 내 입장에서 그러한 100년의 세월을 만끽할 수 있다면 나도 그것을 진지한 자세로 받아들이면서 신중하게 숙고해보고 싶어."

"당신 수중의 돈이 다 떨어질 때까지 말이지." 클레어가 말했다. 나 역시 막 그 생각을 하던 참이었기에 그녀에게 달러 뭉치를 꺼내 보여주었다. 여행자수표를 바꿔두었던 것이다. 두 연인은 우리의 대화를 들으면서 미소를 지었다. 우리는 곧 다시 침묵을 유지하면서 음악과 그 두 사람이 들려주는 이야기에 귀를 기울였다. 세세한 내용에 대해서는 이따금 견해 차이를 보이면서 계속된 두 사람의 이야기는 어느덧 동이 터 이슬이 내릴 때까지 이어졌다. 두 연인이 이슬에 행여 음반이 젖지 않을까 하는 걱정을 하게 되었을 때 비로소 우리는 자리에서 일어나 각자의 잠자리로 갔다.

다음 날 오후, 클레어와 독일 극단의 〈돈 카를로스〉 초연을 보려고 아이를 두 연인에게 맡기려는 순간, 속달 소포 하나가 내게 배달되었다. 가는 끈으로 꼼꼼히 묶인 작은 상자에는 주소가 대문자로 기입되어 있었다. 왼손으로 쓴 듯한 글씨체였다. 나는 집 뒤편으로 돌아가서는 정원용 가위로 조심스럽게 걸 포장지를 뜯어냈다. 그 안에는 다시 붉은색의 인장과 함께 철사 줄이 감긴 상자가 있었다. 봉인을 뜯어내는 순간 손에서 찌릿한 경련이 일어났다. 양쪽의 철사 줄을 다시 한번 움켜쥐자 이번에도 경련이 반복해서 일어났다. 그제야 비로소 나는 그 철사 줄에 약하게 전기가 흐르고 있음을 알아챘다. 나뭇가지 위에 걸쳐져 있던 고무장갑을 끼고는 철사 줄을 떼어냈다. 철사 줄을 한쪽 옆으로 치워놓으려고 했을 때 그것이 상자 안쪽으로도 연결되어 있음을 알았다. 그러자 나도 모르게 그것을 잡아당겼고, 그 바람에 상자 뚜껑이 바닥으로 떨어졌다. 그 외에는 별다른 일이 일어나지 않았다. 상자 안을 들여다보았더니 철사 줄과 연결된 배터리 외에는 아무것도 눈에 띄지 않았다. 유디트라면 이보다 더 심각한 것을 만들어내고도 남으리라는 것을 알고 있었지만 그렇다고 웃을 수 있는 상황은 아니었다. 그녀가 내게 전달한 아주 작은 전기적 충격이 내게는 하마터면 뒤돌아볼 뻔한 나지막한 애걸의 소리로 들려왔다. 순간 나는 나 자신을 책망했다. 대체 이게 무슨 꼴인가? 과연 일이 어떻게 되어가는 것인가? 이 무슨 비참한 신세인가? 모든 것이 다 끝나버리지 않았던가? 나는 이제 그 일을 생각하고 싶지 않았다. 그저 당장이라도 이곳을 떠나야 한다는 생각뿐이었다. 주변의 풀빛들이 한창 밝은 빛을 띠는 듯하더니 곧 다시 어두운 색깔로 변했다. 도마뱀들이 또다시 시야에 들어왔다. 내 주변의 모든 사물이 해독하기 어려운 상형문자처럼 얽혀 있었다. 곤충을 관찰하려고 몸을 구부리려는 찰나에 멀리서 오토바이 소리가 들려왔다. 그러자 그 곤충은 풀숲에 숨은 채 공포감에 질린 듯 바스락 소리를 냈다. 나는 상자를 쓰레기 투입구에 버리고 클레어에게 되돌아갔다. 그녀는 이미 차에 올라 있었다. 차문을 열려는 순간 내가 아직도 고무장갑을 끼고 있음을 깨달았다. "이 고무장갑도 제대로 된 노란색이지 않아?" 나는 재빨리 고무장갑을 벗으면서 물었다. 클레어는 궁금해하는 눈치가 전혀 아니었다. 차문을 닫았을 때 금속성 물질을 만져서인지 손가락 끝에서 또 한 번 경련이 느껴졌다.

극장은 개척 시대에 지어진 건물이었다. 내부 공간은 벽화들로 인해 마치 또다른 공간으로 이어지는 듯한 착각을 불러일으켰다. 극장 입구의 홀에서는 사람들이 벽화 속에 존재할 뿐인 계단 앞에서 발을 들었고, 마찬가지로 벽화 속에서 존재할 뿐인 기둥받침돌 위로 발을 옮겨놓으려 했다. 그들은 돋을새김 부분을 만져보려고 했고 그때마다 양각된 부분이 안으로 쑥 우그러져 들어갔다. 원래 지정된 관람 공간은 매우 협소했지만 그 전후좌우로 칸막이한 작은 방이 여러 개 있어서 문간 커튼 뒤편의 어두운 공간을 통해 오페라글라스가 번쩍거리는 것이 보였다. 사람들은 극장 안으로 외투와 모자를 가지고 들어갔다. 공연이 시작되기 전 대학 학장이 막 앞에 서서 단체 여행의 책임자이자 독일 연극단의 연극평론가에게 환영 인사를 했다. 그를 바라보고 있자니 눈에 익은 얼굴인 듯하기에 다시 한 번 유심히 뜯어보았다. 아닌 게 아니라 예전에 몇 번 대화를 나누었던 친구였다. 그 두 사람의 뒤를 이어서 세인트루이스에 사는 독일인 이민자 모임 소속 사람들 몇 명이 가장을 한 채 등장했다. 먼저 합창을 부르고 나서 조상들이 미국으로 건너올 때의 상황과 정착 과정을 생생한 영상을 통해 보여주었다. 이곳으로 이주하기 전 이들은 1848년 이전에 존재했던 독일의 작은 도시에서 살았다. 하지만 그때만 해도 이들은 일을 할 때나 놀이를 할 때나 서로 방해를 놓을 만큼 사이가 좋지 않았으며, 상업 활동이 자유롭지 못했기 때문에 작업에 필요한 각종 도구들을 조달하는 데 장애를 많이 겪었다. 하지만 미국적인 것이 연출된 지금의 장면들은 분업화되어 각자 바라는 직업을 가질 수 있게 되었음을 상징적으로 보여주었다. 이제는 서로가 작업 도구를 바꿔 쓸 수도 있게 되었다. 게다가 지금 그들은 여가를 즐기기 위한 놀이 공간도 가지고 있다. 마지막 장면에서는 그들 모두가 춤을 추었다. 남자들은 머리에 쓴 레이스 모자를 흔들어대면서 손은 엉덩이 쪽에 갖다 댄 채 무릎을 가슴까지 들어올렸다. 그중 한 사람만 예외적으로 다리를 크게 벌리고

서 있었다. 한편 여자들은 두 다리를 뻗쳐 까치발을 한 상태로 걸으면서 몸을 비틀어댔다. 한 손은 남자의 손 쪽으로 내밀고 다른 한 손으로는 가볍게 치마를 들어올렸다. 그중 혼자 다리를 벌리고 서 있던 남자와 파트너가 된 여자가 남자를 마주 보면서, 그가 보는 앞에서 양손으로 치마의 가장자리를 대담하게 들어올렸다. 그러다 그들 모두 막앞에 멈춰 섰다. 어쩌다가 약간의 흔들림만 눈에 띄었다. 남자들의 머리에서 땀방울이 흘러내렸으며 여자들은 까치발을 딛고 있는 상태에서 살포시 떨었다. 그러다가 그들은 환성을 질러댔다. 꽥꽥 소리를 질러댔는데, 전형적인 미국식 환호성이었다. 이제 본격적인 춤이 시작되었다. 그들은 모자를 또다시 돌려댔고 그들 아래쪽에 있는 오케스트라단에서는 세 명의 연주자가 연주 템포를 높이기 시작했다. 그중두 명이 목에 핏대를 세워가며 엉성한 솜씨로 바이올린을 켜는 동안나머지 한 명은 뒤돌아서서는 여유 있는 자세로 콘트라베이스를 연주했다. 마침내 그들은 마지막 활 놀림과 함께 자리에 앉았다. 춤을 추던 사람들도 머리 숙여 인사하고는 춤추듯 가볍게 미끄러지면서 무대한쪽으로 빠져나갔다. 그사이 막의 한가운데가 벌어지더니 카를로스왕자가 수도사를 대동하고 무대 위로 올라왔다.

나중에 나는 그 연극평론가에게 말했다. "내 주위의 다른 사람들도그랬겠지만 나는 맨 먼저 막 또한 정확히 양쪽 대칭 형태로 걷히는지눈여겨보았네. 춤추는 사람들이 보여준 율동은 기계적 동작에 가까워보이더군. 그리고 연기자 둘이 가까이 다가올 때 발의 보조가 전혀 맞지 않는 모습을 나로서는 답답한 심정으로 지켜보았네. 그들은 마치 전인미답의 미개척지로 발을 들여놓는 것처럼 등장을 해서는 불안하고 다급하게 연기하더군. 그들이 이곳에서 연기를 해서는 안 되기라도 하는 듯 말일세. 무대가 놀이터가 아니라 낯선 땅처럼 느껴질 정도였다니까."

"배우들이 그토록 자주 비트적거리는 걸음걸이를 보이는 것도 바로 그런 것 때문이네." 연극평론가가 말했다. "그들도 원래는 동작을 다르게 취해야 함을 스스로 느끼고 있네. 보행중에 걸음걸이의 형태를 자주 바꾸는 것도 관객들에게 동일한 걸음걸이만 너무 오랫동안 보여주었다고 생각하기 때문이지. 그래서 걸어가는 가운데 껑충껑충 뛰기도 해. 또한 그들은 노래를 불러야 할 때가 되었다 싶으면 실언까지 한다네. 사람들이 그들에게서 평소와는 다른 율동을 보고 싶어한다는 사실을 그들은 잘 알고 있는 편이야. 하지만 그들로서도 그 율동을 찾아낼 수는 없는 거지."

"그들은 항상 대열을 다시 짜곤 하더군." 내가 말했다. "상투적인 방식으로는 관객들이 그들에게 주의를 기울이지 않기 때문이겠지."

"이곳에서 우리는 역사적 인물들을 정지 영상으로만 보는 데 익숙해 있어요." 클레어가 끼어들었다. "그런 인물들을 연기해 보여주기보다는 있는 그대로 모방하여 묘사할 뿐이죠. 그것도 공공연하게 잘 알려진 제스처만 골라서 말이죠. 연기자들 입장에서는 자신들이 전해들은 그들의 행위나 업적과는 전혀 다른 행동을 한다는 사실이 우습게 생각될 수 있어요. 그들은 우리가 볼 때 자기들만의 고유한 이야기를 가지고 있지 않아요. 그래서 그들의 삶은 우리에게 별 흥미를 주지 못하는 거고요. 그들은 단지 그들이 했던 일, 아니면 적어도 그들이 살던 시대에 일어났던 일에 대한 하나의 기호에 불과해요. 우리가 그들을 기억할 수 있는 건 기념비나 기념우표에 나온 사진을 통해서지요. 퍼레이드에서 그들은 인간들에 의해 묘사되는 것이 아니라 말 한마디 못한 채 단지 기계적으로만 움직이는 꼭두각시 인형에 의해 묘사됩니다. 그들은 기껏해야 영화 속에서 모방의 대상이 되는 존재예요. 그것도 대부분은 조연으로 말이죠. 유일한 예외가 있다면 에이브러햄 링컨 정도겠지요. 그의 이야기가 우리의 흥미를 끄는 것은 그것이 그의 고유한 이야기이면서도 우리에게도 일어날 수 있는 일이기 때문입니다. 당연한 얘기지만 우리는 그가 펠리페 왕처럼 연극적 인물이 되어 힘겹게 등장하고 퇴장하는 모습은 상상할 수 없어요. 우리가 우리의 역사적 인물들을 영웅으로 생각하지 않는 이유는 우리가 그들을 직접 뽑았기 때문에 그들과 대면할 때 결코 어떤 공포감이나 경외심을 가질 필요가 없어서입니다. 우리에게 영웅이란 모험을 경험했던 사람입니다. 그야말로 '자수성가'한 사람들, 그러니까 이주민과 개척자들 정도입니다."

"〈돈 카를로스〉는 바로 유럽의 모험사입니다." 연극평론가가 말했다. "실러는 그 작품에서 역사적 인물을 묘사한 것이 아니라 직접 연기를 한 거예요. 그들이 우아함이나 품위와는 담을 쌓고 경험했던 숱한 모험들을 실러는 단지 그들의 이름을 빌려서 연기해낸 것입니다. 그러니까 실러는 자신이 그 당시 얼마나 강한 자신감과 역할 의식을 가지고 행동했는가를 묘사하려고 한 겁니다. 그 당시 유럽에서는 영주들만 역사적 인물로 간주되었고, 그 역사적 인물에게만 중요한 역할을 주면서 모험을 경험할 기회가 주어졌으니까요. 실러는 그들을 위한 작품을 쓰면서 동시에 그들이 자신들이 처한 모험적 상황에서 어떻게 행동해야 하는지 일종의 본보기를 제시한 셈입니다."

클레어의 입술이 오그라드는 듯하더니 이내 미소를 지었다. "이곳 관객들에게는 개척자들이 영웅이에요. 그렇기 때문에 모험이라는 것이 그들에게는 언제나 몸으로 부딪치는 모험일 수밖에 없고요. 그들은 어떤 중요한 역할보다 플롯을 보고 싶어해요. 우리도 누구나 나름의 역할을 할 수 있으니까 역할이라는 것이 딱히 모험이라고 할 만한 것이 아니라고 생각하기 때문이죠. 칼자루를 쥔 손만 바라보면서 계속 대사를 들어야 한다면 관객들은 곧 인내심의 한계를 보일 거예요. 인물 묘사는 단지 암시적으로만 드러내되 플롯만큼은 상세하게 묘사해주길 관객들은 원하죠. 무대 뒤에서 마르키스 포사를 향해 총알이 발사되는 장면을 보고 관객들이 실망하는 것도 그런 이유에서입니다. 돈 카를로스가 마침내 칼을 빼어 들었을 때 관객들은 흥분한 나머지 자리에서 벌떡 일어나고 싶었을 거예요. 이 얼마나 모험적인 행동인가요! 하지만 무대 위에서는 이러한 모험적인 행동을 도저히 흉내 낼 수 없기 때문에 개척자들의 모험적인 행위도 그대로 흉내 낼 수 없는 겁니다. 게다가 당신들의 역사적 인물들은 우리의 관심을 끌지 못하기 때문에 우리는 대개 무대 위에서 우리의 이야기를 재연하는 거죠. 그것도 보통의 경우 모험에 대해 단지 꿈만 꾸는 사람들의 역할을 맡음으로써 말입니다."

"하지만 당신들의 극작품들에 어떠한 모험적인 사건도 존재하지 않는다면, 사람들이 〈돈 카를로스〉를 보면서 그토록 흥분하는 까닭이 뭡니까?" 연극평론가가 물었다.

클레어가 말했다. "칼을 쥔 손이, 연극에 등장할 수 없는 뭔가를 기대하게 만들기 때문이죠." 그러면서 그녀는 프랑스식 카페 벽의 파인 자국을 가리켰다. 공연이 끝난 후 그녀가 우리에게 안내해준 카페였다. 보안관 가렛이 무법자 빌리 더 키드를 총으로 쏘아 죽인 곳이었다. 두 사람은 벽난로와 장롱이 있는 큰 방에서 서로에게 권총을 겨누었다. 빌리 더 키드는 다른 한 손에 칼을 들었다. 하지만 그의 총구에서는 섬광이 빛을 발하지 못했고 보안관의 총에서 뿜어져나온 섬광만이 그의 주위에서 퍼져나갔다. 격자 창문 뒤로 보름달이 비추었고, 달빛 속에 선 두 사내 사이로 개 세 마리가 달려 지나갔다. 보안관은 번쩍거리는 검은색의 고급 부츠를 신었지만 빌리 더 키드는 맨발이었다.

"그런데 유디트는 어디 있어?" 연극평론가가 휴대용 구급약품 상자에서 꺼낸 알약을 삼키면서 느닷없이 물었다. "워싱턴에서 그녀를 봤어. 무대 뒤로 와서는 자기도 공연에 참여할 수 있는지 내게 물었지. 때마침 여배우 한 명이 유럽으로 돌아가고 싶어하던 참이라 나로서는 반가운 소리였지. 우리는 세인트루이스에서 만나기로 했어. 이곳에서 한동안 연습한 다음에 내일 모레 캔자스 시에서 공연할 때는 그녀가 에볼리 공주 역을 맡기로 했어. 그런데 오늘 그녀가 못 오겠다는 전보를 보냈더군."

"어디서 전보를 보냈던가요?" 클레어가 물었다.

"나도 잘 모르는 곳이었어요." 연극평론가가 대답했다. "록힐이라고 하던데."

록힐이라면 최근에 내가 머문 적이 있는 세인트루이스의 작은 교외 도시였다.

"실은 나도 유디트가 어디 있는지 몰라." 내가 말했다. "우리 헤어졌거든."

연극평론가는 아까 것보다 작은 알약 하나를 더 삼켰다. 그의 말에 따르면 첫번째 알약의 치명적인 부작용을 방지하기 위해 작은 알약을 함께 복용해야 했다. 그러고 나서 그는 내게 그사이 희곡 쓰는 작업에 진전이 좀 있었는지 물어왔다.

"배역 대본을 쓰는 일이 쉽지 않더군." 내가 대답했다. "누군가에게 특징을 부여하는 건 그의 품위를 빼앗는 짓 같다는 생각이 들거든. 한 인물이 가질 수 있는 특수성들을 모두 꼽아보면 결국 기벽 같은 것만 남더군. 나는 내가 다른 사람들을 나 자신처럼 정당하게 평가할 수 없다는 사실을 깨달았어. 내가 무대 위에서 사람들에게 말을 하도록 시키면 그들은 처음 몇 문장을 말하고 나서는 이내 나의 말문을 막아버리고, 그들 스스로가 영원히 하나의 개념으로 환원되어버리더군. 그래서 나는 차라리 이야기들을 쓰기로 했어."

"어떤 개념으로 환원된다는 거야?"

"아마 자네도 그런 사람들을 알 거야. 자신들이 보는 모든 것, 심지어 가장 놀라운 일조차 그 즉시 하나의 개념으로 환원시키려 하고, 그것을 어떤 간명한 표현을 통해 쫓아버림으로써 체험하기를 단념해버리는 사람들 말이야. 그들은 모든 것에 대해 할 말이 있는 사람들이지. 그들이 말하는 것은 대부분, 그것에 합당한 단어들이 존재하지 않기 때문에 그저 웃음거리나 유머로 남을 뿐이야. 물론 자신들이 목격한 것을 간단한 표현으로 처리할 때 그런 의도가 있었던 건 아니겠지만. 그래서 내가 쓰는 희곡에는 대화는 거의 없고 모든 것을 개념화하는 제스처만 등장할 거야. 게다가 나는 이제 인물들을 구상해낼 자신도 없어. 요즘 들어서는 장면마다 누군가를 함께 등장시키는 게 어떨지 심각하게 고려하고 있어. 사람들에게 새로운 환경을 인식시키는 역할을 하는, 일종의 하인 같은 존재지. 그는, '이야기'에 대해 언급하는 것을 비롯해서 모든 상황에 대해 결정권을 쥐고 있는 기존의 현명한 관찰자와는 극명하게 대립되는 인물이야. 그도 그럴 것이 이 하인이 나름대로 설명하는 것은—그는 모든 것을 자신의 생각에 따라 설명한다네—죄다 거짓으로 판명되기 때문이야. 그의 예언은 결코 들어맞지 않고, 그의 해석은 모두 터무니없는 소리에 불과해. 말하자면 그는 아무도 그를 필요로 하지 않는 곳에서 등장하는 데우스엑스마키나* 같은 존재라 할 수 있지. 그를 필요로 하는 것은 우연히 각기 다른 방향을 바라보고 있는 두 사람뿐이지. 그 경우 그는 다가가서 그들을 다시 화해시키는 역할을 하는 게 고작이지."

"그 작품 제목이 뭔가?" 연극평론가가 물었다.

"한스 모저와 그의 세상." 내가 말했다.

나는 클레어에게 한스 모저가 오스트리아 출신의 배우였다고 말해주었다. 그는 하인 역할만 했지만 사건의 진행 과정에서 다른 배우들에게 각자의 자리를 지정해주었다. "그는 매사에 집중하는 타입이어서 맡은 역할도 신중하고 진지하게 해냈지. 가끔 무언가 계략을 꾸밀 때나 의미심장한 미소를 지어 보였어. 그가 출연하는 영화를 보는 사람

---

* 고대 그리스 연극에서 쓰인 무대 기법의 하나. 기중기 같은 것을 이용해 갑자기 신이 공중에서 나타나 위급하고 복잡한 사건을 해결하는 수법.

들은 그가 다시 등장하기만을 손꼽아 기다리곤 했지."

말을 너무 많이 했다. 지금 주변 분위기가 어떻게 흘러가는지 감을 잡을 수 있었다. 옆 테이블의 재떨이에는 셀로판으로 싸인 엽궐련이 한 개비 놓여 있었다. 한참 전부터 놓여 있었음이 분명했다. 나는 웃었다. 클레어가 나를 힐끗 보았다. 서로에게 다가가고 싶은 욕구가 일었다. 카운터 뒤에서 한 여자가 볼펜을 거꾸로 쥐고는 계산대 금고의 번호를 눌러댔다. 그러자 서랍이 튀어나와 그녀의 배에 가서 부딪혔다. 연극평론가는 졸린 듯 게슴츠레한 눈으로 바라보았다. 눈동자 색깔이 노랬다. 나는 그의 어깨에 팔이라도 걸쳐볼까 했지만 그를 놀라게 하고 싶지는 않았다. "금고 서랍이 자신을 향해 달려드는 것이 그녀는 싫지 않았던 거야." 그가 말했다. 나는 그의 말에 주의를 기울이고 싶었다. 하지만 곧 그가 단지 극중 인물을 인용하고 있을 뿐임을 알아챘다.

우리는 마음껏 술을 마셔댔다. 클레어는 우리를 위해 호밀 위스키를 주문했다. 그녀는 다른 사람들이 마신 양을 모두 합친 것보다 더 많이 마셨다. 우리는 거리를 갈지자로 걸어갔다. 거리에는 차량도 거의 눈에 띄지 않았다. 도처에 서로가 서로에게 주의를 환기시켜줘야 하는 것들로 넘쳐났다. 골목길에서 연극평론가는 흑인 창녀 두 명에게 말을 걸었다. 가끔 그는 고개를 돌려 우리 쪽을 보았다. 그는 창녀들로부터 한 걸음쯤 떨어진 곳에 서서는 그녀들에게 말을 건넸다. 그녀들이 무어라 대답하자 그는 마치 귀를 기울이려는 듯 그녀들 쪽으로 머리를 약간 수그렸다. 그는 더이상 가까이 다가가지 않고 머리만 들이민 채, 그녀들이 자신의 귀에 뭔가 속삭여주기를 바랐다. 그의 제스처를 보면서 그도 이제 나이가 들었구나 하는 생각이 들면서 전에는 경험하지 못했던 그의 묘한 매력을 느꼈다. 그는 손가락 두 개로 그중 한 여자의 가발을 슬쩍 건드렸다. 그러자 그녀는 욕설을 퍼부어대면서 그의 손을 뿌리쳤다. 그는 우리에게 되돌아와서는 그녀가 자기에게 뭐라고 말했는지 이야기해주었다. "내 몸에 손대지 마! 여기는 우리 나라야! 우리 나라에서는 내 몸에 손대지 않는 것이 좋아!" 그는 재빨리 자신의 가슴팍을 문질러댔다. 그에게서 여태껏 보지 못했던 제스처였다. 어찌할 바를 모르는 어색한 상황에서는 이 제스처만이 스스로를 구원할 수 있는 유일한 방법이라고 생각하는 모양이었다.

"나는 삶에서 완전히 배척된 인간이야." 나중에 그가 자신이 묵고 있는 호텔의 바에서 우리에게 던진 말이었다. "내게 삶이란 나의 내면 상태를 드러낼 수 있는 비유 속에서만 존재해. 비늘이 떨어져나간 물고기를 못 본 지는 한참 됐어. 하지만 지난밤에 극심한 공포 상태로 잠에서 깨어났을 때 나는 갑자기 번쩍이는 수많은 비늘들이 내 주위를 에워싸고 있는 것을 봤어. 마찬가지로 자연 속에 들어가본 지도 오래되었지만, 술잔 쪽으로 손을 뻗는 지금 이 순간 나는 나 자신이 막 죽임을 당한 거미의 몸을 하고 있다는 사실이 너무도 실감나게 느껴져. 아직 살아 있는 것처럼 거미줄을 타고 서서히 땅으로 내려오는 거미. 지극히 일상적인 일들, 이를테면 모자를 쓰는 일을 비롯해서 에스컬레이터를 타거나 부드러운 아이스크림을 먹어치우는 일 같은 것조차 나는 더이상 제대로 인지할 수 없어. 그 모든 것은 나중에야 비유를 통해서 생생하게 기억날 뿐이야." 그는 밖으로 나갔다가 얼마 후에 다시 돌아왔다. 먹은 것을 토하고 왔다고 했다. 입술에는 물로 헹구어 낸 흔적이 축축하게 남아 있었다. 그는 다양한 색깔의 알약들을 자기 앞에 늘어놓았다. 그러고는 정해진 순서대로 하나씩 입안에 털어넣었다. "처음에는 말이야, 손가락을 수도꼭지 안으로 쑤셔넣으면 그 안의 공기가 폭발할 것 같은 느낌, 그런 느낌을 받곤 했지." 그가 말했다. 그는 클레어 쪽으로 몸을 숙이더니, 내게 그녀와 춤추는 것을 허락해 달라고 했다. 나는 그들을 바라보았다. 클레어가 자리에서 일어나더니 그 자리에서 내키지 않는 듯 천천히 몸을 흔들어대기 시작했다. 그러자 그는 스텝을 바꿔가면서 그녀 앞을 이리저리 왔다갔다했다. 나지막한 공간에 크리던스 클리어워터 리바이벌의 음울한 음악 〈정글 속을 달려라〉가 울려퍼졌다.

우리는 그를 방까지 바래다주었다. "나는 내일 다시 떠나야 해." 내가 말했다. 클레어와 함께 호텔을 나서는 순간 나는 휘청하며 넘어질 뻔했다. 바깥은 어느새 바닥을 분간하기 어려울 정도로 깜깜해져 있었던 것이다. 우리는 서로를 꼭 붙든 채 차로 되돌아갔다. 사방은 짙은 적막 속에 묻혔고 귀신의 곡소리처럼 으스스한 소리만 들려왔다. 미시시피 강 쪽에서 들려오는 소리일 거라고 생각했다. 우리는 건설 현장을 걸었다. 나는 작은 상자에 걸터앉아 클레어를 내 쪽으로 끌어당겼다. 그러고는 황급히 그녀의 몸 안으로 들어갔다. 심한 마찰음이 나는 듯했다. 우리는 더이상 서로의 소리를 듣지 않았다. 몸에 통증이 느껴졌으며 급기야 피가 났다. 다시 통증이 가라앉는가 싶더니 어느 멜로디의 한 구절이 잊히지 않고 머리에 맴돌았다. "일요일엔 페퍼민트 스테이크를."

록힐로 돌아오는 길에 클레어에게 말했다. "지금 난 비몽사몽인 것 같아. 서서히 정신이 들면서 완전히 잠을 깨니 이번에는 꿈속의 환영들이 점점 느리게 움직이는 듯해. 그러다 완전히 멈춰 서는 듯하더니 아늑하고 멋진 반수면 상태의 영상들로 변하는 거야. 이제 나는 꿈속에서처럼 어떠한 불안도 느끼지 않게 되고 외려 이 영상들 덕택에 평온함을 맞보게 된 것 같아."

차에서 내려 가로등 곁을 막 지나가려 할 때 거대한 밤새의 그림자가 밝게 빛나는 거리 위를 소리 없이 날아갔다. "한번은 루이지애나의 원시림을 보트를 타고 지나가는데 부엉이 한 마리가 내 머리를 스쳐 지나간 적이 있어." 클레어가 말했다. "그 당시 나는 임신한 상태였지."

다음 날 그녀는 차로 나를 공항까지 바래다주었다. 내가 노란빛이 번쩍거리는 애리조나 주 투손 행 브래니프 항공기 쪽으로 걸어가는 동안 그녀는 아이와 함께 공항 테라스에 서 있었다. 우리 세 사람은 서로가 더이상 보이지 않을 때까지 손을 흔들어댔다.

콜로라도 주 덴버에서 한 번 중간 기착을 한 후 투손에 도착했을 때는 숨이 가쁠 정도로 감정이 고조된 상태였다. 도시는 사막의 한가운데에 있었고 온종일 열풍이 불어댔다. 착륙용 활주로 위로는 모래바람이 일었으며 활주로의 가장자리에는 노란 선인장과 흰 선인장이 어우러져 피어 있었다. 공항에서 수하물을 기다리는 동안 시계를 한 시간 뒤로 되돌렸다. 그러면서 나는 어딘가 모르게 어색한 제스처를 취했다. 금지된 무언가를 하다가 붙잡힌 사람처럼 주위를 두리번거렸다. 온갖 수하물들이 각기 다른 노선의 컨베이어 위를 마치 시계 침처럼 천천히 선회하고 있었다. 나는 마음을 가다듬고 숨을 골랐다. 투손에서 뭘 하지? 여행사 직원이 일주 여행 티켓에 장소를 기재해주었다. 내가 추워서 몸을 떠는 것처럼 보인 모양인지 "그곳은 지금 한여름입니다" 하고 그가 말했었다. 여름에는 뭘 하지? 비행기를 탄 후에는 이곳에 대한 궁금증을 가질 여유가 없었다. 상상했던 모든 것을 이곳으로 오는 중에 이미 사진을 통해 보았다. 프로비던스에서 마신 데킬라 술병의 라벨에서 보았던 용설란이 비행장의 가장자리에서 한눈에 들어왔다! 그것이 내 책임이기라도 한 것처럼 진땀이 배어났다. 아니면 다른 무엇에 대한 죄의식일지도 모른다. 공항의 홀 안에 냉방 장치가 되어 있었음에도 땀이 났다. 이제 곧 용광로 같은 도시 안으로 들어가야 한다는 생각 때문이 아니라 그 열기가 대체 어느 정도인지 상상 자체를 할 수 없기 때문이었다. 또다시 사고(思考)의 경련이 일어나는 순간이다! 조색된 거대한 유리창을 통해 비치는 태양은 음울해 보였다. 여행객들은 말하자면 일종의 일식(日蝕) 현장에 서 있는 것이었다. 나는 별로 유쾌하지 않은 기분으로 이리저리 서성였다. 이따금 브래니프 항공의 수하물 컨베이어 위에 유일하게 남아서 선회하는 나의 가방을 보았다. 자동판매기에서 맥주를 한 캔 뽑아 들고는 오목한 벽 쪽으로 들어가 앉았다. 그곳은 작은 스크린을 통해 영화를 무료로 볼 수 있는 곳이었다. 그 앞으로 사람들이 연신 지나다녔다. 가끔 걸음을 멈추고 안을 들여다보는 사람도 있었다. 영화보다는 그 안의 사람을 보는 경우가 더 많았다. 그 안에는 나 외에 멕시코인이 한 명 더 앉아 있었다. 그는 두 발을 의자에 걸치고는 무릎을 높이 쳐들고 있었다. 그래서 그 사이로 스크린을 보려면 머리를 자신의 어깨에 기대야 할 판이었다. 투손의 오렌지 농장을 홍보하는 광고 영화였다. 그렇다면 그의 다른 한 손은 어디에 있단 말인가? 다시 한 번 멕시코인을 유심히 보니 한 손은 내가 곁에 벗어놓은 외투 아래로 들어가 있었다. 나는 자리에서 일어났다. 오렌지가 가득 담긴 바구니에서 오렌지 하나가 바닥으로 굴러떨어지는 것이 보였다. 그 찰나에 나는 천천히 외투를 들어올리면서 곁눈으로…… 아직 그곳에 머물러 있는 멕시코인의 주먹을 힐끗 보았다. 검지와 중지, 그리고 중지와 약지 사이에 면도날을 하나씩 끼고 있었다. 사내는 이제 막 잠이 든 것 같았다. 나는 까치발을 한 채 오목한 벽을 빠져나왔다.

다른 항공사의 컨베이어 위에도 하나 남은 수하물이 선회하고 있었다. 그 곁을 지나치면서 보니 수하물이 눈에 익었다. 나는 그쪽으로 가까이 다가갔다. 야생동물의 가죽으로 만든 갈색 가방은 유디트의 것이었다. 가방 손잡이에는 다양한 항공 노선의 수하물 꼬리표가 다발로 달려 있었다. 가방은 프런티어 항공을 통해 캔자스에서 왔다. 나는 가방이 한 바퀴 더 선회하도록 내버려두었다. 그러고는 다음 차례에 가방을 들어올려 수하물 꼬리표를 떼어내려 했다. 하지만 워낙 질긴 고무줄로 묶여 있어서 잡아 늘이느라 하마터면 넘어질 뻔했다. 나는 가방을 다시 내려놓았다. 가방은 다시 한 바퀴를 선회했다. 그 뒤를 쫓아가서 다시 집어들었다가 얼른 그 자리에 내려놓았다.

나는 브래니프 항공의 컨베이어에서 내 가방을 집어들고는 한참을 홀 안에서 하릴없이 서 있었다. 그때 내 뒤쪽에 있는 문에서 쑥덕거리는 소리가 들려왔다. 여자 하나가 놀라서 숨을 들이마시고 있었다. 목에서는 짧지만 섬뜩한 소리가 흘러나왔다. 그러더니 누군가의 숨넘어가는 소리가 들리는 듯했다. 늪에서 흰색의 좀나방들이 맴돌았다. 아무런 소리도 들리지 않았다. 갑자기 양쪽 귀가 머리를 무겁게 압박해오는 듯했다. 그것은 언젠가 새벽녘에 막 숨을 거두신 할머니 옆에서 자다가 깼을 때 느꼈던 기분과 흡사했다. 나는 출구 쪽을 보았다. 누군가가 한숨을 내쉬고 있었다. 거친 숨을 몰아쉬고 있었는지도 모른다. 방금 누군가의 앞에서 열렸던 것이 분명한 양쪽 유리문이 거친 숨소리와 함께 자동으로 다시 닫혔다. 나는 다시 숨을 내쉬었다. 바깥에서는 밝은색의 넓은 리본이 둘린 모자를 쓴 남자가 주먹을 쥔 손으로 모자를 내리누르면서 자동차가 있는 쪽으로 가고 있었다. 바람이 워낙 강하게 불어서 모자 챙이 연신 뒤집혔다. 한편 홀 안에서는 한 여자가 화장실에서 나오고 있었다. 짙게 화장을 한 그녀는 바지 주름이 날카롭게 잡힌 판탈롱 슈트를 입었다. 바지 주름 옆으로 이전의 바지 주름이 선명하게 드러나 있었다. 인디언 여자 하나가 홀 안으로 들어왔다. 그녀가 들어오자 문이 닫혔다. 그러자 그녀는 지금 막 문 바깥에서 뒤따라 뛰어오는 아이를 향해 몸을 돌렸다. 그녀는 아이에게 문 앞의 고무 부분을 밟으라고 손짓했다. 아이는 그 위에서 껑충껑충 뛰어대기까지 했지만 몸무게가 가벼운 탓인지 문은 열리지 않았다. 인디언 여인이 출입문을 통해 다시 밖으로 나가서는 아이를 데리고 안으로 들어왔다. 그렇게 모든 것이 점차 안정되어갔다.

투손에서의 첫날 나는 호텔 밖으로 나서지 않았다. 오랫동안 목욕을 하고 옷 입는 시간을 최대한 길게 끌었다. 셔츠의 단추를 채우고 지퍼를 올리며 신발 끈을 매는 동안 황혼이 내렸다. 나는 세인트루이스에서 나 자신으로부터 상당히 멀어졌다. 지금은 나 자신과는 아무것도 시작할 수 없다는 말이다. 혼자서 어떤 일을 도모한다는 것이 지금으로서는 전혀 쓸데없는 짓이라 여겨졌다. 그런 식으로 혼자 있는다는 것은 아무튼 우스꽝스러운 일이다. 마음 같아서는 나 자신을 한 대 패주고 싶을 만큼 스스로에게 따분함을 느꼈다. 또한 어떠한 사교 모임도 원하지 않았고, 스스로 그런 곳을 피해 다녔다. 조금이라도 귀찮게 여겨지는 것이라면 지체 없이 불쾌감을 드러내곤 했다. 나는 나의 두 팔을 가급적이면 나한테서 멀리 떨어뜨려놓았다. 안락의자에 앉았을 때 나의 체온이 느껴지면 그 순간 다른 안락의자로 옮겨가곤 했다. 그러다보면 모든 의자에서 내 몸의 온기가 느껴졌고, 그러면 하는 수 없이 자리에서 일어나야 했다. 자위행위를 하던 내 모습을 생각하면 온몸이 떨려왔다. 나는 보폭을 크게 하고는 이리저리 돌아다녔다. 바짓가랑이가 서로 맞닿는 소리를 듣고 싶지 않아서였다. 아무것도 만지지 말 것! 아무것도 보지 말 것! 마침내 문을 두드린다! 지금 텔레비전을 켜고 목소리를 들으며 화면을 봐야 한다는 끔찍한 생각! 나는 거울 앞으로 가서 얼굴을 찡그렸다. 손가락을 목 안으로 집어넣어 오랫동안 구토를 하고 싶었다. 내 안에 아무것도 남지 않을 때까지. 모욕감과 끔찍함! 나는 이리저리 왔다갔다했다. 아니면 책을 뒤져 역겨운 문장이라도 찾아서 읽어야 할 것인가! 창밖을 바라보니 스낵바, 텍사코, 아이스크림이라는 글자만 또다시 눈에 들어온다! 모든 것을 가둬버리고 시멘트 거푸집 속으로 부어넣어야 할까보다! 나는 침대로 가서 누웠다. 그러자 온갖 쿠션들이 달려들어 머리를 눌러댔다. 나는 내 손등을 깨물고 사방으로 발길질을 해댔다.

"시간은 그렇게 발을 질질 끌며 지나갔다."

아달베르트 슈티프터의 이야기에 나오는 이 문장이 문득 떠올랐다. 나는 일어나 앉아서 재채기를 했다. 그 순간 갑자기 내가 얼마간의 시간을 송두리째 건너뛴 것 같다는 생각이 들었다. 그러자 가능한 한 빨리 내게 무슨 일이라도 생겼으면 하고 바랐다.

밤에 꿈을 자주 꾸었다. 꿈들은 대부분 몹시 격정적이어서 내가 기억할 수 있는 것이라고는 꿈속에서 느꼈던 고통뿐이었다. 인디언 종업원이 방으로 아침 식사를 날라다주었다. 나는 그가 보는 앞에서 아직 내게 남아 있는 돈을 세어보고는(아직 절반 이상이 남아 있었다) 어떻게 해야 하나 고민했다. 인디언은 내가 돈 세는 모습을 보고는 방에서 나가다 말고 그 자리에 멈춰 섰다. 나는 개의치 않고 계속 돈을 세었다. 그러자 그의 얼굴이 붉으락푸르락해지면서 이마의 작은 검은 반점들이 선명하게 드러났다. 며칠 전 바람이 너무 세차게 부는 통에 모래알이 날리면서 얼굴에 출혈이 생겼다고 그가 설명했다. 그는 산사비에르 교회의 선교 기지에서 그리 멀지 않은 시 외곽의 부모님 댁에서 살았다. 그곳에서는 집들이 대부분 상당히 낮았고 버스를 타려면 몇 블록의 거리를 걸어가야만 했다. "우리 부모님은 정부에서 지정한 원주민 거주지에서 밖으로 나와본 적이 한 번도 없답니다." 인디언 종업원이 말했다. 그는 말하는 것을 힘겨워했으며 이빨에는 침이 흥건히 묻어 있었다. 호텔의 안뜰에 있는 수영장은 출입이 엄격히 제한되어 있지만 그는 이틀에 한 번씩 그곳에 가서 모래를 씻어내고 온다고 말했다. 정오 무렵 나는 택시를 타고 공항으로 갔다. 야생동물 가죽으로 만든 유디트의 가방이 지금도 컨베이어 위에서 돌고 있는지 확인하기 위해서였다. 수하물 보관소에도 가보았다. 멀찌감치 떨어져서 수하물을 진열해둔 선반을 살펴보았을 뿐 직접 문의하지는 않았다. 시내로 되돌아왔다. 이리저리 배회했다. 어떤 방향으로 가야 할지 갈피를 잡을 수가 없어서 가다가 돌아서기를 몇 번이고 반복했다. 신호등이 빨간색이어서 기다렸다. 하지만 녹색으로 바뀌었어도 다시 빨간색으로 바뀔 때까지 그 자리에 그대로 서 있었다. 버스 정류장에 가서도 마찬가지였다. 나는 버스를 세울 생각은 하지 않고 그냥 지나치도록 내버려두었다. 바람으로 인해 모래가 쌓인 공중전화 부스 안에 들어가 섰다. 수화기를 들고 동전 투입구에 동전을 집어넣었다. 그러나 문득 무언가를 사고 싶다는 생각이 들어서 전화 부스에서 나와 백화점으로 갔다. 백화점에서도 몇몇 물건들을 훑어본 후에 곧 다시 밖으로 나왔다. 이처럼 나는 모든 가능한 것에 접근해보지만 일단 그곳에 가면 그 즉시 흥미를 잃었다. 배가 고팠다. 하지만 레스토랑의 메뉴판을 보는 순간 시장기가 싹 가셨다. 결국 셀프서비스식 음식점으로 들어갔다. 유리구슬이 꿰어져 있는 장식용 끈들만 젖히면 들어갈 수 있었다. 쟁반 위에 먹을거리가 부담 없이 차려져 있었다. 식기 도구와 냅킨도 그 곁에 비치되어 있었다. 제대로 잘 찾아왔다는 생각이 들었다. 나는 계산대로 다가갔다. 하지만 계산대에 있던 여자는 나는 안중에도 없고 쟁반 위에 정렬된 접시 수를 세느라 정신이 없었다. 나는 체념하듯이 이 모든 상황을 있는 그대로 받아들였다. 거창한 식사 의례가 시작되길 기대했지만 더이상 연연하지 않는 편이 상책일 것 같았다. 나 역시 그 여자에게 더이상 시선을 두지 않고, 그녀가 나의 쟁반에 올려놓은 영수증만 보았다. 그러고는 아무런 토도 달지 않고 그녀에게 돈을 건네주었다. 나는 테이블 하나를 차지하고 앉아 감자 튀김과 케첩을 곁들인 닭다리를 게걸스럽게 뜯었다.

산사비에르 교회는 미국에서 가장 오래된 스페인 선교 기지다. 투손 남부에 있는 인디언 보호 구역의 변두리에 있다. 혼자서는 아무것도 시도할 수가 없던 차에 처음으로 무언가를 구경하고 싶다는 욕구가 생겨났다. 야외가 매우 청명해서 자동차의 바퀴 덮개가 눈이 부실 정도로 빛났다. 나는 선글라스를 하나 샀다. 이번 주에 밀짚모자 축제가 열린다는 내용의 포스터를 보고는 밀짚모자도 함께 샀다. 바람에 모자가 벗겨지지 않도록 턱 아래에 끈으로 고정시킬 수 있게끔 되어 있었다. 투손의 브로드웨이에서는 국군의 날을 맞아 퍼레이드가 진행되고 있었다. 5월의 셋째 주 토요일이었다. 수많은 사람들이 두 다리를 쭉 편 채로 도로 가장자리에 모여 앉아 있었다. 아이들은 아이스크림을 핥아대면서 자그마한 미국 국기를 들고서 이리저리 뛰어다녔다. 모두들 하나같이 이 날에 어울리는 문구가 새겨진 티셔츠를 입었다. '미국, 이곳을 사랑하라 아니면 떠나라. 국제낙천주의자연맹.' 퍼레이드 옆으로는 크리놀린 스커트를 입은 소녀들이 그와 유사한 슬로건이 쓰여 있는 스티커를 팔면서 지나갔다. 자동차 번호판 옆에 부착하면 어울릴 것 같았다. 1차 세계대전에 참전했던 몇몇 노병들이 마차를 타고 지나갔고, 2차 세계대전에 참전했던 노병들도 걸어서 그 뒤를 따라갔다. 그중에는 대서양 해안 침공 당시 전위부대에서 활동했던 인디언 돌격대원 출신의 인디언도 한 명 끼어 있었다. 시민전쟁 당시의 기병대를 연상케 하는 기마병들이 그들을 호위했다. 분위기가 뜨겁게 달아오른데다 환호성과 웃음소리가 왁자지껄해서 말들이 가다 멈추곤 할 정도였다. 기마병들이 들고 있던 거대한 깃발이 바람에 심하게 흔들리자 말들도 가끔 겁을 집어먹는 눈치였다. 이제 축제 행렬은 이중 차선으로 된 시내의 한가운데로 들어섰다. 새로 도색한 지 얼마 안 된 차선이었다. 그래서 기마병들이 방향을 틀 때마다 아스팔트 위로 말발굽 자국이 하얗게 찍히는 것이 보였다. 평행도로에 이르러서야 비로소 택시가 눈에 띄었다. 나는 택시를 잡아타고 산사비에르로 갔다.

한바탕 소음에 시달린 터라 그곳은 무척 고요하게 느껴졌다. 꿈을 꾸고 있는 게 아닌가 싶어 눈을 비벼보았다. 발걸음을 옮겨놓을 때마다 주위를 한 번씩 둘러보았다. 골함석 지붕을 얹은 오두막 뒤에서 갑자기 도플갱어가 뛰어나와서 나를 쫓아올 것만 같았다. 내게는 나를 대변할 권리가 없었다. 내가 할 수 있는 것이라고는 어딘가로 몰래 숨어 들어가는 일뿐이었다. 그러자 도플갱어가 자신의 자리를 차지하려고 되돌아왔다. 내가 나 자신한테서 떠밀려난 채 더이상 존재하지 않게 된 듯했다. 오두막의 창문을 뚫고 연결된, 굴뚝으로 사용되는 검은 연통에서 갑자기 그을음이 뿜어져나왔다. 개 한 마리가 배를 땅에 붙이고는 집 모퉁이를 돌아 기어갔다. 나는 사기꾼이었다. 지금까지 나는 누군가 다른 사람의 자리를 꿰차고 있었던 것이다. 이제부터 나 자신을 어떻게 해야 할 것인가? 나라는 존재는 잉여 인간과 같은 처지가 되어 있었다. 나는 그 어떤 것 안으로 슬그머니 들어갔다가 그곳에서 덜미를 잡혀 오도 가도 못 하는 신세가 된 것이다. 물론 크게 한번 도약해서 도망칠 수도 있을 것이다. 하지만 나는 주먹을 불끈 쥐고는 그 자리에 머물러 있었다. 밀짚모자로 위장을 했을 뿐이었다. 하지만 내가 가짜 인간이라는 느낌은 잠깐뿐, 이내 그런 생각은 그저 기분 탓이라는 생각이 들었다. 시간이 한참 흘러서야 비로소 나는 어린아이로서 그 도플갱어를, 나와 꼭 닮은 누군가를 얼마나 간절히 원했는지를 알게 되었다. 그러자니 도플갱어를 떠올리기만 해도 기겁을 해서 뒷걸음질 쳤던 행동을 이제는 다시 좋은 징후로 받아들였다. 하지만 여전히 나와 같은 누군가의 사진을 보면 구역질이 나는 건 어쩔 수가 없었다. 내 동작과 똑같은 동작을 취하는 누군가를 본다는 것은 불쾌한 일이리라. 내 그림자의 형체만 보여도 무례하다는 생각이 들었다. 제2의 육신이라든가 같은 낯짝을 가진 인간이 존재한다는 생각조차 하기 싫었다. 나는 몇 걸음을 뛰다시피 떼었다.

한편으로는 누군가 다른 사람을 만나고 싶은 마음 또한 없었다. 잠시 바람을 쐬면서 인디언들이 사는 빈민가를 들여다보는 것만으로도 충분했다. 내게 말을 걸어오는 사람은 없었다. 나는 빈민가에서 어느 문 안까지 들어가보기도 했다. 나이 든 부인이 입에 파이프를 문 채 무릎에 옥수수 이삭을 올려놓고 앉아서 미소만 짓고 있었다. 햇살이 한창 뜨거운데도 화덕에 불을 지펴댔다. 싱크대에는 양철 그릇이 산더미처럼 쌓여 있었고, 수도꼭지에서 흘러나오는 물줄기가 그릇 위로 소리 없이 떨어져내렸다. 이러한 광경을 보고 있자니 내 안의 이중 감정을 억누르는 데 도움이 되었다. 발걸음을 좀더 옮기자 이번에는 또 다른 문간 뒤편에서 먼지떨이가 쑥 삐져나왔다가 다시 사라지는 것이 보였다. 그다음 집을 지나쳐가면서 보니 누군가 금빛 가발을 창밖으로 흔들어 털더니 다시 머리에 뒤집어쓰는 모습이 보였다. 이 모든 것을 경의를 갖고 바라보았다. 지금과 같은 경의는 예전에 교회에 봉납된 물건들과 성자상들을 보았을 때 한 번 경험한 적이 있다. 경건함이 우러나는 이러한 기이한 상태는 내가 다른 사람들이 아니라 오로지 대상들을 바라보는 데만 몰두할 수도 있음을 확인시켜주는 하나의 징표처럼 여겨졌다. 그렇다면 나 자신은 전혀 변하지 않았단 말인가? 나는 발을 굴러보았다. 유치하다는 생각이 들었다. 오갈 데 없는 신세였지만 마음만은 어느 정도 안정되어 선교 기지 앞에 도착했다.

교회 안에서 나는 선글라스와 밀짚모자를 벗었다. 때는 늦은 오후였고 묵주 기도가 막 끝난 뒤였다. 실내가 조용해지면 바깥에서 교회 문에 모래가 부딪히는 소리가 들렸다. 몇몇 여자들이 고해소 앞에 줄지어 서 있었다. 제대(祭臺)를 쳐다보고 있자니 연상 작용을 통해 그 앞에 제비가 한 마리 날아다니는 것이 보였다. 또다시 광경 하나하나에 몰입하고 있는 것이었다. 종교라면 오래전부터 혐오감을 가지고 있던 나였지만 이번만큼은 갑자기 무언가와 관계를 맺고 싶은 갈증 같은 것을 느꼈다. 철저히 혼자가 된다는 것은 더이상 참을 수 없는 노릇이었다. 다른 사람과의 관계가 절실해졌다. 개인적이고 우연적이며 일회적인 관계만을 말하는 것이 아니다. 강제되거나 거짓된 사랑에서 비롯된 관계만 아니라면 필연적이고 초개인적인 맥락에서 맺어지는 관계까지 포함해서 말하는 것이다. 왜 유디트에게는 지금처럼 아무런 거리낌 없이 친절하게 대해주지 못했을까? 교회의 둥근 지붕을 올려다보거나 돌바닥 위의 밀랍 자국을 바라보는 지금 이 순간처럼 말이다. 이러한 감정을 벗어버릴 수 없다는 것은 너무도 끔찍했다. 그럴 때는 어쩔 수 없이 그 자리에 서서 무미건조하나마 경건한 자세로 눈앞의 대상들이나 사건들에 몰입할 도리밖에 없다.

교회 앞에 다다랐을 때 잔디밭의 스프링클러에서 뿜어져나오는 물방울이 얼굴에 튀었다. 나는 묘지로 가서 거대한 스페인식 묘석 받침돌 위에 걸터앉았다. 눈이 화끈거리기에 손으로 얼굴을 감쌌다. 뇌수가 이마 앞쪽으로 쏟아져내리는 느낌이 들었다. 그 순간 만종이 울리기 시작했다. 고개를 들어 위를 쳐다보았다. 하얀 빛깔의 복부를 드러낸 새 한 마리가 교회 건물의 그림자를 막 벗어나 날아오르더니 하늘을 배경 삼아 밝은 빛을 반사시켰다. 종소리가 울릴 때마다 교회 탑들이 조금씩 움직였다가 곧 다시 흔들리면서 제자리로 돌아오는 것처럼 보였다. 이 모든 광경을 이미 한 번 본 적이 있었다! 나는 고개를 비스듬히 한 채 슬쩍 그 광경을 쳐다보았다. 그러면서 동시에 기억을 추슬렀다. 기억이 나긴 했지만 그 기억으로 가까이 다가가려고 하자 순간적으로 뇌수가 다시 뒤쪽으로 쏠려버렸다. 교회, 그리고 나 자신까지도 섬뜩한 존재로 여겨졌다. 그것으로도 충분한 경험이었다. 나는 그 자리를 떠나왔다.

도로의 신호등이 전선줄에 대롱대롱 매달린 채 심하게 흔들렸기 때문에 녹색 신호등이 켜져도 어느 방향이 신호를 받게 되는지 분간할 수가 없었다. 검은색으로 칠해진, 높이가 들쭉날쭉한 전신주에서는 떨어질 듯 말 듯 매달려 있는 나뭇조각들이 붕붕 소리를 내며 흔들렸다. 나는 가능한 한 빠른 걸음으로 투손 북쪽 방향으로 나아갔다. 모래를 차단하기 위해 얼굴 앞쪽으로 손수건을 감아 맸다.

한 인디언 사내가 구걸을 해왔다. 그에게 1달러짜리 지폐를 주었다. 하지만 그는 계속 따라오더니 나의 어깨를 잡았다. 나는 뛰기 시작했고 그도 내 뒤를 쫓아왔다. 그러다 내가 걸음을 멈추자 그는 히죽 웃으면서 내 곁을 스쳐 지나갔다. 나는 택시를 잡아타고 얼마쯤 가다가 눈에 처음 들어오는 주택 단지의 중간쯤에서 내렸다. 대부분 멕시코인들이 사는 단층 목조 건물들로, 돌출된 넓은 발코니가 딸려 있었다. 전에 나와 같이 달린 적이 있는 꼬마들이 발코니에서 쿵쾅거리며 뛰어다녔다. 그 정도로 발코니의 공간은 크고 넉넉했다. 그때 경적 소리가 들려오더니 집들 사이로 기관차 한 대가 불쑥 튀어나왔다. 그러고는 거리를 가로질러 멈춰 서는 것이었다. 기관사는 두꺼운 장갑을 낀 채 브레이크를 잡아당겼다. 금속이 햇볕을 받아 뜨겁게 달아올랐기 때문이다. 나는 무언가를 귀담아듣기라도 하려는 듯 그 광경을 다시 한 번 바라보았다. 지금과 같은 광경을 예전에도 한 번 본 적이 있다. 내가 서 있던 도로가 갑자기 기울어지면서 광경이 갑자기 내 아래쪽 낮은 곳에 놓이게 되었다. 그러면서 나 역시 거꾸로 내동댕이쳐질 판이었다. 한 아이가 기관차 옆을 뛰어 지나가더니 집들 사이로 사라져버렸다. 일전에 다른 꿈에서 본 누군가처럼. 나는 방향을 바꾸어 작은 골목길로 계속 걸어갔다.

날은 아직 저물지 않았고 공기도 한낮처럼 뜨거웠다. 석양빛을 받으며 버스 몇 대가 지나갔다. 먼지가 뿌옇게 낀 차창을 통해 승객들의 흐릿한 실루엣이 보였다. 바에 들어가 콜라를 주문하려다 얼굴에 여전히 손수건을 두르고 있었음을 깨달았다. 나는 테이블 아래로 신발과 바지 밑단의 접힌 부분에 끼어 있던 모래를 털어냈다. 주크박스 안의 음반에도 모래에 여기저기 긁힌 흔적이 나 있었다. 나는 동전을 집어넣었지만 선곡 버튼을 누르지는 않았다. 거리에는 연신 나부끼는 깃발을 든 사람들이 퍼레이드를 마치고 집으로 돌아가고 있었다. 나는 자리에 앉아서 콜라를 한 모금 마실 때마다 시계를 들여다보았다. 그때 갑자기 한 아이가 안으로 들어왔다. 감동을 받을 만큼 매혹적인 금발이었다.

나는 잔의 테두리에 꽂힌 레몬 조각을 내려다보느라 넋을 잃고 있었다. 그러다보니 어느새 밤이 되었다. 아무것도 결정하지 않은 상태로 거리를 마냥 걸었다. 반대 방향으로 걷다가 되돌아오기를 여러 번 반복했다. 집과 집 사이에는 칠흑 같은 어둠이 내려앉았다. 고개를 들어 하늘을 올려다보면 제트기가 지나가면서 남겨놓은 항적운이 환한 빛을 내는 광경을 볼 수 있었다. 뒤쪽에서 기름이 지글지글 끓는 소리가 들려오기 시작했다. 느린 속도로 내 뒤를 따라오던 자동차가 그런 소음을 내는 것이었다. 하지만 금발의 아이를 포함한 한 무리의 청소년들이 다가와 버스표 살 돈을 구걸해왔을 때는 조금 전의 생각들이 싹 가시고 말았다. 내가 멈춰 서자 그들은 내 주위를 빙 둘러싸고는 어느 나라 출신인지 물었다. 오스트리아라고 대답했다. 그러자 그들은 웃으면서 나의 말을 흉내 냈다. 금발의 아이를 제외하고는 모두 멕시코 출신이었다. 한 녀석은 모조 박차가 달린 밝은색 운동화를 신었다. 그가 나의 뺨을 쓰다듬었다. 그래서 나는 한 걸음 뒤로 물러났지만, 이미 내 뒤에서 대기하고 있던 다른 녀석에게 부딪혔다. 내가 주머니에서 동전을 움켜쥐려는 순간 누군가 내 팔을 꽉 붙들었다. 배에 칼이 와 닿아 있었다. 칼날이 짧아서 그것을 거머쥔 주먹 밖으로 삐져나오는 부분이 거의 없을 정도였다. 금발의 아이가 약간 거리를 두고 서는 듯하더니 성큼성큼 뛰어와서는 주먹을 포물선 모양으로 휘두르며 내 쪽으로 달려들었다. 그 순간 멕시코 녀석들 중 한 놈이 그의 발을 걸어 넘어뜨렸고, 금발의 아이는 무릎을 꿇은 자세가 되었다. 나는 당혹감에 히죽 웃어 보였다. 다른 편 거리에 군인들이 지나갔지만 창피해서 차마 소리칠 수가 없었다. 누군가의 타격에 의해 머리에 쓰고 있던 모자가 땅으로 떨어졌다. 몇 차례 빠른 손놀림과 함께 나의 호주머니는 순식간에 까뒤집어졌다. 내 몸은 전혀 손을 대지 않았다. 금발의 녀석이 바닥을 기어다니며 땅에 떨어진 것을 주워 모았다. 한 차례 따귀를 얻어맞은 듯했고, 순간 녀석들이 내 뒤에 있는 차 쪽으로 줄행랑을 쳤다. 차문은 이미 열려 있었다. 놈들은 차 안으로 일제히 뛰어들어갔고 차는 곧 출발했다. 그제야 차문이 차례차례 닫혔다. 차문에 헤르츠라는 글자가 쓰여 있었다. 운전을 하고 있는 유디트를 보았다. 그녀의 얼굴은 창백했고 눈은 운전대를 집중해서 보고 있었다. 벌어진 입술 사이로 성냥개비가 물려 있었지만 차가 출발할 때 떨어졌다.

나는 이리저리 몇 걸음을 옮겨보았다. 우스운 꼴이었다! 주머니 안감이 사방으로 삐져나와 있었다. 그것을 도로 집어넣으려 해도 마치 무언가를 증명해야 한다는 듯 곧 다시 밖으로 삐져나왔다. 속주머니까지 까뒤집혀 있었음은 그제야 알았다. 나는 내 몸을 머리끝에서 발끝까지 샅샅이 훑어보았다. 상의 왼쪽 호주머니의 하얀 안감이 아치형으로 불룩 나와 있었다. 뉴욕에서 필라델피아까지 가는 열차표가 보도 위에 떨어져 있었다. "센스 없는 보도로군!" 나는 생각했다. 그러고 나서 그 말을 큰 소리로 외쳐댔다. 나는 모자를 다시 쓰고 안감을 주머니 속으로 밀어넣고는 그 자리를 떠나왔다. 도망치듯 그 자리를 떠나왔다.

호텔로 가는 길을 찾을 수 없었다. 가끔씩 셔츠 주머니에 지폐를 넣어두었던 것이 뇌리를 스쳤다. 아니나 다를까 셔츠 주머니에는 10달러짜리 한 장이 들어 있었다. 나는 택시를 타고 호텔로 왔다. 호텔 방까지 잠긴 것을 보니 정말 웃음밖에 나오지 않았다. 하지만 이번에는 자물쇠를 긁어댄 흔적은 없었다. 나는 침대에 누웠다. 마침내! 그러고 있자니 차츰 나 자신이 자랑스럽다는 생각이 들었다. 비행기표를 외투에 넣어두고 간 것은 정말 잘한 일이었다. 게다가 돈도 어느 정도 들어 있었다. 전부 합치면 100달러가 훌쩍 넘을 것 같았다. 전부 잔돈이었다. 나는 가는 곳마다 큰 액수의 지폐로 계산했다. 가능하면 주머니 속에 한 번만 손을 집어넣고 싶었기 때문이다. 지금은 그러한 오만함의 덕을 보고 있는 것이었다. 나는 점점 활기를 찾았다. 자리에서 벌떡 일어나 한 푼이라도 돈을 더 찾아내려고 물건들을 다 뒤졌다. 셔츠에 손을 대자 바스락거리는 소리가 났으며, 바지 밑단의 접힌 부분에도 25센트짜리 동전이 끼어 있었다. 나는 모은 돈을 테이블 위에 쌓아두고는 오늘 오후에 소리 없이 흘러내리는 물줄기를 보았을 때처럼 넋을 놓고 바라보았다. 냉방 장치가 가동중이어서 그런지 커튼이 이리저리 가볍게 흔들렸다. 게다가 중앙난방식 히터까지 있다! 그것도 발열체가 다섯 개였다! 히터의 발열체는 서로 비스듬히 연결되어 있었다! 다시 생각해보니 내가 원근감을 상실했다는 사실이 떠올랐다.

나는 오스트리아에 있는 어머니에게 전화를 걸었다. 그곳은 이미 다음 날 이른 아침일 터였다. 지금 천둥번개가 치고 있다고 어머니가 말했다. 이른 아침에 악천후라! 그래서 밖으로 나가 빨래를 걷어 왔다고 했다. 지금은 이리저리 다니느라 시간 가는 것도 잊고 산다고 했다. 대통령 선거에서 사회민주당 후보가 재선되었다고 했다. 상대 후보는 선거 집회 때 자신이 나치주의자 아니면 유대인일 거라는 비방에 강하게 항의했다고 했다. 나는 어머니가 농담하는 거라고 생각했다. 몇 년 전부터 오리건 주 북부에서 벌목꾼으로 살고 있는 동생의 주소를 어머니께 물었다. 왜? "그쪽에 갈 일이 있어요." 내가 대답했다. 주소를 받아 적었다. 에스터케이더라는 곳이었다. 비행기표를 바꿔서 이튿날 그곳으로 갈 작정을 했다.

나는 아래로 내려가서 호텔 안뜰의 종려나무 옆, 수영장 가장자리로 가서 앉았다. 바람은 잦아들었고 바텐더는 내 뒤쪽에서 이따금 음료수를 흔들어댔다. 코카콜라와 진저에일이 진열된, 수영장 근처의 자판기에서 쿵쾅거리는 소리가 들려오곤 했다. 게다가 냉각 모터가 멈출 때마다 자판기 안의 캔들이 덜거덩거리는 소리도 들려왔다. 수영장에는 사람이라곤 없었으며 바닥에서 탐조등 불빛이 퍼져나오고 있었다. 수면이 잔잔한 여풍 속에서 살며시 흔들렸다. 호텔 안뜰 위로는 별들이 총총 떠 있었다. 너무도 밝게 반짝거리는 통에 눈을 깜박거리면서 쳐다봐야 할 정도였다. 초승달은 물론이고 달의 어두운 부분까지도 볼 수 있을 정도로 대기가 맑았다. 그 순간 내가 미국에 온 이후로 지금까지, 무언가에 넋을 잃고 빠져드는 사람을 거의 보지 못했다는 생각이 들었다. 무언가를 인지하는 것으로 그만일 뿐 곧 다른 곳으로 눈을 돌리는 사람들이 대부분이었다. 설사 무언가를 좀더 오래 바라보는 사람이 있더라도 곧 학자연하는 태도를 보이기 일쑤였다. 정착지 마을만 해도 자연 풍경의 품 안으로 안겨 들어가 있는 것이 아니라, 항상 높은 지대에 터전을 잡았다. 그래서 주변 경관과 어우러지지 않고 서로 대조를 이루어 순전히 우연에 의해 형성된 마을처럼 보였다. 이 지역에서는 술꾼들을 비롯해서 마약중독자나 실업자들만 망연자실한 상태로 살아갔다. 아무런 존재감도 없이. 내가 술에 취한 것인가? 나는 술잔을 테이블 가장자리 근처까지 밀쳤다. 그러자 둥글게 마름질된 모서리쯤에 이르러 술잔이 수영장 안으로 떨어졌다.

도로 쪽에서는 몇몇 자동차들이 바뀐 신호에 따라 막 출발하는 소리가 들려왔다. 내 뒤편의 바에서는 한 남자가 빈 잔에 입을 댄 채로 자기 애인에게 뭐라고 말하고 있었다. 그러면서 이따금 술잔 테두리에 이를 문질러댔다. 그 소리를 더는 듣고 있을 수가 없어서 나는 다시 자리를 옮겼다.

방에 들어와서 『녹색의 하인리히』를 끝까지 읽었다. 그는 자신이 모사하고 있던 작은 석고상을 보면서 문득 지금까지 자기가 사람들과 제대로 된 교제 한번 못 해보고 지냈다는 생각을 했다. 그는 자신을 오늘날까지 뒷바라지해준 어머니의 집을 찾아갔다. 하지만 어머니가 숨을 거둔 채 그곳에 누워 있는 것을 양쪽 뺨에 전율이 일 정도로 놀란 가슴으로 지켜보아야 했다. 그후로 극도로 흥분된 그는 몇 해 동안을 염세적이고 권태적인 태도로 지냈다. 그의 세계관을 동경해서 그를 사랑하게 된 부인이 미국에서 돌아왔을 때 비로소 생기를 되찾을 수 있었다. 그렇게 해서 그의 이야기는 동화로 바뀌었다. 그리고 나는 "우리는 즐겁고 만족스러운 마음으로 '금빛 찬란한 별'이라는 음식점의 남성용 별실에서 식사했다"라는 대목에 이르러서는 애써 눈물을 참기 위해 다른 곳을 보아야만 했다. 하지만 나는 끝내 심한 히스테리를 일으키며 눈물을 보였다. 그래도 그 덕에 더는 시간에 신경을 쓰지 않아도 되었다.

나는 어둠 속에 누워 있었다. 반쯤 잠든 상태에서, 돈을 갈취당했다는 생각에 갑자기 서글퍼졌다. 유감이라는 생각이 들기보다는 단지 몸으로 전해오는 고통, 더이상 아무런 변명의 여지도 없으며 이성적으로도 설명이 안 되는 고통만 느껴졌다. 말하자면 무언가가 내게서 뜯겨나간 뒤에 생긴 빈자리, 그래서 다시 채워야 하는 빈자리 같은 것이 느껴졌다. 나는 더이상 아무것도 생각하고 싶지 않았다. 막 씻은 토마토를 담아놓은 거대한 사발 안으로 누군가가 떨어지는 꿈을 꾸었다. 그는 토마토들 사이로 사라졌다. 나는 그가 언제쯤 다시 모습을 드러낼지 무대 위의 그 사발을 주시했다. "지금 이 상태에서 내가 무언가를 더 경험한다면 포화 상태가 되어버릴 거야." 나는 꿈을 꾸면서 나 자신에게 큰 소리로 말했다.

다음 날 오리건에서는 비가 내렸다. 금지된 행동이긴 했지만 나는 밀짚모자를 쓰고는 포틀랜드 공항의 출구 쪽에 서서 에스터케이더로 가는 차를 얻어 타려고 애를 썼다. 웨스턴 항공의 비행기를 타고 솔트레이크 시티를 경유해서 이곳으로 왔다. 오는 내내 내가 누군가 다른 사람의 도플갱어로 존재한다는 생각과 함께 텅 빈 공간 속에서 움직이고 있다는 느낌을 떨쳐버릴 수가 없었다. 심하게 놀란 적이 있는 사람은 나중에 무의미한 저작(咀嚼) 운동을 하게 된다는 내용의 글을 읽은 적이 있다. 아마도 나 역시 그런 방식으로 이곳 오리건으로 오게 된 것이리라.

마침내 캘리포니아에서 산악 지대로 샐러드용 야채를 운반하는 차량을 얻어 타고 에스터케이더로 갈 수 있었다. 운전기사 쪽 창에만 와이퍼가 달려 있어서 밖을 거의 내다볼 수 없었다. 그런대로 타고 갈 만은 했지만 머리가 아파왔다. 가끔 통증을 잊기도 했지만 숨을 들이쉴 때마다 다시 아파왔다. 운전기사는 격자무늬 셔츠를 입었고 그 안에는 단추가 채워진 러닝셔츠를 받쳐 입었다. 그는 꼿꼿이 앉아서 손가락으로 운전대를 두드려댔는데 그 바람에 가는 내내 지겹도록 같은 멜로디를 들어야 했다. 그는 말은 거의 하지 않았다. 지대가 높아지면서 빗줄기가 서서히 눈발로 변하기 시작했을 때 그저 한번 휘파람을 불어댄 게 고작이었다. 눈송이가 차창에 부딪혀 미끄러져내리는 듯하더니 어느새 그 자리에서 얼어붙기 시작했다.

에스터케이더는 해발 천 미터가 넘는 고지에 있었으며 그곳에 살고 있는 1500명가량의 주민들은 대부분 벌목을 하면서 생활했다. 그곳에서 나는 긴급사태, 응급처치, 화재, 경찰 등을 표시하는 표지판을 보았다. 달랑 두 개의 작은 시골길이 교차하는 마을 입구에서 나는 운전기사가 알려준 모텔에 들어가 방 하나를 잡았다. 숙박료는 5달러였다. 저녁 무렵까지 푹 자다가 일어나 침대에서 떨어지다시피 해서 내려왔다. 방바닥에서 한기가 느껴지기에 외투를 걸치고 켜져 있는 텔레비전 앞을 왔다갔다했다. 에스터케이더는 산악 지대여서 화면이 흐릿하게 나왔다. 나는 프런트에 가서 가족 없이 지내는 벌목꾼들을 위한 숙소로 가는 길을 물어보았다. 그리로 가려면 눈이 높이 쌓인 길을 헤치고 걸어가야만 했다. 연말이 가까운 때여서 제설기가 운행되지 않았다. 마을에 나무라고는 거의 없었다. 단지 여기저기에 상징적인 차원에서 세워둔 전나무 몇 그루가 전부였다. 굴러 내려온 눈덩이에 전나무 잔가지들이 튕겨져나올 때마다 깜짝깜짝 놀라기도 했다. 개척자 기념비 주위로 일군의 전나무들이 서 있었다. 그곳을 지나치려니 나무 뒤편에서 연인들이 속삭이는 소리가 들려왔다. 곳곳마다 커튼들이 꼭 닫혀 있었다. 스낵바의 환풍기와 격자로 된 하수구 뚜껑에서는 수증기가 새어나왔으며, 주변의 눈들은 이미 녹아 있었다. 드러그스토어는 열려 있었다. 엄지손가락을 붕대로 감은 한 남자가 그곳에서 커피를 마시고 있었다.

그레고어가 거주하는 가건물 입구 쪽에는 백열등이 꺼져 있었다. 녹아내린 눈이 속으로 들어가면서 누전된 모양이었다. 나는 발을 굴러서 신발에 묻은 눈을 털어냈다. 그 소리를 듣고도 밖으로 나오는 사람은 아무도 없었다. 문은 잠겨 있지 않았다. 안으로 들어가보니 어두컴컴했다. 가로등 불빛만 새어 들어왔다. 나는 허리를 굽혀 바닥에 떨어진 종이를 집어들었다. 편지가 아닐까 싶어 얼른 불을 켰다. 그것은 내가 여행중에 웨스턴 유니언에서 동생에게 보낸 전보였다.

책상 위에는 카드놀이 도구가 놓여 있었다. 독일어로 된 다양한 카드 옆에는 작은 탁상시계 하나가 넘어져 있었다. 시계가 울리면서 넘어진 것 같았다. 의자 위에는 점토가 말라붙어 있는 기다란 구두끈 두 개가 널려 있었으며, 또다른 의자 위에는 내게서 물려받은 잠옷 바지가 걸쳐져 있었다. 그 위에는 248이라는 숫자가 수놓인 손수건이 있었다. 내가 기숙사 생활을 할 때 받은 세탁물 번호였다. 그러니까 그

손수건은 15년도 더 된 것이었다. 옷장은 열려 있었다. 문 안쪽에 걸려 있는 옷걸이와 난로 연통 사이에 노끈이 매여 있었고 그 위에 속옷과 양말이 널려 있었다. 나는 손으로 그것들을 만져보았다. 딱딱하다는 느낌이 들 정도로 바짝 말라 있었다. 차갑게 식은 난로 위에는 컵받침접시가 올려져 있었고 그 안에는 썩어서 악취를 풍기는 버터 덩어리가 있었다. 버터에는 엄지손가락 자국이 선명하게 찍혀 있었다. 옷장 안에는 세탁소에서 얻은 듯한 철사로 된 양복걸이가 몇 개 있었지만 옷은 하나도 걸려 있지 않았다. 그리고 그 위쪽 선반에는 어깨 아래의 솔기 부분이 찢어진, 다리지 않은 셔츠 몇 벌이 놓여 있었다.

침대 시트는 벗겨진 상태였고 죽은 좀나방들이 남긴 회색빛 얼룩들이 시트에 그대로 남아 있었다. 좀나방 한 마리가 시트의 주름 부분에 끼어 있는 것도 보였다. 그리고 침대 밑에는 빈 맥주 캔들이 아무렇게나 널려 있었다.

창턱에는 세제가 놓여 있었고 그 옆에는 고양이 발톱 자국이 나 있었다.

벽에는 오스트리아에서 가지고 온 달력이 걸려 있었다. 수선화가 흐드러지게 핀 들판을 배경으로 민속 모자를 쓴 여자의 컬러 사진이 실려 있는 달력이었다. 그리고 사진 아래에는 고향의 한 잡화점 이름이 새겨진 문구가 보였다.

달력 사진이라.

어릴 적에는 우리가 경험할 수 있는 게 너무 적었다. 볼만한 것이 너무 적어서 새 달력에 실린 사진만 봐도 기뻐하곤 했다. 가을이면 우리는 보험 외판원을 눈이 빠져라 기다렸다. 매년 보험료를 수금하러

오는 참에 보험회사에서 발간하는 새해 달력을 가지고 왔기 때문이다. 매번 다른 그림이 실려 있는 달력을 말이다.

그리고 지금도 여전히 동생은 새로운 사진이 실린 새 달력을 미국으로 보내달라고 하지 않는가?

그런 생각을 하고 있자니 도저히 견딜 수가 없어서 내 마음을 차분하게 가라앉혀줄 감정으로 그러한 생각을 억눌러야 했다. 나는 전보를 책상에 올려놓는 순간에도 행여 찢어지기라도 할까봐 다른 한 손으로도 조심스레 맞잡았다.

밖으로 나가면서 보니까 빨래 바구니 옆에 꼰 실로 만든 양말이 달린 낮은 단화가 한 켤레 놓여 있었다. 양말은 신발 안으로 쪼그라들어가 있었다. "굶어 죽은" 것 같다고 사람들은 말하리라. 10년 전만 해도 한창 유행했던 최고급 신발이었다. 아이들은 풍선을 들고 도살장 근처에서 뛰어놀았다. 한 아이는 정육점에서 일하는 아저씨의 손에 들려 죽은 돼지 위로 올려지기도 했다. 나는 에스터케이더 시내는 구경하지 않고 이따금 눈길에 미끄러지면서 위쪽으로 올라갔다.

주변이 몹시 한가로운 분위기여서 가는 중에 쉬는 횟수가 점점 많아졌다. 피자 전문점과 가솔린의 네온 광고에서 김이 났다. 위쪽으로 멀리 떨어진 곳에서 자동차 영화관의 스크린이 보였다. 소리는 들리지 않고 오로지 빛과 그림자만 비쳤다. 나는 오락실로 들어갔다. 하지만 도무지 오락을 하고 싶은 마음이 들지 않았다. 그럼에도 오락기마다 옮겨다니면서 별 관심 없이 그저 되는대로 구슬을 굴려댔다.

어떤 종류의 오락이든 성가시다는 생각이 문득 들었다. 그런 기계들 앞에 서서 카드를 섞거나 주사위를 던지는 행위를 떠올리는 것조차 불가능했다. 갑자기 오락실을 전전하고 싶은 마음도 사라졌다. 나는 피곤에 지쳐서 의자에 앉았다. 의자 옆에는 술에 취한 사람이 벽에 기대어 자고 있었다. 얼굴은 땀으로 범벅이었고 셔츠는 풀어헤쳐져 있었다. 쇄골에 땀방울이 고였다가 가끔 넘쳐서 흘러내렸다. 그가 눈을 떴다. 처음에는 눈살을 약간 찌푸리는 듯하더니 알약을 몇 알 먹고 나서는 정신이 좀 드는 모양이었다. 나는 밖으로 나왔다.

모텔에 들어와서 곧장 욕실로 가 손을 씻으려고 했다. 온수 수도꼭지를 잡자 지나치게 뜨겁다는 느낌이 들었다. 바로 직전에 누군가 물을 사용했다는 말인가? 나는 뒤로 한 걸음 물러난 뒤 수도 밸브를 돌려 열었다. 처음에는 수증기만 새어나오는 듯하더니 갑자기 펄펄 끓는 액체가 세면대 안으로 분사되듯 쏟아져내렸다. 몇 방울은 바지에도 튀었다. 그러자 그 부위에 검은 테두리가 형성되면서 그 즉시 바지에 작은 구멍이 뚫리는 것이었다. 그렇다면 좋아! 나는 수긍한다는 듯 고개를 끄덕였다. 양쪽 수도꼭지 사이에 있는 나선형 홈이 훼손되어 있는 것이 보였다. 나는 냉수 수도꼭지도 조심스레 돌리고는 잽싸게 뒤로 물러났다. 산(酸)이 다 빠져나올 때까지 틀어놓았다. 손을 씻으면서 보니 물컵에 있던 셀로판 덮개가 벗겨져 있었다. 물컵을 얼른 사용하라는 일종의 신호였다. 나는 물컵을 유심히 관찰했다. 다른 세상, 다른 별에서 온 물건이었다.

밤이 되자 방문을 열어놓았다. 창문 앞으로 누군가가 지나가는 소리가 들리는 것 같았다. 알고 보니 유리창과 커튼 사이에 갇혀 꼼짝달싹 못하는 밤나방이었다. 자면서 아무런 꿈도 꾸지 않은 건 실로 오래간만이었다. 낯선 공간에 온 듯한 기분으로 잠을 깼다. 오전 일찍 동생이 일하는 제재소로 갔다. 공기는 탁한 편이었고 격자로 된 하수구 뚜껑 아래서는 녹아내린 눈이 고로롱 소리를 내며 흘러내렸다. 나는 마치 누군가 다른 사람의 생각 속에 들어와 있는 듯 낯선 공간 속에서 움직이고 있었다. 뛰어갈 수밖에 없었다. 더이상 천천히 걸어갈 기분이 아니었기 때문이다. 평소에는 단어들을 좇았다면 이번에는 나를 원래의 나 자신에게로 데려다줄 영상을 좇았다. 이를테면 숯처럼 타버린 나무 그루터기, 일부분이 벌거숭이가 될 정도로 개벌된 산등성이, 불에 홀랑 타버린 쓰레기통을 말이다. 근처 어딘가의 밭에서는 짚이 한낮의 뜨거운 햇살을 받으며 바스락 소리를 내고 있었다. 나는 나 자신과 관련된 것이라면 더이상 아무것도 떠올리고 싶지 않았다. 그러나 갑자기 내가 복화술사가 되어 말하는 소리가 들렸다. 나의 복부가 나의 역할을 넘겨받아서는 내가 인정하려 하지 않는 사실을 살짝 귀띔해주었다. 우유병을 든 한 소녀가 내게로 다가왔다. 소녀가 지나치게 여위었기에 나는 놀란 나머지 정신이 번쩍 들었다.

　제재소는 움푹한 저지대에 위치해 있었으며, 클래캐머스 강이 그곳을 가로질러 흘렀다. 시끄러운 소리를 내며 돌아가는 목재 건조장치 옆에서 전나무 껍질을 벗기고 있는 사내들 중 동생의 모습을 나는 먼 발치에서도 한눈에 알아볼 수 있었다. 동생은 나무 위에 서서 나무껍질과 나뭇가지 사이로 쇠철봉을 밀어넣고 있었다. 나는 구릉에 올라서서 동생이 일하는 모습을 내려다보았다. 동생은 장갑을 끼고 털모자를 쓰고 있었다. 쇠철봉을 밀어넣다가, 뒤로 지탱하고 있던 다리가 밀리는 탓에 껍질이 벗겨진 나무 기둥에서 미끄러져 떨어지기도 했다. 다른 동료도 마찬가지로 쇠철봉을 나무껍질의 안쪽에 밀어넣고는 껍질의 긴 섬유질이 나무에서 완전히 떨어져나갈 때까지 반대편에서 힘껏 잡아당겼다. 그런 다음 도끼로 섬유질을 두 동강 내어 한쪽에 차곡차곡 쌓아두었다.

그레고어가 한쪽으로 물러섰다. 나는 그가 나를 본 모양이라 생각하고 한 걸음 내디뎠다. 그는 수풀 쪽으로 와서 걸음을 멈추더니 고개는 쳐들지 않은 채 주위를 한 번 둘러보았다. 수풀 근처에는 여전히 눈이 쌓여 있었다. 그는 바지를 풀어 내리더니 그 자리에 쪼그리고 앉았다. 나는 그의 벌거벗은 엉덩이에서 배설물이 빠져나와 천천히 눈 속으로 떨어지는 모습을 지켜보았다. 볼일을 마치고 나서도 그는 한참을 더 쪼그린 자세로 앉아 있었다. 일어서면서 팬티와 바지를 한꺼번에 끌어올려 입고는 손을 털면서 나무가 있는 곳으로 되돌아갔다. 나는 마치 그 광경만 보러 이곳에 온 것처럼 뒤돌아서서 모텔까지 뛰었다.

모텔에 와보니 소식 하나가 나를 기다리고 있었다. 태평양 연안의 트윈 록스 지방을 항공 촬영한 사진엽서였다. 이곳 에스터케이더에서는 서쪽으로 100킬로미터 이상 떨어진 곳이었다. 사진에서는 해안 도로가 넓은 곡선을 그리며 펼쳐져 있고, 바다에서 튀어나온 두 개의 검은색 바위 주위로 파도가 포말을 일으키며 부서지고 있었다. 상당한 고도에서 찍은 사진임에도 불구하고 도로의 윤곽이 선명하게 드러나 있었다. 도로가 바깥쪽으로 구부러지는 지점에는 바다를 감상할 수 있는 경치 좋은 전망대나 버스 정류장 같은 곳에 표시라도 해놓은 듯 만년필로 둥글게 표시가 되어 있었다. 만년필을 얼마나 세게 눌러댔는지 엽서 뒷면까지 뚫려 있었다. "그사이 또 만년필을 새로 하나 장

만한 모양이구먼." 나는 내가 방금 지불한 동전을 분류하느라 정신이 없는 모텔의 여종업원에게 말했다. 그녀는 나를 한 번 올려다보더니 다시 동전을 세기 시작했다. 한 손으로 동전을 세면서 다른 손은 쫙 펼친 채 매니큐어를 말리고 있었다. 목의 주름 장식 사이로 길고 붉은 흉터가 보였다. 조금 전까지만 해도 나는 그것을 메이크업을 서툴게 한 탓에 생긴 흉터로 보아 넘겼다. 나는 그녀의 마음을 또다시 산란하게 만들고 싶지 않았다. 그래서 어떻게 이 엽서를 전달받았는지 물어보지 않았다.

나는 마지막 남은 돈으로 택시를 타고 오리건 주를 일주했다. 여행자들에게는 안성맞춤인 적당히 음산한 날이었다. 오히려 비가 내릴 때마다 밝은 빛을 보이곤 하는 그런 날씨였다. 나는 카메라를 무릎에 올려놓았다. 사방에 볼만한 것이 넘쳐났지만 사진을 찍기에는 너무 슬픈 기분에 젖어 있었다.

나는 때때로 잠이 들었다. 눈을 떴을 때, 조금 전에는 민둥민둥한 원추형의 바위라고 여겼던 곳에 하천 평야가 펼쳐져 있었다. 다음번에 눈을 떴을 때는 캄캄한 침엽수림 속을 지나가고 있었다. 나는 하늘을 올려다보기 위해 창문을 열고 밖으로 고개를 내밀려 했다. 그런데 택시기사가 말했다. "창문을 열지 마십시오. 에어컨을 켠 효과가 없어요!" 정신은 말똥말똥한데 눈을 감고 있으려니 도무지 견딜 수가 없었다. 그도 그럴 것이 조금 전 마지막으로 보았던 모든 것이 갑자기 내게로 가까이 다가오더니 숨을 멎게 했다. 눈을 뜨자 비로소 그 모든 것이 제자리로 돌아갔다. 또 한 차례 소나기가 내렸다. 차창은 밖이 보이지 않을 정도로 흐릿했다. 깜박 잠이 들었던 게 분명했다. 다음 순간에는 차창이 물 한 방울 없이 말끔하게 말라 있었기 때문이다. 햇볕은 그리 강렬하지 않았다. 차창 밖에는 회색빛의 거대한 암벽이 우뚝 솟아 있었다. 다시 기운을 차리고 나니 온몸이 떨려왔다. 눈앞의 암벽이 수평선에까지 닿을 만큼 확장되었다. 그것은 침묵의 바다였다. 운전기사가 라디오를 켰지만 찌지직거리는 소리만 들려왔다. 몇 분 후 우리는 트윈 록스에 도착했다. 그곳에 딱 하나 있는 주유소 지붕에 갈매기들이 앉아 있었다.

밖으로! "이곳에 살고 있는 사람들이라고 해봐야 채 100명도 안 됩니다." 하지만 지금으로서는 그런 말이 별 도움이 되지 못했다. 나는 가방을 꺼내 들고 걸어갔다. 이곳의 하늘은 매우 맑은 편이었다. 구름에 가려져 있던 해가 얼굴을 내밀자 자동차 번호판의 표면이 반짝 빛을 발했다. 나는 가방을 든 채 그 자리에 멈춰 섰다. 한 아이가 창문가에 서서 나를 보면서 꿈꾸는 듯한 몽롱한 눈으로 나의 표정 하나하나를 흉내 내고 있었다. 나는 계속 걸어갔다. 제비 떼들이 주위를 맴돌았다. 그 속도가 워낙 빨라서 어둠 속에서 활개를 치는 박쥐처럼 그 동작만 간신히 보일 뿐이었다.

대패 작업대에 앉아서
어머니가 올 때를 기다린다네.
검은색 숫양이 다가와서
우리 모두를 넘어뜨린다네.
흰색 박쥐가 와서

우리를 다시 일으켜준다네.

　마지막 집의 창문으로는 바다가 투영되었다. 불에 홀라당 타버린
쓰레기통이 실제로 보였다! 집 앞에는 흰색과 청색이 어우러진 원통
이 돌아가고 있었다. 미용실이었다. 손님이라고는 두건을 눈 근처까
지 두르고 앉아 있는 여자가 유일했다. 미용사가 그 앞에 바싹 다가가
앉아 발톱에 페디큐어를 칠해주었다. 손님이 발가락을 쭉 뻗어 내밀
었다. 발가락은 기형에 가까울 정도로 심하게 휘어 있었다. 게다가 관
절 쪽에는 굳은살이 박혀 있었다. 그것을 보고 나는 그녀가 유디트임
을 알았다. 소녀 시절 그녀는 가게 점원으로 일한 적이 있었는데 그때
발을 다쳤다. 옷보관대에 야생동물 가죽으로 된 갈색 가방이 놓여 있
는 것도 보였다. 반쯤 열린 상태였다. 유디트는 지금 어깨에 걸치고
있는 가운을 아마도 그 가방에서 꺼냈을 것이다. 금란(金襴) 천으로
만든 가운은 그윽한 석양빛을 반사시키고 있었다. "가운까지 미국에
가지고 오다니!" 나는 혼잣말을 했다. 미용사가 이번에는 손톱에 매
니큐어를 발라주는 동안, 나는 유디트가 발가락 두 개로 다른 쪽 엄지
발가락을 조이는 모습을 유심히 바라보았다. 아침에 눈을 뜨고는 입
에서 지렁이를 뱉어내는 꿈을 꾸었다. 차마 시선을 돌릴 수가 없었다.
의자 위의 유디트는 화가 나서 몸을 홱 밀쳐대는 듯한 동작을 해 보였
다. 자신에게 일어날 일을 예견이라도 한 듯이 말이다. 이해할 수 없
는 기억 속에서, 입으로 직접 뽑아낸 코르크 마개가 온몸이 찌릿할 정
도로 날카로운 마찰음을 냈다. 발가락을 너무 가까이 들여다보면서
작업한 탓에 눈의 초점이 흐려진 미용사가 내 쪽을 향해 고개를 들었

다. 나는 재빨리 그녀의 시야에서 사라졌다.

격자로 된 하수구 뚜껑 사이에 생선 가시가 걸려 있었고 작은 통나무집들의 틈새마다 곰팡이가 피어 있었다. 집으로 들어가려는 사람들은 하늘을 한 번씩 올려다보고는 안으로 들어갔다. 이번엔 슈퍼마켓 앞에 세워진 물비누 통과 돼지기름 통 몇 개가 개척자를 기념하는 역할을 했다. 이곳에 터전을 마련하게 된 역사적 내용도 쓰여 있었다. 앞이 다 터진 바지를 입은 술주정뱅이가 맨살을 드러낸 채 내 쪽으로 방향을 틀더니 뻣뻣한 자세로 걸어왔다. 나는 길을 비켜주었다. 그러자 그는 방금 내가 서 있던 곳을 지나 비트적거리며 얼마쯤 걸어가다가 빗물 웅덩이에 빠져버렸다.

아직 그리 어둡지 않았지만 네온사인 불빛이 켜져 있었다. 네온등 하나가 깜빡거렸다. 나는 머리카락 한 올을 입에 물고는 절대 잃어버리지 않았다. 기분은 그런대로 유쾌한 편이었기에 걸어가는 동안 나름대로 흥을 돋우는 제스처를 취했다. 그러면서 뛰기도 했다. 해변을 따라 걸었다. 바다 가운데에 우뚝 솟은 검은 바위 두 개가 보일 때까지 걸어오는 동안 집이라고는 한 채도 눈에 띄지 않았다. 그곳에서 나는 도로를 가로질러 건너가 활처럼 구부러진 곳에 가방을 내려놓고 걸터앉았다. 바로 사진엽서에 표시되어 있던 그곳이었다. 해는 막 저물었고 바람도 거세지기 시작했다. 활처럼 구부러진 곳은 전망이 좋았고 버스 정류장이기도 했다. 지나가는 차량은 많지 않았다. 나는 내 발밑 한참 아래쪽에 있는 해변을 내려다보았다. 해변에는 바위가 많았으며 포말을 일으키는 파도에 나무 막대기 하나가 둥둥 떠다녔다. 전망 좋은 장소에는 안전을 위해 보호 난간이 설치되어 있었다. 한 부인이 자꾸만 보호 난간 위를 타고 오르려는 바보 같은 아이 한 명을 데리고 그곳에 서 있었다. 부인은 아이를 꽉 붙들고 있었지만, 아이는 아래의 바다 쪽을 향해 고래고래 소리를 질러대며 구태여 내려가겠다고 떼를 썼다. 베이 시티라고 쓰여 있는 버스가 멈춰 서자 그들은 차에 올라탔다. 나만 홀로 남겨졌다.

나는 침묵의 바다를 바라보았다. 비록 바닷물이 석양빛에 여전히 반짝거리긴 했지만 이미 짙은 어둠이 깔리고 있었다. 나는 이곳 바다에 대한 첫인상을 그대로 간직하고 싶었다. 가파르게 깎아지른 암벽과 함께 말이다. 하지만 지금 그것은 그저 평평한 바다로서 내 앞에 펼쳐져 있을 뿐이다. 그러자 뇌가 다시 경련을 일으키기 시작했다.

유디트에 대한 첫인상, 그것을 왜 나는 더이상 회상할 수 없는 것일까? 나는 그것을 떠올려보려고 갖은 애를 다 썼다. 나를 들뜨게 하면서 새털처럼 가볍게 만들어주던 그 달콤했던 애정을 말이다. 그것이야말로 서로를 끈끈하게 이어주는 절대적인 척도가 아니었던가? 하지만 나는 그것을 잊어버렸다. 그런 다음부터 우리는 늘 찡그린 얼굴로 서로를 뜯어볼 수밖에 없었다.

다시 바다를 바라보았다. 너무도 적막한 나머지 바다가 나를 집어삼켜버린 것처럼 느껴질 정도였다. 짙은 안개가 해변을 뒤덮었다. 극도의 피로감으로 인해 몸이 대칭이 되는 두 조각으로 쪼개진 듯했다. 아울러 채워지지 않은 빈 공간이 생겨난 듯해서 고약한 기분이 들었다. 지칠 만큼 지친데다가 더럽혀지고 망쳐진 기분까지 들었다. 소외감이라고 하는 자의적이고 편의적인 포즈에 묻혀서 나는 너무 오랫동안 자족감에 젖어 살아왔다. 나는 그녀가 하나의 '존재'로 거듭나도록 해주려고 그야말로 모든 것으로부터 거리를 두어왔다. 이 생물, 이 물건이라는 말처럼 나는 유디트를 이라는 지시대명사를 붙여 불렀다. 나는 양손을 다리 사이에 넣고 몸을 굽혔다. 헬리콥터 한 대가 도로 위를 낮게 날아가면서 아스팔트를 비추었다.

다시 주위가 조용해졌다. 아주 먼 곳에서 비행기 소리가 들려왔다. 하지만 너무 작게 들려서 유심히 귀를 기울이느라 머리가 다 지끈거렸다.

주위를 둘러보다가 가방을 든 유디트가 트윈 록스의 마지막 집들 사이로 막 빠져나오는 모습을 보았다. 그녀는 도로 건너편에 서서 좌우를 살피더니 길을 건너왔다. 머리에 천을 두르고 있었다. 아마도 머리가 채 마르지 않은 모양이었다. 그녀의 등 뒤로는 어느새 땅거미가 짙게 내려앉았다. 그녀는 내게 권총을 겨누었다. "나를 위협적인 존재로 여기는군!" 나는 생각했다. "정말, 그녀는 나를 그럴 만한 가치가 있는 존재로 여기는 거야!" 그녀가 방아쇠를 당겼다. 소음은 상상 속에서만 들을 수 있을 만큼 작아서 총알이 발사되었다고는 믿기 어려울 정도였다. 나는 한 줌의 재로 불타버렸기 때문에 슬쩍 건드리기만 해도 무너져내릴 것 같았다. 하지만 거기까지였다! 나는 내가 다시 태어난 것이라 믿었다! 나는 실망하며 깔고 앉아 있던 가방에서 일어나 그녀에게로 다가갔다. 우상처럼 완고한 얼굴을 하고서 우리는 서로를 향해 다가갔다. 그런데 갑자기 그녀가 고개를 홱 돌리더니 소리를 질러댔다. 울부짖는 아이들이 그렇듯 순간적으로 호흡이 멎을 정도로 날카로운 소리였다. 나도 그녀가 소리를 질러댈 때까지 호흡을 멈추었다. 그녀는 곧 다시 소리를 질러야 했다. 한 번 더 아주 큰 소리로. 하지만 그녀는 아무런 소리를 내지 않았다. 다만 순간적으로 사레가 들려서 숨을 쉬기 곤란해했다. 나는 그녀의 손에서 권총을 빼앗았다.

우리는 나란히 섰다. 당혹스럽고도 편치 않은 기분으로 둘 다 터벅터벅 발걸음을 옮겨놓았다. 나는 권총을 바닷속으로 던져버렸다. 권총은 바위 위로 떨어지면서 총알 한 발을 발사했고, 쉿 하는 소리와 함께 바닷물 속으로 가라앉았다. 유디트는 움켜쥔 주먹으로 입술을 치아 쪽으로 눌러댔다.

우리는 정처 없이 걸었다. 한 사람이 움직이면 다른 사람은 멈춰 서곤 하면서 말이다. 어느새 밤이 되었다. 밝게 불을 밝힌 버스 한 대가 우리 쪽으로 방향을 틀었다. 그레이하운드 버스였다. 승객은 몇 명뿐이었는데, 목에 쿠션을 대고 있었다. 운전기사가 우리를 향해 손짓했다. 어느 방향으로 가느냐고 내가 묻자 운전기사가 "남쪽으로 갑니다" 하고 대답했다. 우리는 버스에 올라탔다. 그다음 날 아침 우리는 캘리포니아에 도착했다.

영화감독 존 포드는 당시 76세였고 로스앤젤레스에서 멀지 않은 벨에어에 있는 집에서 살았다. 그는 6년 전부터 더는 영화를 만들지 않았다. 집은 식민지 시대의 건축양식으로 지어져 있었고, 그는 하루의 대부분을 테라스에 앉아서 오랜 친구들과 담소를 나누며 보냈다. 테라스 앞쪽으로는 오렌지나무와 실측백나무들로 우거진 골짜기가 내려다보였다. 방문객을 위해 마련해둔 등나무 안락의자가 옆으로 나란히 줄지어 있었고, 그 앞에는 다리를 올려놓을 수 있는 작은 의자가 있었다. 의자 위에는 인디언 스타일의 보가 씌워져 있었다. 아무튼 그 자리에 앉으면 상대방에게 이야기를 들려줄 수밖에 없는 분위기가 연출되어 있었다.

존 포드는 백발이 성성한데다 주름진 얼굴에는 수염 자국이 하얗게 남아 있었다. 그는 한쪽 눈에 검은 안대를 한 채 음울한 표정을 지으며 앞쪽을 바라보았다. 그러면서 이따금 턱 아래쪽에 받치고 있는 목수건을 슬쩍 잡아당기곤 했다. 그는 감색 재킷과 카키색 바지를 입었다. 그리고 밝은색 천으로 된 굽 높은 신발을 신었다. 앉아서 이야기를 나눌 때도 손은 늘 바지 주머니에 넣은 상태였기 때문에 제스처를 취하는 일이라고는 없었다. 그는 이야기 한 꼭지를 끝내고는 유디트와 내가 앉아 있는 쪽으로 고개를 돌렸다. 머리는 큰 편이었고 얼굴 표정은 다소 딱딱해 보였다. 그는 잘 웃는 편이 아니어서 그의 이야기 중에 설사 웃어야 할 대목이 나와도 우리는 진지한 표정으로 듣고 있을 수밖에 없었다. 가끔 그는 자리에서 일어나 유디트에게 캘리포니아산 적포도주를 손수 따라주었다. 나는 브랜디 한 병을 자작했다. 그러고 있자니 그의 부인 메리 프랜시스가 밖으로 나왔다. 그녀 또한 남편과 같이 북부 메인 주 쪽 동해안 출신으로 아일랜드계 이주민의 후손이었다. 그녀 역시 우리와 마찬가지로 남편의 말을 귀 기울여 들었다. 우리는 그늘진 테라스에 앉아 그렇게 한낮의 밝은 햇살을 바라보았다. 사방에서 소낙구름이 뭉게뭉게 피어올랐다.

"우리 부모님이 사는 아일랜드의 시골 마을에 작은 구멍가게가 하나 있습니다." 존 포드가 이야기를 시작했다. "어릴 적에 그 가게로 뭔가를 사러 가면 난 거스름돈 대신에 양동이에 잔뜩 쌓여 있던 사탕을 한 움큼씩 받아오곤 했어요. 몇 주 전에도 그곳에 다녀왔어요. 50

여 년 만에 처음으로 갔지요. 담배를 사려고요. 그런데 세상에 무슨 일이 일어난 줄 압니까? 계산대 아래의 양동이에 손을 집어넣더니 거스름돈 대신에 사탕을 한 주먹 내어주는 거예요!"

존 포드는 이곳 미국과 관련된 많은 이야기들을 쉴 새 없이 들려주었지만 그 대부분은 여행중에 이미 클레어나 다른 사람들한테 익히 들었던 내용이었다. 그의 생각이나 견해는 새롭지 않았지만 그는 자신이 그러한 견해를 갖게 된 계기를 들려주려고 했다. 그는 어떤 보편적인 것에 관해 질문을 받을 때마다 비약을 해서 개별적인 것, 특히 개별적 인간에 대한 이야기로 방향을 틀어갔다. 이를테면 미국에 대한 질문을 받으면 언제나 자신과 관련이 있는 사람들을 떠올리며 이야기했다. 그렇다고 그들에 대해 가치 평가를 내리지는 않았고 단지 그들이 했던 일들, 그들과 함께 자신이 경험했던 일들을 말 그대로 재현해내는 수준이었다. 그리고 자신의 친구들에 한해서만 실명을 거론했다. "누군가와 반목하는 사이가 된다는 것은 견딜 수 없는 일입니다." 존 포드가 말했다. "갑자기 누군가의 이름이 잊혀지고 기억 속에 단지 흐릿한 형상으로 남는 것, 그의 얼굴이 희미한 그림자처럼 불분명해지고 일그러진 상으로 변해버리는 것, 그래서 스쳐 지나가면서 소 닭 보듯이 그냥 한번 힐끗 쳐다볼 뿐인 관계가 된다는 것을 생각해보세요. 적을 갖는다는 것은 우리로서는 굉장히 불편한 일입니다. 그럼에도 우리는 적을 가질 수밖에 없긴 하지요."

"선생님은 왜 항상 '나'라는 말 대신에 '우리'라는 말을 사용하세요?" 유디트가 물었다.

"우리 미국인들은 사적인 일에 대해 말할 때도 '우리'라고 합니다."

존 포드가 대답했다. "그것은 아마도 우리가 행하는 모든 것이 우리에게는 함께하는 공적인 행동의 한 부분으로 작용하기 때문일 겁니다. 일인칭은 한 사람이 다른 모든 사람을 대표할 때만 사용할 수 있다고 생각해요. 우리가 '나'라는 일인칭 자아와 교류할 때는 당신네들처럼 그렇게 격식을 차리지 않아요. 당신들의 경우 엄밀한 의미에서 물건의 실제 소유자가 아닌 종업원들도 심지어 이렇게 말하곤 하죠. '그 물건은 내게서 다 팔린 상태입니다!' 혹은 '나는 카자흐스탄 스타일의 깃이 달린 셔츠도 있습니다!'라고요. 그런 식의 표현을 그곳에서 제가 직접 들었습니다." 존 포드가 말했다. "다른 한편으로 당신네들은 서로를 모방하면서 스스로를 숨기려는 경향도 있더군요. 심지어 식모마저 전화를 받을 때는 집주인의 목소리를 흉내 내던데요. 당신네들은 항상 '나'라는 일인칭을 사용하면서도 누군가가 자신을 다른 사람과 혼동하면 외려 뿌듯해하더군요. 동시에 다시 자기만의 독특함을 가지려고 하기도 하고요! 바로 그 때문에 당신들은 **토라지고** 모욕감을 느끼는 겁니다. 누구나 다 특별한 존재들이지요. 이곳 미국에서는 그런 식으로 토라져서 입을 한 발쯤 내미는 사람들은 드뭅니다. 아무도 자기만의 세계로 침잠해 들어가려 하지 않기 때문이죠. 말하자면 우리는 외로워지는 것을 원치 않습니다. 혼자 있으면 무시당하고 자기 자신만 염탐하게 되죠. 그리고 자기 자신하고 이야기를 나눈다 하더라도 한마디 정도만 하고 나서 이내 대화를 중단해버린답니다."

"꿈은 자주 꾸세요?" 유디트가 질문했다.

"우리는 꿈은 거의 안 꿔요." 존 포드가 대답했다. "꿈을 꿔도 금방 잊어버립니다. 우리는 평소에 모든 것을 허심탄회하게 말하기 때문에 꿈속으로까지 가져갈 게 없죠."

"선생님 자신에 대한 얘기 좀 들려주세요." 유디트가 말했다.

"나 자신에 대해 무슨 말을 하라고 할 때면 난 왠지 아직은 때가 아니라는 생각이 듭니다." 존 포드가 대답했다. "나만의 경험이라고 해봐야 아직은 회상할 만큼 오래되지 않았으니까요. 그래서 나는 차라리 사람들이 내가 보는 앞에서 겪었던 일들을 말하길 좋아합니다. 내가 살아보지 못한 시대를 배경으로 영화를 만들고자 했던 것도 그와 같은 맥락에서입니다. 나는 내가 직접 경험했던 일보다는 내가 할 수 없었던 일이나 미처 가보지 못했던 곳에 대한 향수가 더 큽니다. 어릴 적에 이탈리아 출신의 이주민 2세로 구성된 패거리에게 흠씬 두들겨 맞은 적이 있습니다. 우리 모두가 가톨릭교도들이었는데도 말이죠! 그중 한 뚱보 녀석이 특히 악랄하게 굴었습니다. 녀석은 침을 뱉어대면서 손은 까딱하지 않고 오로지 발로만 나를 사정없이 짓밟아댔죠. 그리고 한 시간쯤 후에 나는 뚱보에 평발이었던 그 녀석이 달랑 혼자서 거리를 걸어 내려가는 모습을 보았습니다. 그러자 녀석이 하염없이 외로워 보인다는 생각이 들더군요. 그래서 녀석을 호의적으로 대하고 위로해주고 싶다는 충동이 일었습니다. 그후로 우리는 실제로 막역한 친구가 되었답니다!" 그는 잠시 생각에 잠기는 듯했다. "그 당시 나는 짧은 바지를 입고 있었어요!" 잠시 뜸을 들인 후에 그가 말했다.

그는 골짜기 아래쪽을 바라보았다. 마지막 한 자락의 햇살이 오렌지나무의 잎사귀에 반사되었다. "나뭇잎들이 저토록 흔들리는 모습을 볼 때면, 게다가 따사로운 햇살까지 비춰 들어올 때면 나는 저 나뭇잎들이 아득히 오래전부터 저런 움직임을 보여왔으리라는 느낌을 받습니다." 그가 말했다. "그야말로 영원의 느낌이죠. 그래서 그 순간 만큼은 역사라는 개념을 잊어버려요. 당신네들은 그것을 중세적 감정이라 부를 테지요. 모든 것이 자연으로 환원되던 시대 말입니다."

"하지만 오렌지나무는 재배된 것이니까 자연이 아니에요." 유디트가 말했다.

"태양이 은근한 빛을 비추는 모습을 보고 있노라면 그러한 사실도 잊게 됩니다." 존 포드가 말했다. "동시에 나 자신도 잊게 되죠, 나의 현존까지도. 그러면 나는 주변의 사물들이 더이상 변하지 않고 그대로 남아 있길 바랍니다. 나뭇잎도 계속 지금처럼 움직이길 바라고, 오렌지도 누군가의 손에 의해 떼어내지지 않길 바랍니다. 여하간 모든 것이 있는 그대로의 상태로 존속하기를 원하죠."

"그렇다면 인간도 태곳적부터 살아온 삶의 모습을 그대로 유지하기를 바라시나요?" 유디트가 질문했다.

존 포드는 음울한 표정으로 그녀를 바라보았다. "물론입니다." 그가 대답했다. "우리는 그렇게 되길 원합니다. 불과 100년 전까지만 해도 사람들은 진보를 위해 매진해왔습니다. 적어도 진보를 추구하는 일에 대한 권력을 가진 사람들이라면 말이죠. 그리고 근대부터 최근에 이르기까지 이른바 구원론이라는 것도 권력자 자신들한테서 나왔고요. 영주나 공장주 아니면 자선가들한테서요. 지금은 인류 전체를 위한 자선가를 자처하는 권력자는 없습니다. 기껏해야 몇몇 인간들을 대상으로 자선가 행세를 할 뿐이지요. 가난뱅이에 빈털터리들, 배경 없고 힘없는 자들은 새로운 무언가를 궁리해야 할 판입니다. 혼자서 뭔가를 변화시킬 수 있는 역량을 가진 사람들이 지금은 아무런 노력을 하지 않고 있기 때문이죠. 그러니 모든 것은 옛 모습 그대로 유지될 수밖에 없습니다."

"혹시 그렇게 되기를 바라시는 건 아니고요?" 유디트가 물었다.

"그런 건 아닙니다." 존 포드가 대답했다. "저 아래쪽을 바라보고 있자니 그런 생각이 머릿속을 스치는 것뿐입니다."

인디언 가정부가 지팡이에 몸을 의지한 채 밖으로 나오더니 그의 무릎 위에 보자기 하나를 펼쳐놓았다. "그녀는 내가 만든 영화 몇 편에 출연했습니다." 존 포드가 말했다. "그녀는 본격적인 배우가 되고 싶어했지만, 말을 할 수 없는 게 문제였지요. 그녀는 벙어리거든요. 그래서 줄 타는 광대 생활을 하게 된 겁니다. 그러는 중에 추락 사고를 당했고, 나중엔 결국 나한테 다시 왔어요."

"그녀는 줄을 타면서 행복을 느꼈어요." 그가 말했다. "그럴 때면 그녀가 금방이라도 말을 할 수 있을 것처럼 보였어요. 그래서 지금도 그녀의 발걸음은 마치 줄을 타는 듯한 느낌을 줍니다."

"사람들한테는 누구나 다 갑자기 자기 자신을 느낄 수 있는 행동들이 있게 마련이지요." 존 포드가 말했다. "그럴 때면 그래, 바로 이거야! 하고 생각하게 됩니다. 하지만 유감스럽게도 그런 기분이 들 때면 혼자일 때가 많습니다. 그래서 우리는 남들이 보는 앞에서 다시 그와 같은 일을 시도하지만, 그렇게 함으로써 한편으로는 다시 자신을 잃어버리게 되기도 합니다. 어딘가 모르게 연출된 듯한 태도를 보일 수밖에 없는 것도 바로 그 때문이지요. 그건 불행한 일이에요. 웃기는 얘기입니다. 사람들은 남을 의식할 때 놀랄 만한 일을 경험하고 싶어하지 자기 소신에 따라 그러고 싶어하지 않아요. 진실을 말해놓고도 스스로 화들짝 놀랍니다. 행복감이 주체할 수 없이 크다보니 더이상 혼자서 감당해내지 못하고 또다시 진실을 말하고 싶어하는 것이지요. 하지만 그러면서 거짓말을 하게 됩니다. 그러니까 나는 늘 거짓말을 하고 있는 셈입니다." 존 포드가 말했다. "나는 내가 원하는 것이 진정 무엇인지를 알게 되었지만 지금은 그것을 다시 잊어버렸어요. 나는 내가 무엇을 원하는지를 정확하게 파악할 수 있는 경우에만 행복감을 느낍니다. 그 경우에는 벅찬 행복감으로 인해 이가 모조리 다 빠져버린 게 아닌가 하는 생각이 들 정도예요."

그는 우리를 자기 방으로 안내해서는 그동안 받아온 시나리오 뭉치들을 보여주었다. "여기에는 숱한 아름다운 이야기들이 들어 있습니다. 단순하면서도 명료한 글들이죠. 우리가 필요로 하는 것은 바로 이러한 이야기들입니다." 그의 아내가 우리 뒤쪽 문간에 섰다. 그는 아내 쪽으로 고개를 돌리더니 미소를 지었다. 가정부가 그에게 금속 잔에 담은 커피를 가져다주었다. 그는 머리를 꼿꼿이 세우고 커피를 마셨다. 귀 밖으로 삐져나온 한 줌의 흰 머리털이 보였다. 다른 한 손은 허리춤에 갖다 댔다. 그의 부인이 가까이 다가와서 벽에 붙은 사진 몇 장을 가리켰다. 그중 하나에는 존 포드가 벌에 쏘이지 않으려고 얼굴에 보호 두건을 두른 채 X자형 감독용 의자에 앉아서 영화 촬영을 하는 모습이 담겨 있었다. 마찬가지로 보호 두건을 쓴 몇몇 사람들이 존 포드의 옆에 앉거나 선 자세로 포즈를 취하고 있었으며, 그의 발치에는 귀가 접힌 개 한 마리가 쭈그리고 앉아 있었다. 어느 사진은 그가 영화 촬영을 마친 직후의 모습을 찍은 듯했다. 그는 한쪽 무릎을 꿇은 자세로 삼각대를 잡고 있었고 그의 주위에 몰려 있는 배우들은 그에게로 머리를 숙이고 있었다. 그중 한 명은 카메라를 쓰다듬는 듯한 포즈를 취하고 있었다. "〈철마〉의 촬영이 끝나는 날이었죠." 존 포드가 말했다. "그 당시 출연했던 젊은 여배우가 내내 울어댔어요. 울음을 그치면 사람들이 그녀의 눈물을 닦아주곤 했지요. 하지만 그녀는 자신의 불행을 떠올릴 때마다 다시 울음보를 터뜨렸지요."

그는 창밖을 내다보았다. 우리도 그의 시선을 좇았다. 온갖 싱그러운 풀들과 관목들로 뒤덮인 언덕이 보였다. 꼬불꼬불한 산길은 언덕을 휘감으며 산봉우리까지 닿아 있었다. "미국에서는 소박한 길은 없고 쭉쭉 뻗은 대로만 있죠." 존 포드가 말했다. "내가 직접 이 길을 냈답니다. 신선한 공기를 맡으며 걷고 싶어서요." 그의 침대 위에는 해군용 담요가 덮여 있었고 그 위쪽 벽에는 미국 최초의 성녀인 베르니 수녀의 사진이 걸려 있었다. 그는 그녀에 관한 영화를 한번 만들어보고 싶어했다.

그의 아내가 방에 놓여 있는 아코디언 쪽으로 다가가 앉더니 〈푸른 옷소매〉를 연주했다. 인디언 가정부가 버터를 녹여 입힌 옥수수 빵을 몇 조각 쟁반에 담아 가지고 왔다. 우리는 빵을 먹으면서 창밖을 바라보았다. "어느덧 돼지귀버섯이 자라고 있는 것이 보이네요" 하고 갑자기 존 포드가 말을 꺼냈다. "잠깐 동안만이라도 함께 올라가보지 않을래요?"

그가 유디트에게 팔을 내밀었다. 우리는 그와 함께 언덕길을 올라갔다. 산길은 하얀 먼지로 뒤덮여 있었다. 빗방울이 한두 개씩 떨어지기 시작했다. 그러더니 빗방울이 떨어져 내리는 곳에서 먼지가 작은 구슬 모양으로 뭉쳐졌다. 존 포드는 이야기를 하다가도 누구 하나가

뒤처지면 즉시 이야기를 중단했다. 아래쪽에 대고 불편한 자세로 말하고 싶지는 않았기 때문이다. 그는 주로 자신의 영화를 화제 삼으면서 영화 속의 이야기들이 모두 사실임을 누차 강조했다. "지어낸 얘기라고는 눈곱만큼도 없어요." 그가 말했다. "모두 실제로 일어난 일입니다!"

우리는 언덕 봉우리의 풀숲에 들어가 앉아서 골짜기 아래를 내려다보았다. 그는 긴 주방용 성냥으로 여송연에 불을 붙였다. "나는 언제나 사람들과 어울리기를 좋아합니다." 존 포드가 말했다. "그리고 그 모임에서 맨 마지막으로 자리를 뜨는 사람이 되고 싶어요. 그것은 남아 있는 누군가가 나를 험담하는 걸 원치 않기 때문이기도 하거니와 먼저 자리에서 일어난 다른 누군가가 비난받는 것도 막아주고 싶어서입니다. 나의 영화도 그런 방식으로 만들었어요."

맞은편 언덕에서는 어느새 번갯불이 번쩍였다. 키 큰 풀들이 우리 주위를 에워쌌다. 바람은 밝은 그림자와 어두운 그림자를 번갈아 던지며 불어댔다. 나뭇잎들이 바람에 뒤집어지면서 시든 잎처럼 옅은 빛을 냈다. 한동안 바람이 잠잠했다. 우리 뒤편의 덤불에서만 이따금 바스락 소리가 들려올 뿐 다른 덤불은 너무도 고요하게 휴식을 취하고 있었다. 덤불 속을 지나치던 바람은 잦아들었지만 아래편 집 근처에서는 나무 머리 부분이 일시적으로 흔들리면서 나지막한 소리를 냈다. 그리고 나서는 다시 모든 것이 움직임을 멈춘 채 적막 속으로 빠져 들어갔다. 그러한 무풍 상태가 길게 지속되는 듯하더니 우리 발치쯤에 피어 있는 풀들이 갑자기 쇄쇄 하며 소리를 내기 시작했다. 날이 어두워지면서 사물들이 대지 위로 낮게 밀착되는 듯한 느낌을 주었다. 공기는 답답했다. 조금 전까지 관목 잎사귀에 붙어 있던 덩치 큰 노란색 거미가 우리 앞쪽으로 바짝 다가왔다. 존 포드는 풀에 손가락을 문질러 닦으면서 마치 마법으로 무언가를 불러내려는 듯 인장 반지를 돌려댔다. 손등이 근질근질하기에 내려다보니 나비 한 마리가 막 날개를 접고 있었다. 그 순간 유디트도 시선을 내리깔았다. 나비를 관찰하기 위해서는 숨조차 크게 쉬어선 안 될 판이었다. 골짜기 아래 오렌지나무들이 서 있는 쪽에서는 빗방울 소리가 들려왔다. "지난주 우리는 밤새도록 차를 타고 사막을 가로질러 갔어요. 저 아래쪽 지방 애리조나를 말이죠." 존 포드가 말했다. "와이퍼를 켜야 할 정도로 이슬이 많이 내리더군요." '저 아래쪽 지방 애리조나'라는 단어를 듣는 순간 나는 회상에 잠기기 시작했다. 존 포드는 구부정한 자세로 앉은 채 눈을 거의 감다시피 하고 있었다. 이야기에 목말라 있던 우리도 그에게로 몸을 숙여 귀를 기울였다. 그 순간 나는 그가 만든 영화 중 한 장면에서 누군가가 취했던 동작을 지금 내가 반복하고 있다는 생각이 들었다. 꼼짝도 않고 목만 길게 빼고는, 곁에서 죽어가는 사람이 아직 숨이 붙어 있는지 확인하려고 하는 동작이었다.

"이젠 당신들의 이야기를 들려주세요!" 존 포드가 말했다.

그러자 유디트가 우리가 어떻게 이곳 미국까지 오게 되었는지 말했다. 그리고 그녀가 그동안 나를 추적하면서 많은 해코지는 물론이고 살해까지 하려 했다는 이야기를 늘어놓았다. 지금은 마침내 서로가 평화적인 방식으로 헤어지기로 했다는 말도 덧붙였다. 그녀가 우리의 이야기를 다 들려주자 존 포드는 말없이 얼굴 가득 웃음을 지어 보였다.

"오, 하느님!" 그가 독일어로 말했다.

그는 진지한 표정을 지으면서 유디트 쪽으로 몸을 돌렸다.

"이 모든 것이 사실이지요?" 이번에는 영어로 물어왔다. "그 이야기에 꾸며낸 것이라곤 전혀 없겠지요?"

"예." 유디트가 대답했다. "모든 일이 실제로 일어났습니다."

내 안의 타자와 화해하는 법

한트케의 생애와 사상

페터 한트케는 2차 세계대전이 한창이던 1942년 오스트리아의 작은 마을 그리펜의 소시민 가정에서 태어났다. 어머니 마리아 한트케는 슬로베니아계 태생으로 노년의 건강 악화와 불행한 결혼생활을 비관하여 쉰한 살에 자살했다. 한트케의 아버지와 계부인 브루노 한트케는 전쟁중 케른텐 주에 주둔하던 독일 병사들이었다. 한트케의 어머니는 경리장교였던 한트케의 생부와 사랑에 빠졌으나 그는 이미 유부남이었다. 그녀는 사생아를 낳게 할 수는 없다는 집안의 완고한 반대에 부딪힌다. 그러던 중 그녀에게 강한 연민의 정을 느끼고 있던 하사관 브루노 한트케가 그 모든 조건을 감수하면서 그녀와 결혼식을 올린다. 페터 '한트케'의 예사롭지 않은 운명이 시작되는 순간이었다.

한트케는 계부의 고향인 동베를린에서 지낸 3, 4년을 제외하고는 유년 시절의 대부분을 문화·교육적 인프라가 전혀 없던 벽촌에서 보냈다. 전쟁과 궁핍이라는 실존적 상황을 일찍부터 경험한 그는 자신과 주변 세계에 대해 부정적인 시각을 갖게 된다. 그가 이러한 비관적 세계관과 자기소외감으로부터 객관적 거리감을 갖고 성찰할 수 있게 된 것은 무엇보다도 문학이라는 '미적 현실'에 눈뜨기 시작하면서부터이다. 이때부터 문학은 어린 시절에 겪었던 상실과 결핍의 트라우마를 보듬는 자가치유의 무대가 된다. 따라서 그가 '심전도'라는 메타포로 정의하고자 했던 그의 작품들은 다름 아닌 삶의 숨결과 영혼의 떨림을 기록한 일종의 치유 일지라고 볼 수 있다.

한트케는 1960년대 중반 국가고시 3차 시험만을 남겨두고 법대를 수료한 뒤 '그라츠 그룹'을 통해 문단에 첫발을 내디딘다. 그가 본격적으로 문단의 주목을 받게 된 것은 1966년 미국 프린스턴에서 개최된 문학 심포지엄에서이다. 귄터 그라스, 하인리히 뵐 등 당시 전후 독일의 문학계를 주도하던 '47 그룹'이 주최하는 그 심포지엄에서 한트케는 전통적 문학 양식과 접근 방법론에 대해 신랄한 비판을 제기했다. 그는 "문학의 존재 근거는 언어 그 자체이지 사물이나 대상에 대한 인식에 있지 않다"는 언어 내재주의적 입장을 견지하며 당시의 신사실주의적 문학 트렌드나 이른바 참여문학적 문학 풍토와의 결별을 선언한다. 이렇듯 '언어'의 문제에 천착했던 초기 한트케에게 사상적 토대를 제공한 것은 무엇보다도 러시아 형식주의였다. 러시아 형식주의는 전통적인 문학 양식이 추구해온 전기(傳記)적 요소나 심리 묘사를 거부하고, 문학과 현실 간의 엄격한 구분과 문학의 형식적 요소에 무게중심을 두는 전위적인 사조였다. 그리하여 러시아 형식주의는 언어 그 자체를 성찰의 대상으로 삼고자 했던 한트케에게 큰 공명을 일으킨다. 그 외에도 언어의 관계성에 주목한 프랑스 구조주의와 언어의 유희성을 강조한 철학자 비트겐슈타인의 언어철학 또한 한트케의 초기 문학을 특징짓는 데 중요한 단초이다.

1970년대에 접어들면서 이러한 언어 중심의 창작 기법은 실존의 문제를 주제로 하는 전통적 서사 기법으로 전환한다. 실험과 전위의 글쓰기에서 자기탐색으로 나아가는 변화에도 불구하고 한트케는 여전히 일관된 원칙을 고수한다. 말하자면 '고정관념에 대한 도전'이라 부를 만한 문학적 에토스가 그것인데 이를 통해 그는 외적 현실뿐만 아니라 자신의 경험까지도 끊임없이 재해석하기를 시도한다. 문학 외적인 영역에서의 한트케의 활동, 즉 영화 제작에 참여하거나 정치참여적 발언을 하는 것 또한 이러한 시각에서 이해할 수 있다. '문학의 정치화'라는 기치하에 그가 추구하고자 한 작업도, 보편타당하다고 여겨져온 모든 현상의 이면에 모종의 지배 이데올로기가 작동하고 있다는 사실을 폭로하기 위함이었다.

한트케의 작품 세계

한트케의 초기 작품 세계를 관통하는 세계 인식의 수단과 대상은 언어였다. 그는 언어적 현실과 실제적 현실 간의 관련성에 주목하였고, 1966년 전통극 형식에 대항하는 희곡 『관객 모독』을 발표하여 연극계에 센세이션을 불러일으켰다.『관객 모독』은 무대에서 벌어지는 사건에 대한 기존의 관극 태도를 고발하는 작품이다. 한트케는 이 작품을 통해 '사건·공간·시간'이라는 전통적 구조를 무시하고, 끊임없는 독백과 욕설 언어를 통해 역설적으로 무대와 관객의 심미적 거리를 좁혀주는 획기적인 연극 기법과 양식을 선보였다.『관객 모독』에 이어 독일의 역사적인 인물 카스파 하우저의 실화를 다룬『카스파』에서는 언어가 한 개인의 사회적 의식을 어떤 식으로 조작하는가 하는 문제를 조명함으로써 언어를 통한 획일적인 사회화 과정과 언어의 폭력성을 맹렬히 비판했다.

1970년대에 들어서면서 한트케 문학의 지형도는 바뀐다. 일상의 현실과, 언어가 수반하는 합리적 질서 속에는 인간 존재를 억압하는 강제와 비합리성의 메커니즘이 숨어 있음을 포착한 한트케는 굴절된 자아의 심층 구조와 실존적 감정 상태(불안, 공포, 환상)를 들여다보는 방향으로 관심을 돌린다. 이 무렵부터 문단은 한트케의 신주관주의적 경향을 지적하였고 그에 관해 '우울한 나르시스트'라든지 '상아탑 거주자'라는 평가가 나오기 시작했다. 세상이라는 외부 세계와 자아라는 내부 세계 간의 긴장 관계 속에서 자아의 정체성을 찾아가는 과정이 지나치게 주관화·내면화되어 있다는 것이 비판의 핵심이었다.

다른 한편으로는 자기몰입의 경향을 에고(Ego)의 인식론적 기능에 대한 근본적인 성찰로 이해하고, 한트케의 작품 세계에서 외려 고도의 아이러니와 자아 해체 전략을 읽어내는 관점도 존재한다. 말하자면 자기긍정과 자기부정, 가까움과 멂, 친근함과 이질감 등과 같이 동일한 대상을 양가적으로 성찰하는 한트케 특유의 '동시화의 원리'를 인정해주는 입장이다. 이는 자아가 대면하는 객관적 현실이라는 것이 실상은 허구와 환상을 통해서만 파악될 수 있으며, 허구의 도움을 빌려서야 비로소 특정한 개인을 보편적 인간으로 유형화할 수 있다는 한트케의 미학관을 대변한다.

이렇듯 한트케의 작품 세계에서는 자아가 경험하는 '사실'과 '픽션'의 심미적 화해가 중심을 이룬다. 즉 서사적 자아가 경험한 과거의 트라우마나, 일상 언어로는 표현하기 힘든 한계 상황을 환상과 허구의 층위에서 재구성하는 것이 한트케의 핵심적 서사 기법인 셈이다.

한트케에게 자아의 문제, 즉 실존의 주제를 드러내는 프리즘은 바로 회상이다.『페널티킥 앞에 선 골키퍼의 불안』『긴 이별을 위한 짧은 편지』『소망 없는 불행』『왼손잡이 여인』『느린 귀향』등의 작품들에서 일관되게 보이듯이 한트케의 서사 세계에서 회상은 과거의 체험과 현재의 삶이 충돌하는 내적 공간이자 자아의 억압된 욕망을 환기시키는 중심 기호이다. 문제는 한트케에게서 과거란 프루스트의 '잃어버린 낙원'을 의미하는 것이 아니라 카프카의 '폐허'를 의미한다는 점이다. 불안, 공포, 상실, 그로테스크, 폭력, 살인 등의 심리적 정서나 도발적 행위들이 한트케 텍스트의 주된 모티프로 등장하는 이유도 여기에 있다.

『긴 이별을 위한 짧은 편지』

　전통적 형식을 벗어나기 위해 전통적 형식을 취하는 한트케의 역설적 방식에 따라 『긴 이별을 위한 짧은 편지』에서는 『안톤 라이저』와 『녹색의 하인리히』를 모델 텍스트로 한 자기 체험의 서사가 펼쳐진다. 미국을 여행하는 주인공은 이 두 권의 책을 읽으며 '신세계'를 경험해간다. 이 작품에서 '이별'이라는 메타포는 다양한 시각으로 해석할 수 있다. 우선 아내와의 이별로, 나아가 진부하고 구태의연한 생활방식과 전통적 관습과의 결별로, 그리고 지금껏 지배 체제를 비판해왔던 문학적 도구들과의 결별로 읽어낼 수 있다. 말하자면 지금까지의 존재 방식에서 벗어나 새로운 시각을 획득하고자 하는 이별 여행이 되는 셈이다. 그 과정에서 마주친 대상들은 그동안 자신과 무관하게 존재하던 한낱 사물들에서 '세상 속의 나'를 인식하게 만드는 의미 있는 기호들로 탈바꿈한다. 이 기호들은 섬뜩함과 친밀함의 경계를 넘나들면서 자아의 내면 세계로 틈입해 들어와 자아의 의식에 리듬감을 채워넣는다. 이 책을 출간할 당시 한트케 스스로도 "한 인간의 발전 가능성과 그 희망을 서술하려 했다"고 작품의 의도를 밝혔듯이 『긴 이별을 위한 짧은 편지』를 한 인간의 내적 성장을 기록한 발전소설(교양소설)로 읽을 수 있는 근거도 여기에 있다.

　『긴 이별을 위한 짧은 편지』의 서사 과정은 크게 네 단계로 구분할 수 있다. 첫번째 단계는 오스트리아 출신의 작가이자 일인칭 서술자인 주인공이 종적을 감춘 아내의 행방을 찾아 미국에 도착한 후 보내는 처음 나흘 동안이다. 이 기간에는 서사의 초점이 외적 사건보다는 주인공의 내적 의식 세계에 맞춰져 있다. 그리고 이 내면 풍경을 지배하는 주도적인 감정은 불안과 공포이다. 외부 세계와의 소통 단절과 극도의 자기소외감의 결과로 볼 수 있는 '혼잣말 증후군'이 시작되는 것도 이 단계에서이다. 두번째 단계는 주인공이 클레어와 그녀의 딸 베네딕틴과 동반 여행을 하는 시기이다. 이들과의 만남을 통해 주인공은 '과거의 자신과 헤어지는 법'을 터득한다. 이들은 주인공이 현재의 '나'와 어린 시절의 '나'로부터 객관적 거리감을 갖게 함으로써 주인공의 '욕망 결핍' 혹은 '욕망 과잉'을 치유해주는 역할을 한다. 세번째 단계에서 주인공은 이들 모녀와 헤어진 뒤 또다시 혼자만의 여행을 시작한다. 이 무렵은 유디트의 테러 행위가 더욱더 구체화되는 시기인 만큼 주인공의 불안감과 공포감은 한층 고조된다. 하지만 이러한 심적 강박감은 역설적으로 주인공이 자기 안의 타자와 화해할 가능성을 제시해주기도 한다. 내면의 불협화음 속에서도 대상 세계(자연)와의 일체감을 경험하게 되는 대목, 즉 실측백나무와의 교감 체험이나, 객관적 시간과 공간을 주관적 인식 작용을 통해 상대화시키는 이른바 '다른 시간'의 체험도 그 한 가능성이 될 것이다. 마지막 네번째 단계는 자기반성의 단계로, 주인공은 존 포드 감독과의 만남을 통해 '나'의 존재 방식에서 '우리'의 존재 미학으로 시각을 넓혀간다.

이러한 서사 과정의 중심에는 현대인의 존재론적 불안과 소통의 욕구가 코드화되어 있다. 미국이라는 낯선 세계를 경험하는 동안 주인공이 줄곧 이질감과 소외감을 느끼는 것은 그곳이 배타적 환경이기 때문만은 아니다. 오히려 의식적이든 무의식적이든 간에 그간 주인공이 경험해왔던 삶의 순간들이 철저히 타자화되어 있었던 탓이 크다. 현재의 자아가 과거의 자아와 충돌을 일으킬 때마다 기억은 파편화된 채 주인공의 의식 속으로 고스란히 피드백된다. 보편적 원형(原型)으로 승화될 수 없는 주인공의 어린 시절과 자연관은 상실감을 가져오고 트라우마로 남게 되었다. 앞서 말한 혼잣말 증후군은 물론이고 거리의 풍경들마저 왜곡된 이미지로 묘사되는 것도 이러한 맥락에서 이해할 수 있다. 트라우마를 남긴 경험은 순간적이면서도 반복적으로 자아의 정체성을 위협한다. 나아가 자아 해체를 담보로 자기 안의 타자와 화해할 것을 강요한다.

『긴 이별을 위한 짧은 편지』에서 자아와 타자가 포개어지는 공간은 환상이나 꿈과 같은 비현실적 영역이다. 이야기를 풀어가는 과정이, 사물이나 단어에 대한 일상적인 이해의 틀을 따르는 '재현'의 방식이 아니라 지속적인 의미 해체를 통해 이루어진다는 뜻이다. 문제는 미적 가상에 불과한 환상과 꿈이 현실을 온전히 매개할 수는 없다는 점이다. 그런 점에서 한트케의 서사는 실현 불가능을 전제로 할 경우에만 실현될 수 있다는 역설적 구도를 띤다. 『긴 이별을 위한 짧은 편지』가 자연스러운 의식의 흐름에 따른, 인과율적 독해를 방해하는 것도 이 때문이다.

『긴 이별을 위한 짧은 편지』의 서사 공간을 통해 한트케는 또한 '일반(보편)'과 '개별(특수)'의 문제를 제기한다. 개인의 특수성에서 국가의 개별성에 이르기까지 그 스펙트럼은 다양하게 펼쳐져 있다. 길거리에서 우연히 마주친 젊은 학생의 개별적 특성을 공포 유발자의 전형으로 일반화시킨다든지, 『녹색의 하인리히』의 모험담을 보편적 경험으로 해석하려는 의지, 그리고 유럽(독일, 오스트리아)과 미국의 문화적 특수성을 상호문화적 차원에서 비교하고 분석하는 대목 등에서도 이러한 시각이 드러난다.

특히 '나'라는 유럽식의 일인칭 자아와 '우리'라는 미국식 복수 자아 간의 문화적 차이를 이야기하는 작품의 후반부에 이르러서는 개별과 보편의 문제가 더욱 첨예화한다. 아울러 이 부분은 현대와 같은 다문화 사회에서 어떤 형태의 커뮤니티 모델을 지향해야 할 것인가에 대한 성찰의 공간으로 기능하기도 한다.

변화를 통해, 과거와의 이별을 통해 자기 안의 타자와 소통을 모색하려는 주인공은 결국 다름과 차이의 개별 논리에서 벗어나 닮음과 어우러짐의 공존 가치에 주목한다. '나'라는 고립된 자아를 버리고 '우리'라는 보편적 가치를 획득할 때 비로소 진정한 행복은 생겨난다는 메시지에서도 드러나듯이, 『긴 이별을 위한 짧은 편지』는 우리 시대를 대표할 만한 치유와 극복의 성장소설이라 할 수 있다.

안장혁

1942년   오스트리아 케른텐 지역의 그리펜 구역에 있는 알텐 마르
            크트 6번지에서 출생.

1944년   동베를린 판코브로 이주.

1948년   고향으로 돌아와 초등학교 입학.

1953년   하웁트슐레 입학.

1954년   탄첸베르크에 있는 김나지움으로 전학.

1959년   김나지움 자퇴 후 다시 클라겐푸르트에 있는 김나지움으로
            전학하여 그곳에서 졸업함.

1961년   그라츠 대학교 법학과 입학.

1965년   법학과 수료. 연극배우 리브가르트 슈바르츠와 결혼.

1966년   뒤셀도르프로 이주. 미국 프린스턴에서 열린 47 그룹 회합
            에 참석. 『말벌들*Die Hornissen*』『관객 모독과 구변극 모음
            집*Publikumsbeschimpfung und andere Sprechstücke*』『감
            사(監事)역의 인사*Begrüßung des Aufsichtsrats*』『문학은
            낭만적이다*Die Literatur ist romantisch*』출간.

1967년   베를린에서 게르하르트 하웁트만 상 수상. 『행상인*Der*
            Hausierer』『카스파*Kaspar*』출간.

1968년   베를린으로 이주.

1969년   딸 아미나 탄생. 파리로 이주. 『소음의 소음*Geräusch eines*
            Geräusches』, 희곡『미성년은 성년이 되고 싶다*Das Mündel*
            will Vormund sein』, 시집『내부 세계의 외부 세계의 내부
            세계*Die Innenwelt der Außenwelt der Innenwelt*』출간.

1970년	『페널티킥 앞에 선 골키퍼의 불안*Die Angst des Tormanns beim Elfmeter*』, 방송극 『바람과 바다*Wind und Meer*』 출간.
1971년	쾰른으로 이주. 부인과 헤어짐. 미국으로 강연 여행. 어머니의 자살. 크론베르크로 이사. TV 영화 〈시사 사건들의 연대기*Chronik der laufenden Ereignisse*〉, 희곡 『보덴 호수 너머로의 기마 여행*Der Ritt über den Bodensee*』 발표.
1972년	페터 로제르거 문학상 수상. 『나는 상아탑에 산다*Ich bin ein Bewohner des Elfenbeinturms*』 『긴 이별을 위한 짧은 편지*Der kurze Brief zum langen Abschied*』 『소망 없는 불행*Wunschloses Unglück*』 출간.
1973년	다시 파리로 이주. 실러 상 및 게오르크 뷔히너 상 수상. 희곡 『비이성적인 사람들이 죽어가고 있다*Die Unvernünftigen sterben aus*』 출간.
1974년	『소망이 아직 효과가 있던 시절*Als das Wünschen noch geholfen hat*』 출간.
1975년	『진실한 느낌의 시간*Die Stunde der wahren Empfindung*』 『잘못된 동작*Falsche Bewegung*』 출간.
1976년	『왼손잡이 여인*Die linkshändige Frau*』을 소설과 영화로 발표.
1977년	『세계의 무게. 하나의 저널*Das Gewicht der Welt. Ein Journal*』 출간.
1978년	영화 〈왼손잡이 여인〉으로 밤비 영화상 및 프랑스 조르주 사둘 상 수상. 1979년 잘츠부르크로 이사. 제1회 카프카 상을 수상했으나 이 상을 자신보다 젊은 게르하르트 마이어와 프란츠 바인체틀에게 넘겨줌.
1979년	『느린 귀향*Langsame Heimkehr*』 출간. 잘츠부르크로 이주해서 1987년까지 거주.

1980년	『생트 빅투아르 산의 교훈*Die Lehre der Sainte-Victoire*』 『배회의 끝*Das Ende des Flanierens*』 출간.
1981년	『옛날이야기*Kindergeschichte*』, 희곡『마을 너머로*Über die Dörfer*』 출간.
1982년	『연필 이야기*Die Geschichte des Bleistifts*』 출간.
1983년	『고통의 중국인*Der Chinese des Schmerzes*』『반복 환상 *Phantasien der Wiederholung*』 출간.
1985년	오스트리아 기업가 협회에서 안톤 빌트간즈 상 수상자로 지목했으나 거절. 잘츠부르크 문학상 수상.
1986년	『반복*Die Wiederholung*』『지속에 대한 시*Gedicht an die Dauer*』 출간.
1987년	슬로베니아 작가협회의 빌레니카 상 수상.『어느 작가의 오후*Nachmittag eines Schriftstellers*』, 동화『부재*Die Abwesenheit*』, 빔 벤더스 감독과 공동 작업한 영화 대본〈베를린 천사의 시*Der Himmel über Berlin*〉 발표.
1988년	오스트리아 국가상 및 브레멘 문학상 수상.『권태에 대한 에세이*Versuch über die Müdigkeit*』, 희곡『질문 게임 혹은 격조 높은 나라로의 여행*Das Spiel vom Fragen oder Die Reise zum sonoren Land*』 출간.
1990년	딸 아미나가 빈 대학으로 옮겨간 후 슬로베니아의 카르스트, 스페인의 메세타, 일본 등지를 여행.『주크박스에 대한 시론*Versuch über die Jukebox*』『다시 한 번 투키디데스를 위하여*Noch einmal für Thukydides*』 출간.
1991년	프란츠 그릴파르처 상 수상.『행복한 날에 대한 시론 *Versuch über den geglückten Tag*』『몽상가의 아홉번째 나라와의 이별*Abschied des Träumers vom Neunten Land*』 출간.

1992년	『우리가 서로를 알지 못했던 시간들*Die Stunde, da wir nichts voneinander wußten*』, 1980년부터 1992년까지의 글 모음집 『그림자 속에서 천천히*Langsam im Schatten*』, 아돌프 하스링거가 쓴 『페터 한트케. 어느 작가의 청춘 시절*Peter Handke. Jugend eines Schriftstellers*』 출간.
1993년	『다시 한 번 아홉번째 나라에서*Noch einmal vom Neunten Land*』 출간.
1994년	『인적 없는 만(灣)에서 보낸 세월*Mein Jahr in der Niemandsbucht*』 출간.
1996년	『도나우 강변, 사베, 모라바, 드리나로의 겨울 여행, 혹은 세르비아인들을 위한 정의*Eine winterliche Reise zu den Flüssen Donau, Save, Morawa und Drina oder Gerechtigkeit für Serbien*』 출간.
1997년	『불멸을 위한 준비*Zurüstungen für die Unsterblichkeit*』 『어두운 밤 나는 적막한 집을 나섰다*In einer dunklen Nacht ging ich aus meinem stillen Haus*』 출간.
1999년	『통나무배를 타고 혹은 전쟁영화를 위한 극본*Die Fahrt im Einbaum oder Stück zum Film vom Krieg*』 출간.
2000년	『눈물 흘리며 물어보다*Unter Tränen fragend*』 출간.
2002년	『이미지 상실, 혹은 시에라 데 그레도스를 지나며*Der Bildverlust oder Durch die Sierra de Gredos*』 『말하기와 쓰기. 1992~2002년의 책, 사진, 영화에 대하여*Mündliches und Schriftliches. Zu Büchern, Bildern und Filmen 1992~2002*』, 클라겐푸르트 대학에서 명예박사 학위를 받음.
2003년	『대법정 둘레를 돌며*Rund um das große Tribunal*』 『막장 블루스*Untertagblues*』 출간. 『콜로노스의 오이디푸스 *Ödipus auf Kolonos*』 번역.

2004년	『돈 후안*Don Juan*』 출간. 지크프리트 운젤트 상 수상.
2006년	『길 잃은 자의 자취*Spuren der Verirrten*』 출간.
2007년	『칼리. 어느 초겨울 이야기*Kali. Eine Vorwintergeschichte*』 『포에지 없는 삶*Leben ohne Poesie*』 출간.
2008년	『모라비아의 밤*Die morawische Nacht*』 출간.
2009년	『벨리카 호카의 뻐꾸기들*Die Kuckucke von Velica Hoca*』 출간. 프란츠 카프카 상 수상.
2010년	『폭풍이 아직도*Immer noch Sturm*』 출간.
2011년	『큰 사건*Der groβe Fall*』 출간.
2012년	뮐하임 극장가상 수상. 『아랑후에즈의 아름다운 날들*Die schönen Tage von Aranjuez. Ein Sommerdialog*』 출간.
2014년	국제입센상, 엘제 라스터 실러 상 수상.
2015년	『순수함, 나 그리고 시골길 끄트머리의 도시*Die Unschuldigen, ich und die Unbekannte am Rand der Landstraβe*』『노트 4호*Notizbuch Nr. 4*』『나날 그리고 작품들*Tage und Werke*』 출간. 베오그라드 명예시민이 됨.
2016년	『한밤중 나무 그림자 벽 앞에서*Vor der Baumschattenwand nachts*』 출간. 뷔르트 유럽 문학상 수상.
2018년	네스트로이 연극상 수상.
2019년	노벨문학상 수상.

문학동네 세계문학전집 발간에 부쳐

세계문학은 국민문학 혹은 지역문학을 떠나 존재하는 문학이 아니지만 그것들의 총합도 아니다. 세계문학이라는 용어에는 그 나름의 언어와 전통을 갖고 있는 국민문학이나 지역문학의 존재를 인정하면서 그것을 넘어서는 문학의 보편적 질서에 대한 관념이 새겨져 있다. 그 용어를 처음 고안한 19세기 유럽인들은 유럽문학을 중심으로 그 질서를 구축했지만 풍부한 국민문학의 전통을 가지고 있는 현대의 문학 강국들은 나름의 방식으로 세계문학을 이해하면서 정전(正典)의 목록을 작성하고 또 수정한다.

한국에서도 세계문학 관념은 우리 사회와 문화의 변화 속에서 거듭 수정돼왔다. 어느 시기에는 제국 일본의 교양주의를 반영한 세계문학 관념이, 어느 시기에는 제3세계 민족주의에 동조한 세계문학 관념이 출현했고, 그러한 관념을 실천한 전집물이 출판됐다. 21세기 한국에 새로운 세계문학전집이 필요하다는 것은 명백하다. 우리의 지성과 감성의 기준에 부합하는 세계문학을 다시 구상할 때가 되었다.

문학동네 세계문학전집은 범세계적으로 통용되는 고전에 대한 상식을 존중하면서도 지난 반세기 동안 해외 주요 언어권에서 창작과 연구의 진전에 따라 일어난 정전의 변동을 고려하여 편성되었다. 그래서 불멸의 명작은 물론 동시대 세계의 중요한 정치·문화적 실천에 영감을 준 새로운 작품들을 두루 포함시켰다.

창립 이후 지금까지 한국문학 및 번역문학 출판에서 가장 전문적이고 생산적인 그룹을 대표해온 문학동네가 그간 축적한 문학 출판 경험을 바탕으로 새로운 세계문학전집을 펴낸다. 인류가 무지와 몽매의 어둠 속을 방황하면서도 끝내 길을 잃지 않은 것은 세계문학사의 하늘에 떠 있는 빛나는 별들이 길잡이가 되어주었기 때문이다. 우리가 자부심과 사명감 속에서 그리게 될 이 새로운 별자리가 독자들의 관심과 애정에 힘입어 우리 모두의 뿌듯한 자산이 되기를 소망한다.

문학동네 세계문학전집 편집위원
민은경, 박유하, 변현태, 송병선, 이재룡, 홍길표, 남진우, 황종연

세계문학전집 068

긴 이별을 위한 짧은 편지

1판 1쇄 2011년 2월 25일
1판 15쇄 2024년 8월 30일

지은이 페터 한트케 ┃ 옮긴이 안장혁

책임편집 고우리 ┃ 편집 오동규 ┃ 독자모니터 김은희
디자인 이경란 송윤형 한충현 김민하 최미영 ┃ 저작권 박지영 형소진 최은진 오서영
마케팅 정민호 서지화 한민아 이민경 안남영 왕지경 정경주 김수인 김혜원 김하연 김예진
브랜딩 함유지 함근아 박민재 김희숙 이송이 박다솔 조다현 정승민 배진성
제작 강신은 김동욱 이순호 ┃ 제작처 영신사

펴낸곳 (주)문학동네 ┃ 펴낸이 김소영
출판등록 1993년 10월 22일 제2003-000045호
주소 10881 경기도 파주시 회동길 210
전자우편 editor@munhak.com ┃ 대표전화 031)955-8888 ┃ 팩스 031)955-8855
문의전화 031)955-1927(마케팅), 031)955-1916(편집)
문학동네카페 http://cafe.naver.com/mhdn
인스타그램 @munhakdongne ┃ 트위터 @munhakdongne
북클럽문학동네 http://bookclubmunhak.com

ISBN 978-89-546-1396-5 04850
      978-89-546-0901-2 (세트)

www.munhak.com

● 문학동네 세계문학전집은 계속 출간됩니다